Kadokawa Fantastic Novels

毀滅魔導王與魔像蠻妃

The Sorcerer King of Destruction and the Golem of the Barbarian Queen

北下路来名 著

Text by Northcarolina

芝 畫

Illustrated by Shiba

02

Contents

第1話

鹿與緹巴拉鎮

是我多心了嗎？

總覺得迎面吹來的風中，似乎帶有一絲野獸的腥味。

原本略略低頭前行的我，瞇著眼睛緩緩抬起了頭來。我在無意識之中，想確認僅一瞬間掠過鼻腔的這種不協調感來自何處。

在視野前方，可以看見綿延不絕的平地與矮丘，還有筆直延伸的道路，與稀疏生長的草木綠意。看習慣了的旅途風景無邊無際，一派和平地鋪展開來。

這時，我好像看到右前方山丘附近有東西動了一下。

我視線往右手邊一看，不禁睜大了眼睛。

「那是——」

是鹿。

一頭巨大的鹿站在那裡。

鹿。對，就是一個字「鹿」。

就是奈良公園裡那種大家熟悉的草食動物，嗯。

牠們會一窩蜂圍剿手拿鹿仙貝的人類，豈止仙貝，連衣服都吃。結果遇襲的被害者就被鹿的口水弄得滿身黏答答。真是絲毫大意不得，有著一雙可愛大眼睛的可怕有害動物。

「喂，是鹿耶！那裡有一頭鹿。」

我開朗雀躍地叫著，轉向站在身旁的伙伴。

「欸，魔太，妳看。原來這個世界也有鹿啊。」

被我喚作魔太的白色魔像，咻的一下把臉湊了過來。

她是一具臉龐左右有著一對長耳朵，外形像是仿造精靈少女的魔像。她略為偏了偏那楚楚可憐的容顏，溫柔的深紅眼眸微微搖曳了一下。

美麗的精靈雕塑魔像，就這樣定睛注視著我。沒有半點要看鹿的樣子。

「我說啊，魔太，我不是叫妳看我，是想叫妳看看對面那頭鹿……」

被我這麼說，魔太才終於願意將視線投向右手邊斜對面的鹿。

但她顯得毫不感興趣，很快就把臉轉了回來。

看來魔太對鹿沒太大興趣。她不看鹿，只顧著看我因為看見鹿而興奮雀躍的笑容。

但另一方面，我與我這伙伴正好相反，對於鹿的出現感到心跳加速。

自從我作為魔導王被召喚到這陌生的異世界以來，已經過了滿長的一段時日。但是在至今的旅途上遇到的脊椎動物，就只有猴子、恐龍與戴眼鏡的有型大叔。

而在這時，竟突然出現一頭鹿。

在上述的成員當中，鹿可以說是療癒度名列前茅的一種動物。多麼美好的一場邂逅啊，太令我高興了。

「不過話說回來，那頭鹿似乎屬於體型滿大的品種……」

這時，我暫且在路上駐足，然後用手替額頭擋光，重新仔細端詳前方的大型草食動物。

「是鹿嗎……那個應該是鹿沒錯吧？」

那隻動物真的很大，讓我不禁發出這個疑問。體格也是，比起日本常見的那種鹿，看起來似乎比較接近馴鹿或駝鹿。

跟長在附近的矮樹高度比較之下給我的印象，那頭動物的肩膀高度至少有兩公尺吧，光從這點來看就已經不是一般鹿種的大小了。但如果把又長又巨大的角也算進去，整個身高甚至將近有四公尺。

總之就是非常地巨大。

而且這個世界的鹿，還呈現一種莫名具有威嚇感的外形。

眼角直豎的半月型眼睛像是在瞪我，歪扭不祥的紅黑犄角簡直有如凶器。看在一些人的眼裡，牠那模樣或許會顯得極其恐怖詭異。

不過，我是個不會以貌取動物的男人，絕不會做出用人類膚淺的價值觀，去判斷生物本質的行為。

因為牠們的外觀，都是大自然形塑出的自然生命樣態。

「該怎麼說呢……真美，我都快被牠的魅力迷住了。」

我注視著雄壯威武的鹿，陶醉地低聲說了。

然而緊接著，我睜大了雙眼。剛剛還待在我身邊的魔太，不知不覺間，竟然已經站到了鹿的面前。

嬌柔白色精靈的平滑背部，不知怎地正在噴出汙濁險惡的殺氣。此時她與雙角紅黑交雜的巨獸互相瞪視，鼻尖都快碰在一塊了。

「呃，喂，魔太……」

魔太，妳在做什麼啊？鹿都被妳嚇到了，妳快回來吧。但我連這樣呼喚她的閒工夫都沒有。

因為魔太突然快如閃電地，使出了一記上段踢。

瞄準的是巨鹿的眉間。

白玉女神的死亡閃光，當場爆發威力。

就一擊。

鹿的頭部誇張地爆出腦漿，整顆被踢爆了。

❖　❖　❖

「聽好了魔太，妳仔細聽我說。在一般情況下來說，是不可以對其他動物隨便使用暴力的。」

我一邊走在道路上，一邊對魔太解釋世間的道理。

魔太的長耳朵細微地動著。這是在我跟她說話或是其他情況下，她感到高興時的反應。

「我說妳啊……妳有在好好反省嗎？」

伙伴讓我傷透腦筋直嘆氣，但又不好講重話訓她。

因為魔太對野生動物變得神經質的心情，我其實也能體會。畢竟她自出生到現在，遇到的野生動物全都對我們有敵意。

這個世界的猴子與恐龍，都是一碰面就動手想宰掉我們。

那種生物稱為魔獸，我認為那些應該是特例。但真要說起來，我本身對這世界的動物生態其實一無所知。魔太將那頭鹿除掉也有可能是正確的判斷，我無法不負責任地亂罵她。

「不過總而言之，這下終於開始出現猴子以外的野生動物了……」

我喃喃自語，視線轉回了前方。

在我的腳下，是一條綿延的寬闊道路。地圖上的名稱寫著「東西幹道」。正如其名，就是一條東西橫貫的單一道路。

自從我們與那頭叫做什麼古代地龍的怪物恐龍發生遭遇戰並勉強獲勝，和意外邂逅成為旅伴的司培里亞老師道別後，今天已是第三天了。我跟魔太沿著這條道路，不斷往西前進。

我們似乎平安脫離了瘴氣蔓延的地區，這附近一帶的景觀，已經變得不能再稱之為不毛荒野。道路兩旁與山丘的斜坡上，處處生長著青草或矮樹等綠意。

最後一次看到猴子，也已經是很久以前的事了。

周圍的自然景觀正在明確地產生轉變。而方才那頭鹿的出現，想必也是那種徵兆之一吧。

照這樣看來，位於道路前方的下一個村鎮，說不定可以期待有人居住。

我在黑色單肩包裡翻翻找找，從裡面拿出了一份地圖。

然後，我把地圖攤開看過了一遍。

「我看看，下個村鎮是……『緹巴拉』吧。啊，我看這裡就是那個還算滿大的村鎮吧。」

來到這裡的一路上，我們已經經過了幾處遭到棄置的無人村鎮遺跡。越往西走，道路旁村鎮之間的距離就越來越短。

從這種村鎮的分布傾向來推測，我想這塊土地的政治或經濟中心應該在西邊，越往東走則越偏僻。況且聽說被稱為帝都的國家首都，也位於這條道路往西走的遠方地區。

這幾天來的旅途算是比較舒適，也不用擔心得在大冷天露宿荒野。這是因為途經村鎮遺跡的次數變得越來越頻繁，只要邊看地圖邊分配趕路的步調，晚上就能輕鬆借住無人的空房子。

話雖如此，但我現在希望可以早點抵達人類聚落。

我想念柔軟的床舖。手邊可以長期保存的糧食雖然味道不壞，但我想吃吃看這個世界的正式餐點或料理。

從距離來說，離緹巴拉鎮應該已經不遠了。

等翻越前面那座山丘的山頂，或許可以看見一點影子。我心中懷抱著小小希望，踏穩青青草地爬上了山坡。

好不容易爬完了山丘，我往視野下方一看，不禁歡呼出聲。

「喔喔，那不是人類聚落嗎……！」

在視野前方，可以看見一處住家密集林立的場所。

也許是老天爺聽見我誠心誠意的祈禱了。令我驚訝的是，看來緹巴拉真的有住人。

可以看見許多民宅的屋頂，冒出像是炊煙的煙霧。

隨便一看就會發現，建築物的數量明顯比較多。比起至今經過的村鎮遺跡，這座村鎮的規模似乎大多了。不只如此，甚至比地圖給我的印象更繁榮。

整體氣氛不像是農村，已經可以說是城鎮了。

好耶，來到文明世界了！

我的心籠罩在無法言喻的安心感之中。最起碼這下不用擔心在無人地帶耗盡糧食與水，淪為白骨屍體。

在異世界變成如同山林遇難者的立場，我才第一次發現對餓死的恐懼慢慢遠去之際的這種心靈安樂，對人類精神造成的影響意外地大。

總之如果可以，我想在那座城鎮把能換錢的東西換一換，確立在這世界最低限度的生活手段。

要決定今後的行動方針，也得先從這裡著手。

過了不久，我們就來到了城鎮東側的門前。

然而城門的周邊空無一人，木製大門關得緊緊的。大門還算氣派，卻好像長期無人使用。

這座緹巴拉鎮應該不會是座鬼城。方才我從山丘上看過，鎮上肯定有人居住。

面對緊鎖的無人城門，我雙臂抱胸，絞盡腦汁。

「……啊，我懂了。仔細想想，從這裡往東的地區都只住著猴子……假如城鎮還有其他入口，這座東門其實沒有開著的必要嘛。」

找找看其他入口好了。就先順時針繞圈，走去城鎮的南側看看吧。

我再次與魔太一起邁開腳步。

走在城鎮外圍，我重新看了看緹巴拉鎮。至今一路上經過的聚落遺址，頂多都只設置了腐朽的木柵欄，盡是些毫無防備能力的農村式聚落。但這座城鎮的周圍即使只是簡易式的，最起碼還有用土牆圍起來。

圍牆內側好像也形式上蓋起了瞭望台式的高樓建築。

可是，瞭望台上沒看見人影。鎮上的居民很可能沒有任何一個人，發現我們來到了城鎮外面。

真是座悠閒自適、如詩如畫的城鎮。周圍的牆壁也許只是用來阻擋有害動物的。不過話是這麼說，這個世界的有害動物首席代表，也就是那些猴子使出的必殺橄欖球攻擊，恐怕不費吹灰之力就能打穿幾面這種土牆……

越過樸素土牆一窺城鎮的外圍地帶，會發現一些屋齡較新的屋頂特別顯眼。可是方才我從山丘上眺望到的那些房屋，看起來都有點年代了。

就在思索到這裡的時候，我想通了一件事。也許是從遭受土瘴氣侵襲的地區逃亡到此處的部分民眾，移居到了這緹巴拉鎮來。如此想來，城鎮規模比地圖給人的印象更大也就說得通了。

後來我們總算抵達了城鎮的南側，卻一樣沒找到類似入口的設施。

不過，我這個男人不會為這點小事受挫。我與魔太兩人同行，再次踏著輕快的腳步沿著土牆往東走。

再這樣走下去，搞到最後可能會把城鎮繞個半圈。

往左邊景觀望去，會看到廣大的田園。不知道是什麼田，小麥嗎？種植的作物很矮，遠遠看上去像是草地，但像這樣湊近一看就會發現是仔細整地過的像樣田地。

在田地的對面，我看到了幾個移動的人影。

是正在做農活的人。

「喔喔，是人耶……」

不是猴子，是人，而且還那麼多。

啊，還有女生！

也許是在幫爸媽做事吧？沒什麼不尋常之處，就是個樸素的鄉村女孩。

我對那個女孩本身並沒有什麼特別的興趣。應該說距離太遠了，臉啊什麼的都看不清楚，搞不好其實只是個子矮的老婆婆。

但我感動到發抖。

我這充滿骷髏死屍、中年大叔與猴子的異世界生活，終於出現女性了。

該怎麼說呢？我甚至覺得好像是天神為我取回了人生當中相當重要的一種滋潤。

我一面向偉大的眾神獻上感謝的祈禱，一面走在麥田旁的路上。

這時我往前方一看，停下了腳步。

「啊，有扇門。」

我看到外牆一處有個像是門的構造。那應該就是城鎮的入口了。

我們已經沿著城鎮外圍繞了一圈來到最西邊，所以換句話說，這座門大概就是緹巴拉鎮的西門了。

西門門扉似乎是敞開著的。

從開放的門扉內側，有一條道路往城鎮外的西方筆直延伸出去。照這樣看來，這座緹巴拉鎮本來似乎是讓橫貫東西的幹道貫穿圓圈狀市鎮的中心。

然而土瘴氣的災害造成東側無法通行，所以目前可能就把東門關閉，變成了幹道末端的城鎮。

我駐足眺望著城門前方，看到一些人在城鎮進進出出。

「有人耶，是人類……！」

從剛才到現在看到幾個人類就感動成這樣，自己也覺得太誇張了點。但這怪不得我，誰教我至今遇見的靈長類除了司培里亞老師之外，全都是猴子或骷髏嘛。

我在感動到渾身發抖之餘，趕緊躲進了附近的暗處，然後靜靜觀察城門周邊的情形。

仔細一瞧，會發現城門附近的人真不少。看來這座城鎮的人潮流量還算滿大的。甚至可以看到一身行旅裝扮的人，或是載貨的馬車。

哦，馬車啊。看來這個世界也有馬匹。不過也是啦，畢竟都有猴子跟鹿了。

人們的服裝全都有點特殊，果不其然，都是對我來說比較陌生的人種。

「不對喔……？本來還以為都是西洋人的面孔，但意外地好像也不一定。好比那邊那個長得就比較像日本人，有一點親近感。」

這時一位大約五十幾歲的女性揹著大籠子走進城鎮，她長得就有點像東洋人。

這讓我想起來，司培里亞老師看到我的容貌時也沒顯得特別驚訝。記得他應該是把我錯當成了從東方戰亂地區流亡至此的人。

「這樣想來，東方很有可能有著像我這種長相的民族……」

如果是那樣就太好了。不會因為長相奇異而即刻被人當成可疑分子，對於一個身分不詳的異世界人來說實在值得感激。

「如果是這樣，也許我在市區裡與其自作聰明鬼鬼祟祟，不如光明正大地行動才是上策……欸，魔太，妳覺得呢？」

我轉向斜後方，想聽聽伙伴的意見。

唔喔！魔太這傢伙，還是一樣臉貼得好近。

她略為抬眼，從近距離內定睛注視著我的臉。至少看起來，她並不反對我的看法。

只是，她的指尖小力抓住了我的長袍衣襬不放。

「……？妳幹嘛一直握著那裡不放？我又不會跑掉。」

其實自從我剛才遠遠偷瞄田裡那女孩幾眼時，魔太就一直黏在我背後，把我的長袍捏在手裡。

當我認真觀察那位長得像東洋人的中年女性時，魔太的自我主張變得更強烈，用雙手緊緊抓著我的長袍。只是她的握法極其內斂溫和，所以我沒怎麼放在心上。

話雖如此，讓一具魔像當著眾人眼前把我的外衣又握又捏的，可能有點不太好看。身為她的飼主，我得讓她住手。

我如此心想，於是輕輕碰了碰魔太的手。

「奇怪？妳的手……」

我碰到魔太的手，發現它正在柔弱地微微顫抖。

「嗄？咦？妳怎麼在發抖？妳還好嗎？」

仔細確認之下，我發現魔太求助般的注視著我，一雙眼眸似乎有點濕濕的。這傢伙到底是怎麼了？

「魔太，妳是不是哪裡不舒服？」

我拚命摩娑魔太顫抖的雙手。

一個大男人躲在城鎮入口的暗處，卯起來不停地摩娑一具魔像的手。魔像則是依偎著這個男人，柔弱地發抖。

這光景真是太鬧了。

「放心，沒事的，有我在。」

我一邊死命安慰魔太一邊摸摸她，魔太的手就漸漸不抖了。

最後她開始把臉往我身上湊，像是在撒嬌一樣。

「太、太好了，好像治好了……」

剛才魔太怎麼會忽然發起抖來？應該不會是魔像發生某些故障了吧？

我一面擦掉額頭上滲出的冷汗，一面再次從暗處偷窺緹巴拉鎮入口的情形。

所幸城門附近的人群似乎還沒發現到我們的存在。

緹巴拉的這座西門跟東門一樣，雖然老舊但還算氣派。

城門旁邊形式性地站著一名手持長槍的男性，看起來像是守門衛兵。

不過坦白講，那人看起來不怎麼強悍，穿著一看就很廉價的褐色鎧甲，感覺是個幹勁缺缺的普通大叔。

我觀察了一下狀況，感覺那門衛就只是原地站著。通過城門的人群與車輛，全都是直接放行。

「……看樣子，似乎不會檢查身分。」

很好，這下住所不明、職業「魔導王」的我應該也進得去。既然如此，我非去不可。

我下定了決心，與魔太一起邁步向前。

為了不引起疑心，腳步要盡可能顯得光明正大，而且不失優雅。

走過門衛身邊時不禁有點緊張，但他沒在看我，反而是專注地盯著走在我斜後方的魔太瞧。

帶著一條漂亮的狗在外頭走動，時常會發生這種現象。拜此之賜，身為飼主的我成功轉移了對方的注意力，沒被問到什麼問題就結束了。

妳真是幫了我一個忙，伙伴。

妳的存在本身就是這麼可靠。

走進外牆的城門，會發現緹巴拉鎮的內部既熱鬧又繁榮。

許多民房櫛比鱗次，路上行人如織。

可以看到一些像是城鎮居民的人，還有幾個小朋友一路跑走；也能看到像是牧羊人的人帶領著家畜，好像是綿羊。

從街道遠方的巷子，我看到宛如素描人偶的灰色物體正在把貨物搬下馬車。那些說不定也是魔像。

不過話說回來，外觀像是店舖的建築物還滿多的。

眼前一間像是蔬果店的店家，擺著我從沒看過的蔬菜水果。吊在店門口的紫色蓮藕狀物體……不知道是什麼？可以吃嗎？

另外也有一些感覺較為熟悉的商品，例如外觀像是南瓜或紅蘿蔔的蔬菜。話雖如此，跟我原本那個世界的蔬菜恐怕不會是同一個品種。

我現在站著的這條門前大道，原本應該是一條橫貫緹巴拉鎮中心的幹道。我猜想它可能是城鎮的主要街道。

周圍的街景，看起來還滿整潔的。

只是，每棟建築物都不算太大，頂多只有遠處位於城鎮東邊的瞭望台，從高度來說比較突出，其他似乎大多是木造平房。

召喚了我的隆倍・扎連的那個隱居處，或是旅途中經過的荒村房舍已經給我了這種印象。而現在這樣看來，這個世界果然比較接近原本那個世界近世之前的文明水準。

只不過，這個世界還有魔術。目前我尚不能推測出它造成的影響，會讓這裡跟原本的世界產生何種差異。

總而言之，既然我深愛的土屬性被列為悲慘的下下籤屬性，可以想見土魔術並沒有造就土木建築技術得到超乎常理的發展。

越說越心酸，這個話題就到此為止吧。

至於城鎮其他讓我注意到的地方，我想想……

就跟方才城門附近的狀況一樣，路上可以零零散散地看到幾個像我一樣作旅人打扮的人。當然大家的行囊或旅行裝備，都遠比只揹著個單肩包的我要來得紮實多了。

可是，土瘴氣的影響造成東方無法通行，所以這座城鎮目前應該成了幹道的終點對吧？實際上我與魔太從東邊一路走來，都沒跟任何人擦身而過。甚至連這座城鎮的東門都是封閉著的。

那麼這些一身行裝的人，究竟是要往哪裡去呢？

心裡冒出的種種疑問與好奇心，使我像個鄉巴佬似的東張西望。然而就在這時，我忽然關心起背後的魔太，轉頭看看她。

魔太靜靜地就站在我的斜後方。

方才她在城鎮外面發生的異常顫抖，現在已經完全平靜下來了。我有提醒她一聲，所以她也沒再握我的長袍。

魔太已然恢復常態。

不，說她現在這樣是常態不曉得對不對？好不容易來到城鎮，魔太卻顯得一點都不高興。

她對城市或路上行人表現的態度莫名地冷淡。

雖說這傢伙本來就對周遭的狀況興趣缺缺，但我第一次讓她看猴子或鹿時，感覺她的反應還比較**正常**。至少在那些時候，她還會配合我的興奮，多少往動物看個兩眼。

然而此時的魔太，看都不看路上服飾色彩鮮豔的行人，或是充滿異世界情調的神奇街景一眼。

感覺好像也不單純只是不喜歡人擠人。

她表現出來的態度，宛如對人類本身根本毫無興趣——

不曉得有沒有看出我的這種不安，魔太的深紅眼眸從剛才到現在，一直專注地凝視我的臉。那眼神一如平常地溫柔似水。

我的心裡，卻莫名地騷動不安。

再叮嚀魔太一遍好了。什麼事情都不可以疏於確認。

「……聽好了，魔太，妳絕對不可以『攻擊』這座城鎮裡的人類或魔像喔。只有在我准妳這麼做，或是對方對我們出手的時候才可以攻擊。妳必須遵守跟我的約定，乖乖聽話喔？」

我向魔太再次確認了一遍在社會上生存，最低限度必須遵守的規則。

以前造訪聖堂時，都怪我說什麼「不可以打人」，叮嚀得不清不楚的，害得魔太踢了對方，釀成了悲劇。

一切都怪我這個無能的飼主，天真無邪的魔太沒有任何過錯。但是，不能再重蹈覆轍了。

魔太發亮的深紅眼眸，熱情地注視著對她認真說話的我。

每當我跟魔太臉貼臉說話，她那修長優美的耳朵，就會怕癢似的微微搖動。

嗯——這傢伙，到底有沒有聽懂我說的話啊……

我越來越不安了。

聖堂那些爆乳魔像面對魔太帶來的壓倒性破壞與暴力，慘絕人寰地單方面接連遭到蹂躪的模樣重回腦海。

…………

不，我怎麼可以不相信魔太呢？一定不會有事的。畢竟那時候的魔太，只不過是因為驚惶失措，陷入了恐慌狀態而已啊。

那場悲劇的原因，起源於魔太以為我用爆乳魔像的殘骸從事變態行為，都怪我傷了這傢伙純潔無垢的心靈。我才應該為了那件事負起全責，切腹自殺。

魔太的個性非常溫柔體貼，能夠體會他人的傷痛，但自我主張太內斂到讓我有點擔心，是我引以為傲的好伙伴。

魔太對人對事總是很誠實，又很善良。

這傢伙從來沒對我做過任何過分的事，所以魔太也絕不可能對我以外的人做任何過分的事。

可是，不知道為什麼。

我為什麼心裡這麼不安？

我為了斬斷胸中的迷惘，於是在魔太面前伸出了自己的小指。

「魔太，妳也學我把小指頭伸出來看看。」

魔太聽話地學我的動作，顯得有點困惑，悄悄豎起她纖細的小指。

我與她小指相纏，然後打了勾勾。

「這樣就行了……說好了喔，伙伴。」

我面帶笑容這麼說了。

也許是覺得打勾勾很稀奇吧，魔太久久都不肯鬆開溫柔相纏的小指。

明明這傢伙平常對我的動作毫無抵抗，還讓我有點擔心呢。

總覺得她有點反常。

第2話

魔道具店與餐館

「嗯——這個魔導核品質很粗糙……可能達不到商品等級。」

一位把稀疏頭髮梳到側面的矮個子店主，滿懷歉疚地說了。

此時，我來到了緹巴拉鎮的一間魔道具店。

想在街上到處逛逛，首先得要有錢。於是我來到這家店，想趕快把從那些大猴子骷髏死屍身上撿來的魔導核變賣換錢。

剛才在街上遇到了一位看起來閒著沒事的老婆婆，一問之下，她告訴我關於魔獸方面的素材收購，到魔道具店去就對了。

然後，老婆婆給了我糖球。不是我自誇，我從以前就還滿得長輩歡心的。

她送我的糖球，吃起來有溫和的甜味與神奇的樹果滋味。

不，且慢。現在不是說這個的時候。他說猴子的魔導核品質很粗糙？

我的老天啊！

那些猴子竟然連死掉之後都派不上用場，真是群沒用的潑猴。

不過好吧，反正我本來就不相信從那些瘦皮猴體內挖出來的骯髒石塊賣得了多少錢。

總之無論如何，對方不願意收購就沒轍了。

「這、這樣啊。抱歉浪費了你的時間……」

我頹然垂肩，轉身就想走出店舖。

這時魔道具店的店主，從我背後出聲說道：

「請等一下，年輕的貴族小哥。」

「……貴族？」

回頭一看，店主正定睛注視著我。

「你就別裝傻了吧。看你這身長袍與靴子的作工，還有你帶著的這具精美的聖堂魔像……就算不是我們這種做生意的也看得出來，你老兄一定不是尋常百姓出身吧？」

被他這麼一說，我視線往下看看自己穿在身上的長袍與靴子。

就是之前那件焦茶色的魔術師長袍，以及這世界的長皮靴。兩者都是我從前宮廷大魔術師隆倍．扎連的隱居處帶來的物品，因此充滿了不必要的高級感。

接著，我看了看佇立於我斜後方的伙伴魔太。

她那妍麗的模樣，正可謂美的化身。面對白玉精靈魔像的肢體散發出的懾人貴氣，即使是長袍或長靴的高級感也要相形見絀。

可能是看我陷入沉默，認為我無話可回了，店主一邊用指尖摸摸短短的小鬍子，一邊開口刺探性地說：

「看你老兄想把大量的魔導核換成現金，想必是手頭拮据吧。我看你不像是這附近的人，你是從哪裡來的？」

「呃……這個嘛……」

這下好了，我不知道該怎麼回答。

總不能老老實實地說我來自異世界吧。一旦被人發現我的真面目是毀滅世界的魔導王，搞不好會被當成罪犯無辜被捕。

我得想個說得過去的理由才行。

我想想，司培里亞老師那時候，把我的出身誤會成什麼了？

啊，有了有了。記得他說我應該是魔術師名門的出身，從東方落難來到這裡——

「……我來自東方，名叫睡伊·勞土。之所以會途經此地，這個……有很多難言之隱。」

我可沒有說謊。

以方向來說我的確是來自東邊。而我是受到邪惡召喚術士從異世界召喚而來的魔導王，算得上是大大的難言之隱。

「原來如此，果然是這樣……」

可能是相信了我的回答，魔道具店的店主重重點頭。

「既然是戰亂頻仍的東方出身，想必有過很多遭遇吧。我可以諒解。」

「感、感謝你的諒解。」

果然，對方自動諒解了。

看來這番自我介紹可以說是四海通用。司培里亞老師，真的很感謝你提供了這麼有益的情報。今後我打算永遠照用老師教導的這套自我介紹術。

我在心中深深感謝偉大的恩師。

魔道具店的店主盯著我的這種表情瞧，輕聲說了：

「原來是這樣啊……看來你老兄也吃了不少苦呢。」

眼前的中年男子，眉間擠出了深深的皺紋。我從他那臉上一閃而過的表情，彷彿看出了幾分猶豫之色。

「那個，請問你怎麼了嗎……？」

「啊！沒有，抱歉。沒什麼。」

店主急忙搖了搖頭。頭搖得太猛力，覆蓋寬闊額頭的瀏海都搖亂了。

「總之啊，睡伊小哥，我明白你的隱情了。既然是這樣，也許我可以幫上你的忙。」

「？這話什麼意思？」

「其實是這樣的，魔導核即使品質粗糙，也不是完全沒有用處。我店裡在這方面也有點門路，可以勉強買下來。」

「咦，真的嗎？」

「是啊。只是，收購價會低非常多……你不介意吧？」

額頭大放光明的店主，一邊撫摸短短的小鬍子一邊說了。

他那張再怎麼客氣都稱不上好看的臉，對這時的我而言，看起來簡直就像後光普照的佛祖。

◈ ◈ ◈

離開魔道具店後，我在街道上晃蕩了一會兒，隨即跟魔太進了一家餐館。

這是一家以木石裝潢，像是酒館的店。

面對街道的部分有露天座位，店內是開放式設計，採光還滿明亮的。以時間來說離中午稍嫌早了點，但已經有客人了，生意算是滿興隆的。

我是看客層類型與容易入店的氣氛，隨便挑中這家店的。

就我個人觀感來說，感覺就像進了一間家庭餐廳。

店內迴盪著如海浪般和緩的人群嘈雜聲，我慢慢走動，在後頭的吧檯桌空位坐下。

魔太乖巧地在我左邊的椅子坐下。

就座之後，我的視線不動聲色地在店內飄移。

有幾名男性客人頻頻偷看魔太。但感覺起來，他們並沒有把我這個人當成可疑人物。

我待在店裡應該還不算太突兀。

看來應該是穿在身上的隆倍・扎連的長袍或鞋子發揮了功效。方才魔道具店的店主也跟我說過，我這身打扮的水準，明顯比周圍人群高出了一截。大概不太容易被人當成沒錢只能吃霸王餐的可疑分子吧。

至於魔太這具魔像與我同行的狀況，並沒有店員過來警告我，也沒有人用異樣的眼光看我們。幸好沒人來跟我說禁止寵物入店，或是請把魔像停在停車場之類的……

我用這種觀點重新觀察店內，發現有個看起來像是旅客的人身邊跟著紅色大蜥蜴，就坐在對面牆邊的座位。

看來帶寵物入店之類的相關規定還滿鬆散的。

趴在地上的紅色蜥蜴，也跟魔太一樣乖巧。仔細一瞧，蜥蜴身邊放著的東西似乎是拆下來的鞍具。說不定是騎乘用的生物。

「總而言之，這下總算可以休息一下了……」

我靠在吧檯桌的座位裡，這時才終於放鬆了肩膀的力道，然後從手裡的錢袋拿出了幾種硬幣。

金屬貨幣發出了叮鈴叮鈴的悅耳聲響。

所幸我成功變賣了猴子的魔導核，現在手上有了筆資金，讓我可以到家庭餐廳裡坐坐。

剛才我已經向魔道具店的老闆請教了大致上的貨幣價值。他看我的表情顯得有點狐疑。但這怪不得我，我對這世界擁有的知識量，可是比小學生還不如。不過我在做自我介紹時姑且把自己說成了外國人，所以老闆好像也沒怎麼起疑。

「好，來稍微複習一下吧。」

我把不同顏色的四枚硬幣排在吧檯上。

幾枚金屬硬幣反射著從側面照進店內的陽光，各自散發出不同的光輝。

有錢幣、銅幣、銀幣與金幣。

老闆說十枚銅幣，大約等於在店裡吃一頓飯的價值。然後呢，只要有旁邊的一枚銀幣，就可以在這鎮上住到不錯的旅店。

價值最高的是金幣，一枚約等於五十枚銀幣。金幣耶，金幣。太強了，這可是黃金呢。

錢幣是開了小孔的硬幣，是價值低於銅幣的小額貨幣。具體上的價值是……呃，忘記了。

嗯？仔細一看，還有大小不同的銅幣耶。

奇怪？這又是什麼來著？？我腦袋開始混亂了。

被發現了。其實我這個人呢，最不會算錢了。

魔導核的賣價，總共是銀幣二十五枚、銅幣三十八枚與錢幣七枚。

以計算上的金額來說，這就是全部了。只是實際上來說，用銅幣支付的金額當中還包含了所謂的大銅幣。我後來才知道，這玩意兒是考慮到日常買賣時的方便而有的貨幣，等同於幾枚銅幣的價值。簡單來說，好像就跟原本那個世界的五百圓硬幣差不多。就是這個大銅幣的存在把我搞糊塗了。

總而言之呢，也就是說一袋猴子的魔導核，可以讓我在還算不錯的旅店住上將近一個月。這樣想來，意外地還算賣到了滿大的一筆錢。可以說比我當初想像的收購價高多了。畢竟那些魔導核的品質本來是差到不能賣的。魔道具店那位聖明的店老闆，做生意真是有良心。

附帶一提，我從我那召喚主隆倍・扎連的書庫抽屜搶來當成精神賠償的硬幣，也就是我一開始的盤纏，差不多有五枚金幣與十枚銀幣。

因此加上方才賣掉魔導核的錢，我現在手頭上的總額有五枚金幣、三十五枚銀幣，然後是幾枚銅幣來著？呃……總之就是鏘啷啷的一大堆銅幣啦。

雖然我不清楚這世界的物價，但就算隨便把一枚銀幣想成一萬日幣好了，我現在等於是替自己弄到了將近三百萬圓的現金吧。只是其他一些細節就搞不太清楚了……

有這麼大的一筆錢，應該足夠當成短期間內的活動資金吧。晚點也許可以來享受一下異世界的購物樂趣。

只是這樣仔細清算一遍之後，會覺得在扎連的書庫發現的硬幣，以遺產來說似乎不是很多。他好歹也有著宮廷大魔術師這種誇張的頭銜，我以為這樣的人留下的遺產，金額理應不會這麼少才對。具體來說最起碼也該有個幾千萬圓。不，就算猜他有著幾億圓的巨額遺產也沒什麼不對，那樣還更有夢想。

不知道是不是把真正的遺產放在其他地方了。

話雖如此，仔細想想，扎連這個男人本來就有意尋死，還打算毀滅世界。若說他覺得沒有必要在這世界上留下錢財，倒也說得沒錯。

書庫裡那些錢可能是進行大規模召喚儀式後用剩的資金，抑或同時找到的整疊鈔票才是他的主要資產；以目前來說，這兩種可能性或許比較高。

好了，問題在於那疊印著「賽爾威藩札」幾個字的可疑鈔票。

關於這疊鈔票，我忘了問魔道具店的老闆。

我從剛才到現在，一直在觀察這家餐館的其他客人。但大家都是用硬幣付帳，沒有任何人使用紙幣。

讓我覺得在這家店付帳，最好還是別用賽爾威藩札為妙。

也許我該找找看有沒有外幣兌換商，好讓我把鈔票換成硬幣。

或者是去銀行……不，真要說起來，我連這個世界有沒有銀行都不知道。就城鎮的樣子看起來，好像不太值得期待。

「好吧，關於錢這方面，或許不用想得太嚴重吧。」

我心情輕鬆地喃喃自語，把桌上的硬幣收進了錢袋裡。

事實上我目前在金錢這方面是覺得還不用太緊張。

我們已經越過了無人荒野，像這樣抵達了人類生活的環境。今後就算缺錢，也不太可能說餓死就餓死。

更何況我的身邊，可是有所向無敵的魔太陪著。

只要學會辨識可供食用的野生動物種類，應該可以請我這伙伴幫忙打獵。

畢竟她可是有著驚人的攻擊力與敏捷身手，能夠單方面把那些射出岩石砲彈的狂暴猴群一隻隻宰掉呢。要捉到兔子或小動物想必只是家常便飯。這倒提醒了我，今天早上魔太秒殺的那頭鹿，搞不好也是可以食用的動物。

想到這裡，我搖了搖頭。

……不，你給我等一下。雖說魔太是寵我寵過頭了，但如果連我的思維都漸漸染上這種小白臉的性情，以人性來說可是個危險訊號。這樣不行。

沒錯。倘若是在沒有他人眼光的地方，我也可以用魔導操縱「土之大槍」發射地對空飛彈啊。就算要擊落飛鳥也一定不是問題。只是如果不巧妙控制力道，可能會把獵物撞成碎塊就是了。

對耶。仔細想想，跟魔太兩個人一起打獵維生也是個辦法……

就在即將得出從魔導王轉職成為深山獵人的謎樣結論時，我姑且中止了這段思維。

這裡是餐館的吧檯桌。我來到這裡的首要目的當然是吃飯，不是轉職諮詢。來點餐吧。

我悠閒地瀏覽寫在木板上的餐館菜單。

「我瞧瞧……」

雷亞姆風味羔羊肉。

鞋底蒸岩梭魚佐春季鮮蔬。

賽拉努兄弟蜂巢塔——

整排都是從沒看過的料理名稱。雖然很多食材的名稱都好像在哪裡聽過，最重要的料理名稱卻讓人極難想像是什麼味道。

「是說，賽拉努兄弟是誰啊……」

這下尷尬了。

總之這個寫著「烤全赤鷭鶉」的料理，應該是某種類似烤全雞的食物無誤。

看看價錢，上面寫著九枚銅幣。這道菜以肉類料理來說價格似乎比較親民，不像其他肉類料理幾乎都要十枚銅幣以上。

「沒辦法了，就點點看這道烤全鳥吧。」

就在我避免在味覺上冒險，想做個不會出錯的選擇時，無意間看到了坐在我右側座位的男人。

他一邊嘴裡呼呼地吹涼，一邊專心埋頭吃著他眼前的一大盤料理。

是個體型圓胖豐腴的男子，說穿了就是個肥仔。

他年紀還很輕，歲數大概跟我差不多吧？看到他專注又幸福地大快朵頤的模樣，一種莫名其妙的謎樣幸福感湧上我的心頭。

這個青年穿著跟我同款的雙重衣領構造的長袍，所以應該是魔術師。

原來如此，所以魔術師一般都是作這種打扮是吧？

現在回想起來，司培里亞老師也是作魔術師風格的打扮，但我遇見他時一身服裝已經滿破爛的，看不太出細部構造。腹部附近的衣服還開了個好大的洞。

更何況老師與我的年齡相差了將近二十歲，不適合作為穿搭的參考。我這個相貌凶惡的毛頭小子，要是模仿那位神態溫柔又有著師奶殺手笑容的型男大叔穿衣服，搞不好會玩火自焚……

總而言之，此時坐在鄰座的青年與我的服裝，就整體氣質來說相差無幾。

照這感覺看來，我也拿魔術師當作表面身分應該沒問題。

附帶一提，鄰座的他正在享用的料理，乍看之下就像披薩。可能是真的太美味了，他對我的視線渾然不覺，只是心無旁騖地大啖異世界披薩。

不過啊，這位未聞其名的鄰座人士……就讓我姑且稱你為披薩哥吧。你吃東西還真是吃得津津有味啊，披薩哥。看得我肚子都餓起來了。

難得有幸來到異世界的餐館，我決定也來冒險一下。

「……不好意思，請給我一份隔壁這位客人的餐點。」

「好！一份森佩爾燒。」

吧檯內像是店主的男性，中氣十足地做出了回應。哦，原來這種像是披薩的料理，叫做森佩爾燒啊。

點餐後等了一會，一份剛從石窯裡取出，滋滋作響、熱氣蒸騰的料理便端了上來。

「來，森佩爾燒一份。」

這時我才想到，來到這世界到現在，我是第一次看到剛出爐的麵餅料理。還真讓我有點感動。

平坦柔軟的麵餅上堆著滿滿的起司、菇類、厚片的肉與鮮翠蔬菜等大塊配料，看起來多采多姿。

另外，在食材的上面，還打了一顆蛋。

這顆蛋沒有完全煮透，維持在絕妙的半熟狀態。看來所謂的森佩爾燒，就是要沾著這顆半熟蛋來吃。

我試著吃了一口，只覺得香噴噴的麵餅烤得恰到好處。而且起司與半熟蛋在嘴裡融化混合，美味無比。

「天啊，這也太好吃了。這什麼啊……」

我與披薩哥肩並肩，專心地把森佩爾燒往嘴裡塞。

謝謝你，披薩哥。你的味覺品味真是一流。

附帶一提，鄰座的他現在正在吃追加的第二份森佩爾燒。

「哎呀——吃得好飽喔。真幸福。」

我享受了一頓異世界餐廳的餐點，摸了摸肚子。

後來我把森佩爾燒吃完，又得寸進尺地點了份「賽拉努兄弟蜂巢塔」當作甜點。

該怎麼說呢？因為森佩爾燒超乎預料地好吃到不行，總覺得非得來一份有地雷感的可疑料理才行……我就這樣秉持著搞笑藝人的精神點下去了。

然而這個可疑兄弟的什麼塔，原來是把蜂蜜與類似草莓的水果，放在烤成蜂巢型的金黃色塔皮上，做成有點像是莓果塔的點心，香甜美味到讓我舌頭差點融化。

對啦，就只是一份超級美味的正常水果塔。真的很對不起，賽拉努兄弟，我之前不該懷疑你們。

我出乎意料地滿足於餐點的內容後，打開黑色單肩包想買單，在包包裡翻翻找找。

說到司培里亞老師送我當畢業禮物的這個單肩包，看起來小卻很能裝東西，感覺重量也異樣地輕。不過目前還沒放太多東西進去，所以我也不是很確定就是了。

我正想思考一下這個包包的奇異之處時，看到行囊底層有個東西發亮了一下。

「咦？這是……」

我伸手一撈，撿起了散發黑色光澤，大小跟乾電池差不多的晶體。

這塊黑色結晶體，就是那些猴子的魔導核。只有這一顆掉在包包的底層。

大概是在旅途中被撞到還是怎樣，於是從收納魔導核的袋子裡掉出來了。所以好像就只有這顆沒賣給店家。

我拈起這顆看起來有點像是高級寶石的黑色晶體，心情複雜地嘆了口氣。

「唉，要是這玩意兒品質沒那麼粗糙就好了。」

事實上，就連這種沒達到商品等級的劣質魔導核，都能賣到不錯的價錢了，假如是高品質的魔導核，想必能賣到相當高的金額。搞不好一袋就能換到幾枚金幣？如此一來，或許便能完全消除金錢方面的不安了。

早知道這樣，也許在魔太胡亂虐殺大猴子時，就該更認真地採集魔導核了。

想到這裡，我微微搖了搖頭。

不……在那種狀況下，那樣做並不實際。

想從骷髏死屍以外的地方採集魔導核的話，還得把那些巨猴屍體一一肢解才行。在那漫無目標的旅程與一連串不定期的襲擊中，根本不可能有那多餘精神與時間做那種事。

更重要的是，與我們同行的司培里亞老師完全沒有要採集魔導核的樣子，所以我以為它沒多大價值。

真是，他那人也實在是夠沒欲望的了……

我一面懷念起那位極具學者風範的眼鏡大叔，一面單手拿著黑色晶體，想把杯裡剩下的涼水喝掉。

這時突然間，身旁的人對我說話了：

「哇啊，那不是土巨魔（Earth Ogre）的魔導核嗎？好厲害喔！」

聲音來自鄰座那個點了第三份森佩爾燒，正在享用的披薩哥。

土巨魔……？什麼東西啊。

啊！說的該不會是那些猴子吧？記得猴子的正式名稱是土哥布林（Earth Goblin）。那麼土巨魔指的，應該就是大猴子了吧。好險好險，我心裡一直都是叫牠們猴子，差點就把正式名稱給忘了。

「土巨魔讓循環魔力流過體表生成岩石外殼，已經幾乎跟魔像沒兩樣了。你一定是費了很大的勁才打倒牠的吧？應該說那傢伙不怕魔術，又會射出被打中保證沒命的『岩石彈』，而且動作快得離譜，智力又高，還會集體行動。老實講，我完全無法想像你是怎麼打倒牠的。你真的好厲害喔……！」

他單方面地講個沒完，一雙眼睛亮晶晶的。

這個男的有著一雙美得有些多餘的眼睛，讓人看得出神。

不過說歸說，我也被他恭維得有點飄飄然的。他自然綻放的笑容中，沒有半點諷刺或諂媚的味道。那副神情，就只像個真心讚美同學是個電玩高手的純真學生。

看來魔術師是一種意外直爽的人種。不，或許只是他個人如此。

然而，儘管披薩哥這樣大力稱讚我，但這顆魔導核坦白講，不過是我從骷髏死屍身上撿來的東西。

還是跟他實話實說吧。

「不過是正好路邊有具屍體罷了。這東西只是我從牠身上撿來的。」

「哦——你運氣真好。不，但是能夠發現土巨魔的屍體，就表示你進去過東方的瘴氣之地對吧？這可不是誰都做得到的喔。」

披薩哥把我讚揚了一遍之後，這時才看了看坐在我身邊的魔太。

我也不假思索地跟著看向魔太。她正在輕輕地、溫柔地擦掉黏在我左臉頰上的水果塔碎屑。

魔太啊，謝謝妳總是這麼體貼。

可是拜託，我求妳了。只有現在，只有現在先別把我當成小嬰兒好嗎……在同年級學生的面前遭到這種對待，我作為一個人的驕傲與自尊，都被傷害得體無完膚了。

面對淚眼汪汪地讓魔太擦臉頰的我，披薩哥說了：

「原來如此，我懂了。從剛才到現在一直在你身邊候命，這具美如天仙的聖堂魔像……

原本以為那只是你的個人喜好，但我看不是吧？其實你不只是個貴族，還是本領相當了得的魔像使對吧？」

「不是，什麼叫做我的個人喜好啊……」

披薩哥啊，所以你原本把我當成了美少女人物模型愛好家還是什麼嗎？

遭到同年級學生的這種對待，我欲哭無淚。

披薩哥絲毫沒發現鄰座的說話對象遭到嚴重打擊，把盤子裡的最後一塊森佩爾燒解決掉，酒足飯飽地邊摸肚子邊說：

「不過話說又回來，你還真是令人羨慕呢。不但帶著一個漂亮的魔像，而且只要擁有一顆這種高品質的魔導核，隨便賣掉就能不愁吃穿了。哪像我，手頭的錢已經所剩不多，得去協會——」

聽到披薩哥的這段發言，我的肩膀跳動了一下。

「抱歉，麻煩你再說一遍。你剛才說什麼？」

「咦？沒有啊，我只是說手頭的錢漸漸不太夠用了，可能得去請魔術師協會幫我介紹工作才行。心情真沉重啊。」

「不，不對不對。我是說在那之前，關於魔導核的事。」

聽到我這麼說，有著一雙純真眼眸的披薩哥表情一愣，回答了：

「嗯啊？噢，我是說你這顆土巨魔的魔導核很大顆，一眼就能看出品質很好，拿去賣的話一定可以賣到很大一筆錢啦。」

「什……」

你說……什麼……？

第3話

臭老爹與騎士

我腳步無力地，像具活屍似的，垂頭喪氣地走在街上。

我得知了一項難以置信的事實。

我的魔導核被那個魔道具店的老爹，用完全不合理的超低價格當垃圾一樣賤價買走了。

竟然敢欺騙我，那男的太可惡了。

我、我絕對饒不過他，那個異世界條碼頭……！

後來根據餐館裡的披薩哥對我做的說明，魔導核這種東西能在魔獸體內結晶是極為罕見的現象。但市場需求很大，因此總是供不應求。

事實上，它似乎是一種交易價格極高的珍品。

披薩哥先生表示，那老爹可能看出我是個不識貨的外國貴族，就把我當成了凱子。又說他自己在離開富裕的老家出外旅行時，一開始也是不諳世事，常常被商人欺騙。他看起來這麼善良，的確滿有可能的。

披薩哥非常同情我的處境，於是替我付了森佩爾燒與水果塔的錢。

這個男生假如出現在漫畫之類的作品裡，外表看起來就是個會打主角可愛青梅竹馬的歪主意，最後惡有惡報的下流貴族子弟，實際上卻是個心地非常善良的傢伙。

「相較之下，那個魔道具店的老爹太糟糕了。絕對……」

我本來淚眼汪汪地想喊道「絕對饒不了他」，但喊到一半便住了口。

魔太從方才到現在，一直都憂心忡忡地湊近看我無精打采的側臉。

可能是實在太擔心我了，魔太從平常走路時固定待著的斜後方位置，幾乎已經貼近到了我的身邊。

上次跟司培里亞老師談過話，這次又跟披薩哥長時間談話，讓我發現到了一件事。

魔太這傢伙似乎從來沒有認真聽過我以外的人說話，就只是當成雜音左耳進右耳出。

所以我想，她可能不明白我為什麼這麼無精打采。

「魔道具店的老爹，絕對……絕對……呃，我是說他那個奇怪的髮型絕對是在替頭頂遮醜啦，我敢打賭。」

我趕緊把之前的發言蒙混過去。總之我決定在魔太面前，還是不要說出自己對魔道具店的這份怒氣好了。

沒必要讓她生多餘的氣或操多餘的心。

總之呢。

講到猴子的魔導核，我手上還有一顆。

這真的只能說是不幸中的大幸。根據方才披薩哥的說法，光只是這一顆魔導核，好像就能賣到很大一筆錢了。

反正在金錢方面，我本來也不怎麼吃緊。

雖然付了一筆非常昂貴的學習費。但這次的嚴重失敗追根究柢，我的無知也是原因之一。

我是不想承認。然而在爾虞我詐的買賣競爭上，我的確敗給了那個條碼頭商人的奸詐狡猾。

我試著用這種方式去思考，讓自己看開點。

但是，還是不行。

可惡啊啊啊啊啊啊！饒、饒不了他，我還是饒不了他！只有那個男的，我絕對，絕對一輩子都不會饒過他。

總有一天要找那渾球算帳！

我想到這裡，又瞄了一眼身旁的魔太。

我如果現在稍微拜託一下魔太，讓她用暴力手段去對付那間魔道具店，也許可以把這次的買賣一筆勾銷。

不，我看不是「也許」。我的心願一定會立刻實現，簡單到連自己都嚇一跳。八成還可以跟那間魔道具店勒索鉅額賠償。

這座城鎮裡，肯定沒有任何人阻止得了魔太。

而魔太絕不會拒絕我的請求。

可是——

「……真是，我怎麼會有這麼蠢的想法？真是無藥可救。又不是拿起刀子就忽然開始耍狠的國高中生。」

我帶點自嘲苦澀地笑笑，然後仰望街道上方的澄澈藍天。

後來我跟魔太一起，在午後的街上悠閒地到處走走。

在明亮又有情調的街區散步了一會，我的心情也慢慢好轉許多。事實上一直鑽牛角尖，對人生是沒有半點好處的。

我這個男人，調適心情的速度之快可是出了名的。

「哦，好像有股香味耶。」

有股來源不明的甜香隨風飄來。是什麼呢？聞起來像是餅乾。

放眼望去，大街對面有個攤販在賣烘焙點心。

由於眼下的資金有了著落，我現在出手比剛才大方多了。比起猴子石頭那些已經過去了的事，現在新登場的異世界餅乾比較吸引我的注意。

「欸，魔太，我們去那家店看看吧。」

我開朗地對身旁的伙伴說道，準備越過攤販前方的道路。

但當我走過道路時，發現路上不知怎地擠滿了人群。

剛好在那間魔道具店的附近。

看來我在街上四處遊蕩，不知不覺間竟回到了那家店的附近。不過這城鎮不是很大，倒也沒什麼好奇怪的。

就在這時，突然間，從路上簇擁的圍觀群眾中，乒啷一聲，傳出了某些東西毀壞的激烈聲響。

人群的喧鬧聲跟著擴大。

「怎麼回事，有人打架嗎……？」

我好奇起來，盡量自然地混入周圍的人潮，然後越過圍觀群眾的頭頂，探頭窺視了一下騷動的中心位置。

「啊！是那傢伙。」

意想不到的是，那個魔道具店的老爹竟然在群眾的圍觀下，跟三個男人吵架。

那個男的！欺騙我賤價收購魔導核還不滿足，難道又多搞出了三名受害者嗎？不、不可饒恕，真是不可饒恕！

我頓覺義憤填膺，對無良商人的怒火轉眼間在我心中復燃。

然而仔細一瞧，情況似乎有點不對勁。

與魔道具店老爹正面對峙的那些男人，腰際佩帶著長度明顯違反槍砲刀械管制法的曲劍（Sabre）。三人當中像是老大的一個長髮男子，凶神惡煞般的逼近魔道具店的老爹，對著他大吼大叫。

魔道具店老闆也有試著回嘴，但矮小的身軀抖得很厲害。本來就不怎麼賞心悅目的長相，如今面無血色又滿臉黏汗，變得更是有礙觀瞻。

長髮男子一邊搖晃著帶有刺青的肩膀，一邊扯開喉嚨大聲吼叫，好像想嚇阻周圍的群眾。

一旁候命的另外兩人雖是短髮，但也都是一副違反槍砲刀械管制法的類似裝扮。他們從兩側擋住魔道具店老闆的退路，凶巴巴地對他施加沉默的壓力。

那不是……深愛平靜的我最不擅長應付的人種，也就是**小混混**嗎？

沒想到這個世界，竟然也有那種人的存在。

我受到了輕微的打擊。

我在這個世界第一個遇到的是魔太，後來成了我的伙伴，是個非常溫柔體貼的傢伙。接著邂逅的異世界人司培里亞老師，也是位極富知性的可敬紳士。我有幸遇到這些好人，因此對這世界的人們，打從一開始就給予了幾乎最高分的文化評價。評價滿分是十分，他們隨便都能超過一百分。

然而看到這世界上還是有這種黑心商人或不走正道的男人橫行霸道，很遺憾地，我不得不把評價往下降個幾級。

當我陷入深沉的悲傷時，長髮流氓的尖聲叫罵刺痛了我的耳朵。

「就跟你說了嘛，丘托斯先生，有借有還，這不是社會上的常識嗎？你不把該付的錢付一付，我也很傷腦筋的嘛？我們又不是做慈善的。」

「我說了，請你們再寬限幾天就好！我已經找到辦法還錢了，再等幾天，幾天內我就能湊到錢還給你們！」

啊，我看這擺明了是在討債吧……

喂喂，那個條碼頭竟然還欠人家錢啊。

「我跟你說啊，要是整天相信你們這種藉口，那我們還靠什麼吃飯啊……喂，你們動手。」

長髮男揚了揚下巴。

以此作為信號，兩個男性跟班開始把店面的商品櫃踢倒。

商品從櫃子掉到地板上，發出乒鈴乓啷的刺耳聲響。原來剛才東西砸壞的聲音就是從這裡來的。

長髮男子一屁股坐到了橫著倒下的商品櫃上，不知是何時拿出來的，嘴裡叼著點了火的香菸。

男子往魔道具店老爹的臉上噴一口煙，同時低聲恐嚇他：

「你就算沒錢，還是有東西拿得出來吧……快把店面的所有權狀拿來。」

原來這就是專業流氓的手法啊。

幹得漂亮。只是我一點都不想效法就是了。

鐵青著臉的魔道具店老爹躲進店裡，很快就握著一只皮袋衝了出來。

他急急忙忙地從皮袋裡拿出一顆黑色晶體。指尖因為焦急與恐懼而簌簌發抖。

「你、你看！這是土巨魔（Earth Ogre）的魔導核，而且是可供軍用的特級品。只要我把這賣了賺到錢，馬上就能還清欠商會的錢！」

啊啊——！那不是他跟我賤價收購的猴子魔導核嗎！

喂，你這條碼頭！看到那個魔導核，又害我心裡湧起了深沉的悲傷與憤怒了。你這混帳打算怎麼賠我？

然而一看到這個黑色魔導核，長髮男子立即睜大眼睛。他的臉色產生了些許變化。我一回神才發現，兩個跟班也在不知不覺間停止砸店了。不愧是專業的流氓軍團，真有默契。

「哦，這真是嚇了我一跳……店主人，你還藏了這麼個好東西啊。」

長髮男子如此說道，嘴角開始透出壓抑不住的邪惡笑意，彷彿打從心底覺得樂不可支似的。

「好，我明白了。我們也不是鐵石心腸嘛。好啊，那就這麼辦吧，丘托斯先生。就照你的意願，所有權狀再給你寬限幾天吧。」

男子叼著香菸的嘴浮現齷齪的笑意，晃著肩膀走到魔道具店的老爹身邊。

然後他的手，突如其來地一把搶走了皮袋。

「那麼，這玩意兒我就收下了。」

「什……！」

「啊哈，還挺重的咧。我看裡面裝了不少喔。嗯嗯，好極了。今後你就繼續努力設法還錢吧。」

「你、你在胡說什麼啊！還給我！」

魔道具店的老爹漲紅了臉，抓住長髮男子想把皮袋要回來。

但沒兩下就反過來挨了頓打。矮個頭的中年男子被對方隨便一腳踢開，狠狠摔倒在地上。

他就這樣縮成一團，再也不動了。

「……這就是所謂的現世報吧。」

我注視著被砸壞的店面，靜靜地喃喃自語。

我不知道這世界有著什麼樣的慣例。但如果還債的期限過了，這種討債的方式或許也有它的道理。

雖然最後踢那一腳很不應該，不過也算是讓那個貪婪又頑固的店主受個教訓。

誰教他要欺騙心靈純潔的我，活該遭天譴。就帶著這不小的皮肉痛，痛省自己的罪過與貪念然後悔改吧。

「好啦，那我們要告辭嘍，丘托斯先生。不用送了。我看你這店主人工作有點太賣力了，就在那裡放輕鬆躺一下吧。」

長髮男冷血地笑著說。

他們三個人大搖大擺，神氣十足地就要走出店家。

但意想不到的是魔道具店的老爹，突然撲向了手持皮袋的長髮男的腳。

「還給我！拜託把它還給我！」

喂喂，別鬧了。

這個中年人還想打啊？

「嘖！你煩不煩啊。少得寸進尺了，你這骯髒的禿頭佬！」

長髮男被惹惱了，狠狠踢了魔道具店老爹的胴體一腳。那隻腳陷進中年男子鬆弛的側腹部，發出了不祥的鈍重聲響。

魔道具店老闆左手按著肚子，發出痛苦的呻吟聲。

流氓揚起叼菸的嘴角，甩亂一頭長髮，往魔道具店的老爹身上猛踢亂踹。

但魔道具店老闆，死都不肯鬆開握住流氓那隻腳的右手。

怎麼會有這麼不肯死心的男人？

然而無論如何，這場騷動顯然該結束了。我想應該就快要有人去報案，或是伸出援手了吧。

不過話說回來，難看地一味挨踢的魔道具店老爹，依舊沒有要鬆手的樣子。

在禿頂上撫平的稀疏頭髮也已經凌亂變形，悽慘到活像個落難武士。

就這麼捨不得那筆錢嗎？真是貪心到不可救藥。

結果三個人一起上，開始把縮成一團的魔道具店老爹踢得個亂七八糟。可以看到他的臉孔都流血了。

但他立刻就把臉壓低，所以我只有那一瞬間看到他流血。

明明只是略瞥了一眼，那血紅色彩——不知怎地卻烙印在我眼底，揮之不去。

話雖如此，差不多也該有人伸出援手了吧。當然了，這完全是傷害罪啊。

我是這麼想的。然而在我的眼前，禿頂的中年男子仍在繼續挨踢。

周圍沒有任何人挺身而出。

他拚命抓住流氓那隻腳的手，慢慢地失去力氣。

喂，不是。

怎麼都沒人要救這個大叔啊？

為什麼？難道是因為他是個不修邊幅的中年矮子嗎？莫非大家是認真地覺得，這個外表難看的窮大叔不值得救？

還是說因為他債台高築，做生意又不太老實？

沒錯，這些都是事實。

可是，就算是這樣好了。

這兩件事依舊不能相提並論吧？

的確，這個大叔賤價收購過我的魔導核，所以我也覺得他是個純度百分百的臭老爹。如果可以，我很想往他的屁眼裡塞一大堆鞭炮等著看好戲。但這方面的過節，只限於我們之間進行的買賣。

我是覺得他很可惡。但我好歹也是自己做出判斷，自己答應賣掉魔導核的。

然而此時現場發生的狀況，怎麼看都跟那是兩碼子事。

因為這個大叔，正在被人以多欺少，用暴力手段搶他的東西。

這樣是不對的。

最重要的是我看那幾個流氓，根本就沒打算拿那些猴子魔導核抵債。他們其實是想自己吞掉吧。

對啊。不然那些傢伙，應該要寫收據才對啊！

其實這點一直讓我耿耿於懷！沒寫收據的話，要是東西被那些流氓吞了，魔道具店老闆豈不是無處申冤！

這情況怎麼看都是犯罪。

拜託，大家幫幫忙，麻煩誰去幫大叔跟官廳通報一聲好嗎？我不知道這世界的治安法規是怎麼運作的啊……

再說、再說，大叔不是正在遭受不合理的暴力嗎？
沒看到他那麼不甘心，滿身汙泥地在哭泣嗎？
…………
啊，不、不行了。我看不下去了，忍無可忍了。
我幾乎是無意識地往前踏出了一步。灌注力道的鞋底，在地面發出沉重的咯噔一聲。
我身為一個文明人，實在無法對那群野蠻人欺凌弱者的暴行坐視不管。
我絲毫沒考慮過後果。
所以，我就這樣介入了渾身是血的大叔與流氓們之間。
沒錯，就像一位保護純潔少女的騎士。

「……喂，你們給我等等。把收據寫了再走。」

在這異世界當中，第一個讓我對抗暴徒，試著保護的人類。
這人既非柔弱的美少女，也非似乎有著難言之隱的漂亮大姊姊——而是個不修邊幅、頭髮稀疏又欠了一屁股債，無藥可救的中年大叔。

第4話　手刀與摸摸

我幾乎就在一時衝動之下，跟討債三人組展開了對峙。

但是以這個場合來說，我能做的事其實只有一件。

沒錯，就是用溝通的方式說服對方。這是唯一的辦法。

只要能請他們好好寫份收據，問題就解決了。好吧，再來如果可以，我還希望他們支付魔道具店大叔的醫藥費就是了。

「啊啊？你是哪根蔥啊？」

站中間的長髮男子聳起肩膀，威嚇性地對我大吼。

離這麼近不用這麼大聲說話沒關係，我聽得見。

「呃，我再跟你們確認一遍喔。我是說，我希望你們能寫份收據……拿給躺在那邊的大叔。」

不曉得他們有沒有聽懂我說的話，真讓我不安。沒人能保證我的語言翻譯能力，水準有高到能對應流氓語言。

「你是什麼東西？是那邊那塊垃圾的親戚還是什麼嗎？」

結果沒用，果然是雞同鴨講。這個男的沒理會我說的話，問了我毫不相關的問題。

沒想到思考邏輯互異的人種之間的對話，居然有著這麼深的隔閡。

「不，我不是他的親戚。我跟他的關係嘛，呃，我只是正好路過，不，或許應該說他是我的死對頭……」

我不禁支吾其詞了。

這是當然的，無可厚非。從客觀角度來說，我幾乎沒什麼搭救這個大叔的動機。假如我拔刀相助的對象是個美少女，或許還能講句什麼耍帥的台詞。無奈對方是個不修邊幅的大叔……

就連被我搭救的他本人都沒能跟上狀況，只是縮在地上，愣愣地抬頭看我。

我、流氓三人組與大叔，所有人全都搞不太懂現在這是什麼狀況。

「呃——……」

身為現在這個混亂狀況的元凶，我傷透腦筋地抓了抓後腦杓。

長髮男子毫不客氣地把我全身上下打量了一遍，最後好像想到了什麼，咧嘴邪笑了起來。

我從那表情當中，看見了侮蔑之色。

「哼哼……我看你是那個吧？就是從東方流亡過來的魔術師吧。」

我的確用的是這個設定。

就姑且先配合著說下去吧。

「是啊，沒錯。」

「哈！看你穿得一副高高在上的樣子，還以為是哪來的大爺咧。原來根本是隻沒用的喪家犬！」

長髮男得意洋洋地張開雙臂，一邊狂笑一邊這樣講我。

我猜想他這種戲劇化的誇張舉動，可能也是在故意做給周圍群眾看。

「逃離戰場又逃出祖國，還跑到別人的國家來丟人現眼，怎麼還有臉活下去啊～？就沒那個種死在戰場上！你以為你是誰啊，有資格插手管別人家的事情嗎！」

「什……」

這男的實在太過沒品，讓我不禁有點被嚇到。

想當然耳，我並非這世界的東方地區出身，所以即使一個流氓這樣痛罵我，老實說根本不痛不癢。

可是，假如我真的是從東方逃離戰亂而來到這裡，聽到這話不知會是什麼心情？一定會覺得既懊惱又悲傷，忍不住潸然淚下吧。

又沒有人是自願成為難民的……

為什麼像他這種人，總是能這麼輕易說話刺傷別人的心靈呢？是缺乏同理心嗎？還是說他真心以為身分立場不如自己的人，就可以隨便傷害沒關係？

「哼，你要是搞清楚自己的分寸了，就快給我滾吧，逃亡魔術師老兄。」

見我有點被嚇到，長髮男明顯地囂張了起來。

然後準備對我伸出手。

這個男的大概是想把我往後推倒，或是推到一邊去。

不，也說不定只是想瞧不起人地輕拍我的肩膀幾下。

結果到頭來，我沒能得知他這個動作的意圖。

瞬間只覺得一陣毛骨悚然，現場掠過一道令周圍空氣結凍的殺氣。

這時，我才終於想起來了。

我直到這個瞬間之前，竟然都忘得一乾二淨——沒錯，我把伙伴魔太的事給忘了。

忘了有一位異樣保護過度的純白希臘雕像，總是依偎般的佇立在我的斜後方。

然而其實此時最重要的問題，倒不是我把魔太的存在忘得乾乾淨淨，反而應該是「**我為什麼會把她的事情給忘了**」的原因所在。

的確，原因之一是我滿腦子只顧著解救遭受不合理痛打的中年男性。但事實上除此之外，還有一個重大的理由存在。

在場的所有人，都絕不可能想到這個理由。

說穿了就是魔太在這時候，完全沒讓我感覺到她的存在。

首先，每當我遇到危險時總是會挺身而出的她，這時並沒有站在我的前方。

而與我正面對峙的三人組當中，沒有一個人對應該在我背後候命的魔太做出有所戒備的動作。

因為她打從一開始，就不在我的背後。

而是在其他地方屏氣凝神，不動聲色，靜候時機。

同時正確而冷靜地判斷對手的威脅性，確保我的人身安全。她謹記與我的「打勾勾」約定，靜候能夠確實殲滅敵人的良機。

——啪嘰。

只聽見一陣某種物體被扭斷的難聽聲響。

一回神才發現，魔太的白皙玉手，抓住了長髮男正想碰我的手臂。

男人被握住的右臂，從奇怪的位置彎向關節的反方向，癱軟無力地下垂。

魔太把長髮男的手臂握斷了。

就在這個瞬間，我想起了進入城鎮時，與魔太做的約定。

只有在獲得我的准許，或是對方對我們**出手**的時候，才可以攻擊——

我看了看長髮男維持筆直往前伸出的狀態，從中折斷彎曲的右臂。

「啊……」

是、是沒錯，他是出手了。

這個男人的確把**手**，往我這邊伸了**出**來。

但是，妳也太急了吧！魔太啊，妳時機也抓得太早了吧！這傢伙只不過是把手往前伸出來而已啊。

不行。這可萬萬不行！憑這種歪理，人家一定不會認為這是正當防衛。

況且魔太這傢伙，剛才到底都跑到哪裡去了？

從我的角度來說，她現在站在長髮男的左邊。每次戰鬥開始時她都會待在我的斜前方，平常則喜歡固定待在我的斜後方；但從這兩個起點，是絕對不會變成現在這種相對位置的。

難道說魔太這傢伙，一直都躲在旁邊的圍觀群眾當中嗎……！

這種明顯具有計畫性味道的犯罪狀況，讓我心驚膽戰。至於眼前手臂被折斷的長髮流氓，連慘叫都沒發出來。

他的大腦還來不及理解疼痛，魔太的右掌已經從我的視野邊緣一閃而過。

「————！」

不妙。

我看出這招的動作，是手刀。

魔太曾經用這招，把大猴子的頸椎連同脖子外圍的岩石外殼一併砍成兩段，就好像在切豆腐似的。自從在聖堂對付魔像時被敵人執拗地針對脖子下手以後，她偶爾會施展這一招。

錯不了。

魔太打算砍下這男人的頭。

不行，不能讓她殺人。

在這一剎那間，我想到的不是替流氓擔心，也不是基於理性排斥殺人行為，反而是在為魔太擔心。

只因我覺得如果現在讓魔太一時激動殺了這個男人，魔太心中的某個部分就會決定性地失去控制。

「——不要殺他，魔太！」

我喊叫了。

情急之下發出的聲音，蘊藏著超乎我想像的怒氣。

我想這恐怕是自己第一次對魔太使用這麼強硬的語氣。以往我從來不需要這麼做，況且也有自覺，知道自己說來說去，對這傢伙犯的錯仍舊比較寬容。

魔太像是嚇了一跳，手臂一抖之後停了下來。

已經處於施展狀態的白皙手刀，頓時在長髮男的脖子旁邊靜止不動。一邊的長髮被平整地切斷，順著肩膀飄落到地上。

這正是千鈞一髮，勉強安全過關。

我這才如釋重負，安心地呼了口氣。

……然而，看來我安心得太早了。沒想到魔太居然把停在脖子旁邊的手掌直接握成反手拳，往對方的肩膀一口氣捶了下去。

只聽見一陣骨頭碎裂的低沉聲響。

「咕嘎啊啊啊啊！」

流氓刺耳的淒厲慘叫，在緹巴拉鎮上迴盪。

男人一邊發出哀嚎，一邊滿地打滾。肩膀骨頭被徹底打碎，外加手臂彎曲折斷的流氓，甩亂一邊被割斷的長髮，像毛蟲一樣滿地亂爬。

真是慘不忍睹。

我低頭看著在地上痛苦掙扎的流氓，臉色發青地喃喃說道：

「糟、糟了。只說**不要殺他**，好像還是不夠完整……」

魔太乖乖聽我的話，並沒有殺掉對方。可是她似乎還是忍不住做出過剩的報復攻擊。

「什……原來你是魔像使！」

一旁候命的兩個流氓跟班，臉色大變地拔出了腰上的曲劍。

不，正確來說是還來不及拔劍出鞘，魔太的迴旋踢就把兩人一起踢飛了。

血花四濺，名符其實地被一腳踢開的兩個流氓，狠狠地撞上了牆壁。

至於我則是大腦已經開始逃避現實，一邊想著「魔太這傢伙的大腿真漂亮」，一邊呆站原地望著發生悲劇的事故現場。

啊！不對，現在不是發呆的時候！

我急忙過去檢查撞壞店家牆壁，半個人陷在裡面的兩個流氓有沒有怎樣。

兩人都嚴重流血昏死過去，其中一人的腿還軟綿綿地彎向了奇怪的方向。

不過，仍有微弱的呼吸。還在動。

「還、還活著……」

我忍不住在胸前合握雙手，做出祈禱的動作。

還活著，他們還活著！太好了，感謝老天爺。原來魔太終究有手下留情，沒有殺掉他們。真是個聰明聽話的孩子！

這時候的我只顧著為被害人的生存高興，竟完全忘了魔太不容分說地踢飛了尚未拔劍的兩人，其實並不能算是有多聽明聽話。

不過無論如何，在這局面下，我該做的只有一件事。

我把魔太一把拉過來，用力抱緊了她。

然後卯足全力摸她的頭。

「魔太，妳真聽話，沒忘記要手下留情，妳真棒。沒錯，不可以殺掉鎮上的人喔。好乖好乖好乖，喔——好乖好乖，好孩子好孩子！」

沒錯。我養過狗，知道該怎麼訓練牠。

狗狗做對了事情，就要稱讚。而且要盡量當場稱讚。

尤其在牠做出忍著不攻擊，或是吃下很苦的藥之類違反動物本能的行動時，更是必須大力稱讚。主人必須立刻把牠好好稱讚一遍，讓牠知道學會忍耐就會發生好事。

所以我摸了魔太一頓。大摸特摸了一頓。一直摸到在我的臂彎裡不安分地扭動的她，最後開始微微抽搐，感覺好像有點虛脫為止。

就這樣，魔太學會了新的特技「手下留情」。

就在魔太抓著我開始虛脫的時候，無意間我抬起頭來，發現流氓們已經在遠處準備撤退了。

說是這麼說，但有兩人被魔太踢到陷入昏厥瀕死的狀態，實在無法自行走動。看起來好像是有幾名流氓同夥前來救援，把肩膀借給他們靠著走。

照他們的作風，大概是除了店鋪正面之外的地方，也配置了幾個人手守著後門等處，好讓債務人逃不掉吧。

「哈啊，哈啊……可……惡啊……」

我聽到有人呻吟，就是那個長髮男。

他臉色糟透了，滿臉黏汗地護住骨頭碎裂的半個身體，然後就這樣搖搖晃晃地走向道路那邊。

真是有毅力到令人不敢置信。換作是我的話，傷成那樣可絕對動不了。

長髮男注意到我的視線，用痛苦得齜牙咧嘴的臉低吼著說：

「你、你一定……會後悔的，魔像使。我絕對會讓你為這件事付出代價。」

咦！難道說他想告我？

那就完蛋了。這個案子恐怕百分之百是我方的錯。我一定會告輸。

強烈的敗訴預感讓我膽戰心驚，但撂下狠話的長髮男沒理我，步履蹣跚地走到了道路上。

然而，他才前進了幾步，就像是兩腳站立不穩般摔了一跤。

他那倒臥路面的身軀，無力地開始陣陣痙攣。同夥們急忙趕過去，用拖的把他帶走。

「大概是痛到昏倒了吧。可想而知……」

魔太很明顯地做得太過火了。未聞其名的流氓啊，我真的很抱歉。

我一邊在心中誠懇地賠罪，一邊目送上半身骨頭被打碎，又失去半邊頭髮的男人被拖走的淒慘模樣。

不知道他們的傷勢要不要緊？不過這世界有方便的治療魔術，姑且相信他們不會有事吧。

在流氓們撤退時，圍觀群眾也幾乎同時作鳥獸散。

大家都臉色大變，簡直像是急著逃命似的。

就連面朝道路的周邊店家老闆，也都慌張地開始關店。轉眼間，每個店家的捲門全都緊緊拉上了。

「咦，現在是什麼狀況……？」

只剩下我與魔太，呆站在被砸壞的店鋪前。

遺落腳邊，仍在冒煙的香菸，以及裝有猴子魔導核的皮袋，兩個都是長髮男被魔太用反手拳打碎肩骨時掉下的。

還有順便一提，魔道具店的大叔也倒在我們腳邊。

我一邊用鞋底踩熄菸蒂，一邊側眼看了看倒地的中年男子。

「喂，你沒事吧？」

我基於善意出聲關心了一下，但他沒理我，繼續縮在地上。他抖著滲血的嘴唇，嘴裡咕噥著說：

「啊啊，怎麼會這樣？我搞砸了，大家都完了……」

「……好像完全沒聽見我說話呢。」

不過話說回來，大叔這張臉被打得還真慘。

他被三個人合起來亂踢一通，弄得鼻青臉腫又噴出鼻血，嘴裡可能也破皮了，正在流血。

稀疏的頭髮也弄得亂七八糟。已經不只是像個落難武士了，眼前的他如假包換，就是個完美重現的落難武士。

假如我會用治療魔術，倒還可以出於同情，以收費的方式稍微幫他治療一下。

但很抱歉，我信奉的宗教教規嚴格規定只可使用土屬性魔術。

第5話

黑社會與綽號

自討債流氓們離去到現在，過了將近一小時。

由於店裡被砸得實在是滿目瘡痍，我看不下去了，因此從剛才到現在一直在把掉了滿地的商品放回櫃子上。

附帶一提，魔太也在幫我的忙。這傢伙真好心。

喂，那邊那個落難武士。你也別只會縮在地板上，多跟聰明聽話的魔太學著點吧。

「真是，你打算這樣縮多久啊……」

我不再去看在地板上發抖的大叔，繼續開始把魔道具商品擺回櫃子上。

像這樣收拾店裡的東西，其實讓我明白了一件事。

這間魔道具店，相較於還算氣派的店面與寬敞的賣場面積，商品的數量卻少得可憐。而且從一開始就沒有客人上門，商品櫃也一堆空位，沒幾件東西可供選購。

對這世界還不熟悉的我，本來還以為這是常態。但事實上應該是因為欠錢，讓店裡沒有足夠的本錢進貨。

這家店的大叔店主，當時恐怕是連收購我的魔導核所需的現金都湊不出來。

或許是因為這樣，才會使出那種孤注一擲的詐騙手段吧。

散落一地的魔道具全是小東西，簡直跟玩具沒兩樣。

在將東西放回櫃子上時，我把一個外形像是螺絲，滑稽古怪的魔道具轉來轉去玩了一下，結果感覺到店門口外好像有人在看我。

我不假思索地抬起頭來，然後睜大了雙眼。

「那些傢伙是什麼人啊……」

不知是什麼時候來的，一大群男人站在外頭街道上把店包圍了起來。

場面十分異常。

排排站的男人們全都死瞪著我。

所有人看起來都是一副凶神惡煞的樣子。就跟方才我趕跑的那三人組一樣，這一幫人都穿著異世界風格的流氓打扮。腰間佩著曲劍或短刀，其中甚至有人手持棍棒。整個模樣看起來，正是一副不法之徒的樣子。

不過話說回來，人數還真多。這絕對有超過五十人吧。

至於我們店裡，魔太已經靜靜佇立在我的斜前方了。

啊！給我等一下，魔太。妳不會是想跟這些人打起來吧？妳先別衝動，行使暴力是不對的。

「哦，這間店還是一樣生意清淡嘛。」

突然間，路上的集團當中傳出了一個粗嗓門。

接著，一名大漢慢吞吞邁著大步走上前來。

他身穿形狀少見的金屬鎧甲，背上揹著一把大劍。

這把劍大得異常。

長度有人的身高那麼長，而且格外寬闊厚重。那種武器能用人類的力氣揮動嗎？難道那個男的是大猩猩的後裔還是什麼嗎？

我狐疑地注視著那把大到不像能用來戰鬥的武器。

相較之下，揹著巨劍的大漢用恫嚇般的語氣威脅我：

「你就是他們說的那個，操縱著奇怪紅眼聖堂魔像的魔術師嗎？」

這應該就是在說我了。我很想用瀟灑的態度回答他：「對，正是在下。」

但是，真的可以這樣回答嗎？我可以自稱為魔術師嗎？我只會用土屬性，而且還是入門魔術。只有做過小石頭、魔像或是長槍之類的東西，完全就是個新手。

我這種貨色要是自稱為魔術師，那些正職的魔術師會不會譴責我？會不會偷偷取笑我？

「……是的話又怎麼樣？你找我有事嗎？」

對於大漢的質問，我既不承認也不否認，總之先給了個模稜兩可的答案。

一回答的瞬間，不知為何，四周包圍我們的流氓似乎頓時緊張了起來。

怪了，我這樣回答有錯嗎？

「嘿！算你有種。沒夾著尾巴逃走，堂而皇之地就待在這裡等我們上門，看來只有膽量比別人大。」

大漢膽大包天地咧嘴一笑。

「我看你大概是用魔像耍小手段隨便打贏了幾個魔術師，就得意起來了吧……但是呢，算你倒楣，得意忘形到敢對本大爺這個魔術戰士的部下動手。」

聽到男人這樣放話，那些流氓跟班都跟著大聲附和：

「就是啊！達茲大哥是黑社會最強的『血屬性』魔術好手！一擊就能把你這傢伙的輕型魔像劈成兩半！」

「還請達茲大哥出手，幹掉他們！」

流氓們情緒亢奮到了極點。

我聽完他們一連串的發言，想起了在盆地隱居處讀過的教科書《魔術入門Ⅰ》的內文。

「血屬性……」

我從書中讀到過這種屬性，對它略知一二。

記得是具有「令血液沸騰」性質的屬性。這種屬性的魔術，說穿了就是能夠強化自己的體能，或是提升治癒力。

它能夠藉由法術的效果提升體能，所以具有血屬性適性的魔術師即使打起肉搏戰也一樣厲害。因此根據文章所述，他們在戰鬥中會是非常難以對付的存在。

此外，專精這種血屬性魔術的魔術師屬於人稱「魔術戰士」的特殊類別，與一般魔術師有所區別。這種特化型魔術師還有其他許多種類，例如旁人偶爾會稱我為「魔像使」，就跟這種魔術戰士一樣，是特殊魔術師的土屬性版。

魔術戰士光聽名稱就夠炫的了。當然我一開始也是這麼想的，所以之前在進行「屬性理解」的步驟時，也檢驗過自己有沒有血屬性的才能。

結果不用說，當然是半點才能都沒有……

所以說眼前的大漢，就是我以前放棄就職的魔術戰士了。而且還是黑社會最強耶，這頭銜真是夠威的。

話雖如此，這下子傷腦筋了。

我看這個魔術戰士大漢，八成是之前跟我們發生糾紛的流氓三人組的頭子還是什麼的。

對於那幫人討債時的暴力與私吞行為，我有很多事情想申訴。但是，此時躲在一旁發抖，臉色鐵青到發紫的魔道具店大叔，恐怕也的確跟他們借了錢。

而且我家的魔太，剛剛才不容分說地把人家的員工打到身受重傷。

在這個狀況下，我反而會是被索取醫藥費的一方。

我手頭的所有錢，搞不好會全部變成昂貴的醫藥費與精神賠償費。

不過，沒關係，我甘願受罰。因為伙伴犯的錯，責任全在我這個飼主身上。

我下定了悲壯的決心，準備全額支付醫藥費與精神賠償費。

「知道了，我洗耳恭聽。有什麼事你說吧。」

「我有什麼事？這事不是再明白不過了嗎？兩個魔術師賭上面子認真開打，當然就是殺個你死我活的決鬥了。」

看來異世界的流氓，比我想像得還要喜愛暴力。

就在這個瞬間，大漢不容分說地直接挑起了戰端。

「唔喔喔喔！『獅子肉鎧』！」

怒吼般的詠唱聲當場響起。

與此同時，大漢的肉體開始噴出水蒸氣般的暗紅鬥氣。

組成男人全身結構的肌肉，簡直有如鎧甲般整塊鼓脹隆起，漸漸變得如鋼鐵般硬實。

好、好厲害啊。就連在外國摔角手當中，都沒看過這麼驚人的傢伙。

大漢伴隨著一股氣勢拔出了背後的巨劍。他單手輕鬆揮動這把幾乎有如鐵塊的劍，在前方擺好架式。

然後，他以耀武揚威的大嗓門喊道：

「看老子把你劈成兩半，魔像使！你就到陰間去後悔不該與本大爺作對吧！」

「啊……」

我不禁低呼了一聲。

我在這時候，察覺了一件非常不妙的事情。

造成整個問題的大漢，現在正站在店門口前方的路上，跟站在店門口的我之間，還有滿長的一段距離。他在寬廣的街道中央讓大量跟班簇擁著，以一種光明正大的態度擺出了決心開戰的姿勢。

他此時把劍擺成水平位置，直指著我。

沒錯。也就是說，他對我伸**出**了**手**。

慘了。

我發現到這一點，但還來不及出聲制止，魔太更快採取了行動。

她那踏出腳步的動作，簡直是迅如疾風。她已經等這一瞬間等很久了。

如子彈呼嘯而出的白色精靈，一口氣逼近大漢的龐然巨軀。

快如流星的白皙拳頭，發出巨響捶進了大漢的臉孔裡。

肌肉發達的彪形大漢，簡直像紙人偶一樣往後方飛去。他在空中描繪出大大的拋物線，飛過了街道上方。

我也是，幾十人的流氓集團也是，還有魔道具店的大叔也是，都只能愣愣地呆站原地，目送飛天肌肉男離去。

飛過街道的大漢，整個人頭下腳上地高速撞進擺在對面店家門前的一堆空木桶。幾乎所有木桶都被他墜落時的衝擊力道撞了個粉碎，掀起了漫天的碎裂木片與砂土。

男子在撞擊力道下往旁摔倒，狠狠撞上牆壁，就這樣一動也不動了。

沒有一個人說話。

街上鴉雀無聲。

飛來的木片發出匡啷一聲，掉在附近的路面上。

「闖……」

闖、闖禍啦啊啊啊啊！

我忘了修正對魔太下的指示了！這根本全是我的錯嘛。我開始想自殺了。

我自責地扶著腦袋，不禁當場低下頭去。

可是，我又做錯了。這樣做使得我沒有盯緊魔太，完全是一次失策。

經過幾秒鐘的逃避現實後，我為了收拾爛攤子而再次抬起頭來時——

「這、這是怎麼搞的……」

只見眼前一片人間地獄般的慘狀。

路上躺滿了渾身是血，扭動掙扎的大量流氓、流氓，以及更多的流氓。

這到底是怎麼回事？發生什麼事了？

我腦袋亂成一團，然後終於反應過來了。

難道這是魔太趁我逃避現實的幾秒時間，做出的好事？

倒在地上的流氓們，全都在痛苦哀嚎，嚴重流血，每個人的手腳都彎向奇怪的方向。用一句話來形容，就是慘無人道。

但是，還在動。最起碼他們還在動。

「好、好險，他們還沒死……」

看來魔太還沒忘記要手下留情。

我稍稍鎮定下來，此時重新確認了周圍整體的狀況。

店鋪前方的街上被血染得一片通紅。才不過幾秒之間，以我為中心的一定距離內的流氓，全都遭受了狠毒的暴行而被打得半死不活。

被害人數多達集團總人數的將近一半。身手快到令人難以置信。

此外，魔太這個嫌犯，則是靜靜站在原處。

一副冷若冰霜的正經模樣，好像什麼事都沒發生過似的。

沒用的啦，魔太。妳就算擺出這種態度，也是騙不了我的。我可是有看到妳偷偷甩掉人家濺到妳手上的血喔。

其餘大約半數逃過一劫的流氓，全都像是手腳被釘住似的僵在原地。

所有人都沒開口，用一種心驚膽寒的表情看著我。

……不是，等一下。看我幹什麼？

把你們的同夥打個半死的是魔太。我儘管有著身為魔像飼主的責任，但並沒有做過什麼動作啊。

然而，那些流氓看我的神情，無一例外地全染上了恐懼與絕望之色。他們那種表情，簡直就像看到了邪惡的魔神一樣。

總之，這個狀況很不妙。

最有可能是集團代表人的那個大漢，現在仍埋在牆邊的木桶殘骸裡，一抖一抖地陣陣痙攣。必須趕緊替他做治療，然後平心靜氣地好好談談。我現在如果不負起責任收拾殘局，後果絕對不堪設想。

我開始邁步橫越街道，想走向大漢那邊。

倖存的流氓們全都嚇得往兩側退開，使我的面前開出一條路。

簡直像先知摩西分海一樣。不過這次是以流氓構成的骯髒海水就是了。

「噫、噫咿咿！饒、饒了我吧，饒命啊！求求你，是、是我，是我錯了！」

半張臉孔腫脹不堪、慘不忍睹的大漢流著眼淚渾身發抖。

意想不到的是，他居然還有意識。

雖說魔太有手下留情，但臉孔被魔太一拳打個正著居然還沒昏倒。

這大概就是血屬性魔術的效果了。

真是小看不得，這種魔術太危險了。有這麼強大的防禦力，一般物理攻擊想必都會被彈開。難怪他在對付魔像時那麼有自信。

我對大漢的能力興味盎然，身旁的魔太卻顯得無動於衷，對著眼前發抖的大漢迅速舉起了右臂。

啊，糟了。魔太這傢伙，打算再補他一拳。

「……魔太，不可以喔。妳很乖，等等。」

妳要是再多揍他一下，這個人恐怕就要沒命了。

總而言之，幸好他還有意識。我們仍然有機會好好談談。

可是，這下該從哪裡談起好呢？

我想首先必須講明白，他們在對魔道具店催繳債款時行為失當，使得雙方之間產生了誤會。

然後再來針對魔太多次做出的暴行道歉。

「聽我說，關於躺在對面魔道具店裡發抖的那個大叔欠的錢……」

「我、我知道了，我明白！我們只是接受佩斯利商會的委託，代替他們討債而已。我們這就退出，從此以後再也不插手管這件事，也絕不會再對店裡動手了。所以拜託，拜託，不要殺我啊！」

半張臉腫到原形盡失的大漢，流著鼻血哭叫著說。

喂，別這樣，不要鬧，你誤會了。我並沒有打算殺人——

「我是真的不知道他有你這種親戚！我也不會再對這個城鎮出手了，馬上就離開。拜託，不要殺我，不要殺我啊！」

他慘叫到我都怕了，原本放在男人身上想幫他療傷的手也鬆開了。

這時我才發現我抓著他的衣領，想檢查他臉部的傷勢，結果姿勢變得好像抓住他的衣襟在恐嚇他。

我一鬆手的瞬間，大漢連滾帶爬地迅速從我面前跳開，以蹣跚不穩的腳步，沿著城鎮街道逃往西門那邊去了。

手下們一時愣住看著他這麼做，隨後也拖著發出呻吟的傷患，一齊追隨其後逃之夭夭。

從沒有拋下傷患這點來看，意外地還算是個講義氣的幫派。

「惡、惡夢……」

一個逃走的小嘍囉，眼神空洞，呆滯地喃喃自語的話，莫名地縈繞我的耳畔。

從這天起，殘暴無情，操縱紅眼聖堂魔像的「緹巴拉的惡夢」就在帝國的黑社會成了惡名昭彰的危險人物。

不過要等到很久之後，我才會聽到這個綽號。

❖　❖　❖

流氓軍團像颱風過境般離開了城鎮。

一陣風吹過變得空無一人的街道。

只剩下大漢弄掉了的一把巨劍。就這樣。

「這把劍要怎麼辦啊……」

我愣怔地站在被拋下的大劍前面。這時，一名鎮民走到了我身邊來。是一位披著破舊帽兜，拄著短杖，讓人忍不住想去攙扶她，以免她摔倒的老婆婆。

我對她的容貌有印象。她就是上午我剛進入城鎮時，請我吃糖球的慈祥老婆婆。這間魔道具店的地址，也是她告訴我的。

「謝謝你了，這位大哥。」

老婆婆用枯枝般細瘦的手摸我的頭，笑咪咪地說了：

「魔道具店的丘托斯先生啊，是為了替生病的女兒湊錢買藥，才會欠了那麼多錢。鎮上大家都很為他擔心，可是又怕那些凶狠的地痞流氓會來報復，所以誰都不敢有意見。」

「原來有著這樣的隱情……」

我講到一半，不禁睜大了雙眼。

「咦，**女兒**……？」

這位老太太，您剛才說什麼？

您說……女兒？

您是說那個大叔，有個正值青春年華的女兒嗎？

竟有這種事？我這執拗地被猴子、大叔與恐龍圍繞的異世界生活，終於、終於得到桃花運的眷顧了嗎？

真不敢相信。

可是，這該不會……難道說……就是很常見的那種，解救父親脫離罪犯毒手的正義之舉，即將成為我與他可愛女兒之間酸甜戀情的開端？

那種宛如美妙戀曲的好事，竟然會發生在我身上？

太棒了，真是太驚人了。

我驚愕地睜大雙眼僵在原地時，老婆婆又給了我糖球。

「啊，真是謝謝您。」

我恢復理智，低頭道謝。

一看，老婆婆還想請魔太吃糖球。真是個好人……

看到老婆婆拿糖球過來，魔太顯得有點困惑。她面對拿給自己的糖球，視線左右飄忽不定。

真難得看到她的這種反應。

「……真是太好了呢，魔太。妳就收下吧。」

我面帶笑容這麼說了。

魔太應該不能吃糖球。但晚點我幫她吃就行了。

取而代之地，我可以把她的身體擦得亮晶晶的。

含在嘴裡的糖球，有種神奇的溫和甜味……

並且帶有一絲細微的，像是樹果的滋味。

第6話　寶貝女兒與戀愛旗標

直接進入結論吧。才沒有什麼見鬼的旗標咧。

容我向各位介紹那間魔道具店的女兒。我跟她從剛才到現在，一直聊得有說有笑的。

這位可愛的女兒，有著顏色極淡的栗色頭髮。

單身、年輕，無庸置疑地是個美人胚子。而且當然是人類女性。

名字叫做堤露。

真是個惹人憐愛的好名字。

意想不到的是，她現在竟然坐在我的大腿上。

我問她：「妳幾歲？」她就害羞地張開五根小手指頭，回答：「五歲。」

五歲……

喂。

喂，大叔。

這是怎樣啊？什麼叫做五歲啊？

沒錯，她即使年紀小，仍是位可敬的淑女。我也會有禮地與她相處。

但是啊，看你這張老臉，女兒至少也該有個二十幾歲吧。你這個男人怎麼這麼沒用啊……

總而言之，小堤露跟她這個奸商父親完全不像，是個非常乖巧的好孩子。這點老實說讓我鬆了口氣。

現在也是。她看到我這個稀客顯得由衷開心，在我的大腿上笑咪咪地跟我說話。真是個好孩子，我感受到了基因的未解之謎。

一定是像到過世的母親了吧。

聽說他們家的太太跟小堤露得了同一種病，藥石罔效，在前年過世了。

大叔喪妻，背債獨立養大生病的年幼女兒，會因為身心俱疲而老得快又掉光頭髮，也是不難理解的。

這孩子現在看起來是很健康，但以前似乎真的生過病。

我是不清楚這世界兒童的平均發育狀況，但從鎮上的人們來看，應該跟原本那個現代世界相差無幾。這個世界的糧食種類似乎很豐富。

然而小堤露卻長得相當嬌小……

我一開始見到她時，還以為她大概是幼兒園小班的年紀呢。

我想這應該是她長期臥病在床，到了最近才有所好轉造成的。

想到那位夫人必須留下這麼幼小的女兒，以及一點都不可靠的死鬼老公撒手人寰，心中想必充滿了遺憾——

「真是，我都想哭了……」

我坐在沙發上，漫不經心地望著左手邊的窗戶。開始變得昏黃的夕陽餘暉，從這世界特有，透明度莫名地低的玻璃窗照進室內。

附帶一提，我們現在所在的這棟房屋，是魔道具店大叔的家。

地點與白天跟流氓們引發騷動的那間店舖所在的中央大街，相隔了幾條巷子。

那件事發生後，大叔請我們來到他的這棟私人住宅，讓我們在這裡暫住幾天。

大叔請我們住在家裡，對我們而言可說求之不得。

雖然我手頭的錢還夠住旅店，但老實講，我現在尚且處於人生地不熟的狀態，也還不太會用錢。他的提議讓我們暫時不用花錢費心找地方住，我沒理由拒絕。

大叔今晚讓我們過夜的住處，空間還滿大的。以這座城鎮來說，很少看到這種兩層樓的建物。

或許就是像這樣手上顯而易見地還有點小錢，才會遭到那幫人勒索吧。

「欸，睡伊哥哥，然後啊——我跟你說喔——」

坐在我腿上的小堤露，從剛才到現在一直活力充沛地擺動著小小的腿，跟我展開精采絕倫的異世界幼女談話。

這孩子起初還有點怕生，但現在已經完全跟我混熟，真的是個天真純樸的好孩子。容我一再重複，實在無法相信她是那個邪惡大叔的小孩。

「然後啊，堤露長大以後，要開嗶丙店——然後呢，跟你說喔——」

聽著大腿上的小女孩講著溫馨可愛的話，我也若無其事地配合著說：

「哦，要開嗶丙店啊，好棒喔。小堤露的話一定可以的。」

當然，我完全不知道嗶丙是個什麼東西。但光是不繼承大叔鑽法律漏洞的商店，就已經值得稱讚了。

加油，小堤露。我會誠心為妳的夢想加油的。

小堤露一雙色素較淡的大眼睛閃閃發亮，用靦腆的笑臉繼續說些童言童語。

「然後啊——堤露想要……呃……」

她在我的大腿上晃著雙腿，開始扭扭捏捏了起來。小孩子不像我們大人，光是要把想法轉換成語言都得費一番勁。

小堤露忽然神色一亮，用可愛的笑容抬頭看我。

「堤露啊——要當睡伊哥哥的新娘！」

「什麼？這真是我的榮幸。」

嚇我一跳。真是位熱情的淑女。

呵，謝了，小堤露。妳這番純潔善良的話語，想必是妳發自內心的真誠心意吧。

可是呢，大哥哥我很清楚。

等到再過個十幾年，妳就會離開大哥哥我的身邊，幸福地與來路不明的男人共結連理了。

「真是，我的，榮幸啊……」

我滿懷哀愁的心情，輕輕地、溫柔地摸了摸小堤露輕柔的淡色髮絲。

小堤露瞇起眼睛，好像被我弄得有點害臊。

這時我感覺從我的右邊，有某種極其危險的氣息在搖盪。

轉頭一看，只見坐在我旁邊的魔太，正在慢慢地對小堤露伸出手來。

她那白皙的指尖，不知為何正在激烈地顫抖，好像青筋都要突出來了。

「……？魔太妳在幹嘛啊？」

怪了。剛才我明明感覺到右邊有股危險的殺氣，不知道是怎麼搞的？

我還以為身邊出現了魔獸咧……但冷靜想想，魔獸不可能出現在這種民宅裡。

看樣子來到這世界之後幾乎天天都在戰鬥，讓我變得有點神經過敏。

方才那種可怖不祥的氣息，一定是我的心理作用吧。

因為在我身邊的魔太，不太可能對小堤露做出什麼壞事。

畢竟這傢伙平常都把我當小寶寶一樣照顧了，整個人充滿了過度強烈的母愛。我猜她應該很喜歡小孩子。

我懂了，她伸出這隻手是想摸小堤露的頭吧。

我就知道魔太喜歡小孩。

「嗯嗯，魔太一定可以當個好媽媽的。」

不過我不知道魔像能不能生小狗就是了。

我話才一說完，魔太那隻激烈抖動著，徐徐靠近小堤露腦袋的手，忽然當場頓住不動了。

然後這隻手，開始摸起了小堤露的頭。

啊啊，多麼美麗的光景啊。

祥和的夕陽餘暉從窗邊照進室內，映襯出一具白色希臘雕像撫摸著天真幼兒的模樣。其神聖莊嚴的氣氛，甚至凌駕於拉斐爾大師繪製的聖母子像之上。

但是只有一點讓我有點在意。

「我說啊，魔太，妳摸她的動作是不是有點粗魯？」

她在摸我的時候，我感覺她總是更……就像處理一件纖細的玻璃工藝或是寶物那樣，碰我的動作又輕又溫柔。

不過無論如何，小堤露被她這樣把頭髮亂摸一通倒也顯得很開心，所以或許這樣也沒什麼不好。

順帶一提，我這時感應到了另一道危險的氣息。

發出氣息的人，隔著桌子坐在對面的沙發上。

就是那個魔道具店的大叔。

「……你好像對我有意見啊？」

自從方才小堤露對我使出了幼女式求婚之後，大叔寬廣的額頭就浮出了一跳一跳的血管。

照這樣子看來，搞不好會提早死於高血壓。

為了進一步縮短大叔這個可恨仇敵的壽命，我出言挑釁。

「你府上的女兒，果然不像某個沒用的老爸，很有看人的眼光呢。真是位聰明的千金。」

大叔的頭皮被我這樣促進血液循環，已經快變成桃紅色了。

「……你老兄可不要誤會了喔？白天那件事我的確很感謝你。但是呢，這跟那是兩碼子事，我家的提露不能嫁給你。」

「哼，說什麼傻話。想嫁給誰是本人的自由好嗎？」

哼哼，真是個蠢到沒救的大叔。

竟然把小女生特有的甜言蜜語當真，幼稚地發起脾氣來了。

不管你再怎麼溺愛女兒，小提露遲早會跟某個來路不明的男人展開新生活啦。到時候難看的是你。

而那也是為了她的幸福著想。

好吧，在她嫁人的前一天，我可以在你全額請客的前提下陪你喝酒，聽你抱怨。就讓我拿你懊惱的模樣下酒，好好取笑你一頓吧。

◈　◈　◈

起居室後側的桌子上，堆著墨水瓶與寫到一半的文件。

我跟魔道具店的大叔兩個大男人，現在稍微離開方才的沙發，來到他位於室內較深位置的工作桌前坐下。

「剛才幸好有你解圍，我真的很感謝你。讓我重新做個自我介紹吧，我叫丘托斯。就如你所知道的，在這緹巴拉鎮經營魔道具店。」

把稀疏頭髮撫平到頭部側面的矮個子中年男人，當著我的面做了自我介紹。

「那麼，我也鄭重做個自我介紹吧。我叫睡伊．勞士。順便提一下，在對面房間抱著你府上千金的，是我的伙伴魔太。全名叫魔像太郎。」

自稱丘托斯的大叔聽到我這番話，頓時有了反應。

「原來如此，鑾妃『魔夏塔露』是吧……都說人如其名，看來這個令人敬畏的殺戮與嫉妒的美神之名，取得是恰如其分呢。」

「…………！」

大叔，連你也是嗎？你也屬於把她叫成魔夏塔露的勢力嗎！

魔太的全名不是魔夏塔露，是魔像太郎。只有這一點我賭上命名者的驕傲，絕對不會讓步。

之前我跟司培里亞老師爭論到一半就屈服了，但這一次，我絕對要讓這世界的居民接受我美妙的命名品味。

總之先從這個丘托斯大叔開始吧。我的最強命名品味席捲這世界的歷程，就從此時此刻踏出第一步。

我極力加重語尾聲調，用清晰的發音說了：

「因為我的『魔像太郎』是非常強悍的，那點程度的小混混根本算不上對手。」

「你說他們是小混混……但那幫人的老大人稱『壞劍』達茲，在這附近一帶是人盡皆知、惡名昭彰的不法之徒啊。不過好吧，在面對你老兄操縱的『魔夏塔露』時，真的變得跟小混混無異就是了。」

「…………」

這個大叔，竟然還繼續叫她魔夏塔露。

怎麼會有這麼倔強的男人？

「哼，那種只有個頭比較大的男人，讓『魔像太郎』出馬，就算一次來個一千人也對付得了。畢竟我的『魔像太郎』可是全世界最強的戰士呢。」

「你老兄對自己的本領與『魔夏塔露』的性能還真有自信呢。」

夠了沒啊！我說過她不叫魔夏塔露了！就跟你說是魔像太郎了啊。怎麼連這麼簡單的事情都不懂？

不過，還沒完呢。我不會這麼輕易就死心的。

後來，過了大約十分鐘。

「算了，魔夏塔露就魔夏塔露吧……大叔你愛怎麼叫就怎麼叫吧……」

「？你在說什麼啊？」

我的心血與努力全白費了，丘托斯大叔到頭來，還是沒正確聽懂「魔像太郎」這個名字。

我的心又一次被迫徹底屈服。

看到我憔悴不堪的疲憊模樣，丘托斯大叔先是偏了偏頭，但隨即大聲乾咳了一下。然後不知怎地端正了坐姿，轉為面對著我。

「睡伊啊，關於我用不正當的方式壓低土巨魔魔導核價格的事，我鄭重向你道歉。我真的很抱歉。既然事已至此，這些魔導核……你就用原價買回去吧。」

丘托斯大叔的表情很嚴肅。

事實上，那只裝有猴子魔導核的皮袋，現在就放在我眼前的桌上。這是長髮流氓遭魔太打倒時弄掉的，被我姑且撿了回來。

店主大叔那時倒在地上發抖，總不能把貴重物品就那樣放在地上吧。

話雖如此，既然我已經把東西賣掉了，現在這皮袋裡的東西，終究仍是屬於大叔。

「原來如此，讓我用原價買回來，是吧？」

「抱歉……以我店裡目前的經營狀況，只能做到這樣了。」

丘托斯大叔咬住嘴唇，低下頭去。

我雙臂抱胸，思考了一下。

這項提議換言之，就是讓我用原價向丘托斯大叔買下魔導核，所以說穿了，就是恢復到脫手之前一開始的狀態。

我不清楚這世界的商業慣例，但這或許算是一個妥當的解決法。更何況這個大叔已經債台高築，我不認為繼續談判下去能讓他賠錢給我。

「……知道了。我沒有異議，這件事就不再追究了。」

我點了點頭。

所幸今天的午餐有那位披薩哥請客，我也還沒買任何東西，所以完全沒用到錢。

因此，魔導核的變賣金額還一毛不少地在我手裡。

只要把這筆錢完完整整交給眼前的大叔，這件事就完美落幕了。

多虧有同年級學生披薩哥請客，以結果來說幫我省了許多麻煩。謝謝你，披薩哥。假如下次還有機會，到時候換我請你一頓吧。

「這些就是今早你在店裡付給我的錢，你清點一下吧。」

我拿出變賣得到的硬幣，放到桌上。

丘托斯大叔則是從桌上拎起裝有魔導核的皮袋，把它遞給我。

我穩穩地收了下來。

這樣，事情就落幕了。我想把皮袋直接放回包包裡。

但不知道是怎麼了，丘托斯大叔抓著皮袋不肯放手。

「喂，請你放手好嗎？」

「抱、抱歉，一時忍不住……」

「這哪裡算是一**時**啊！」

我硬是從大叔手裡搶走了皮袋。

真是，怎麼會有這麼貪婪的大叔啊。我有點傻眼地想把皮袋放進包包裡，這時忽然停住了動作。

總覺得拿過來的皮袋好像不太對勁。

「喂，大叔。我怎麼覺得皮袋裡的東西，好像比剛才少了一點？」

「…………！」

只見大叔滿頭冷汗。

仔細一瞧，他手裡握著一顆黑色魔導核。

喂，你這條碼頭別跟我開玩笑了！

我想從丘托斯大叔的手裡搶走魔導核。大叔哭著不從。

「拜託，求求你了睡伊，拜託！別把這個也拿走！」

但我還是冷血無情地從大叔手裡搶回了魔導核。

「唉。」

我把手肘支在桌上，嘆了一口氣。

其實大叔做出那一連串丟臉難看的舉動，是有原因的。

雖說討債的流氓們已經收手了，但他欠的錢並不會因此而消失。他們那個大塊頭老大說過，他們只是替某某商會代理討債業務罷了。

記得好像說是……佩斯利商會？

佩斯利這名字，聽起來還真像外國服飾的花紋。不過這不重要。

丘托斯大叔背負的債款，大概就是向那個佩斯利商會借的吧。換句話說，只要沒有償還跟商會這個債主借的錢，遲早還會有別的討債人上門來。

大叔就是因為這樣，才會死抓著魔導核不肯放。

因為他背負的問題根本沒有解決。

只不過是我偶然介入，使得結局延後了一段時間罷了。

當然，我對於商會唆使那種犯罪暴力集團，對妻子離世又得照顧生病年幼女兒的中產階級殘酷無情地討債的行徑，也不是沒有任何意見。

可是，借錢還錢本身是一件正當的經濟行為。

我記得一開始，那個倒楣被魔太把右上半身骨頭打得個七零八落的長髮流氓大聲說過「有借有還是社會上的常識」。單從這一點而論，那個男的說得確實沒錯。

結果到頭來，也得怪這個大叔跟那種有問題的商會借錢。

不過，為了替一病不起的太太與小堤露買藥，他或許也是走投無路了吧……

不、不對，才不是！我不會再上當了。

一定都是這個短視近利的條碼頭不好。

「唉。」

我再次深深嘆了一口氣。然後，視線落在我拿在手裡的皮袋上。

從袋口可以看見一部分璀璨的黑色晶體。

這些石頭原本對我來說，不過是在路邊撿到的飛來橫財罷了。我也只是一時心血來潮才會想到去撿，可謂得來全不費工夫。

想到這些沒意思的小石頭，居然會完全改變艱辛度日的人的一生，就覺得心裡有點難受。

「作為參考，我想問一下。要有幾顆這種魔導核，才能還清你的債？」

「四顆……不，我想只要有三顆，應該就能還清了……」

這樣就夠了嗎？沒想到還滿少的。

裝在這個袋子裡的魔導核，我沒實際數過有幾顆，但應該有三十顆左右吧。我還以為要把這些全部賣掉，才能勉強還清債款呢。

這樣啊，只要三顆就夠了啊。

「嗯？三顆……？」

我的肩膀抖動了一下。

「你說只需要三顆？喂，你這條碼頭給我等一下。」

「調馬頭？什麼意思？」

「當然是在說你那些所剩不多的頭髮啊。」

「什麼？誰說我禿頭了！」

「啊？任誰來看都是光明大軍正在往髮際線快速進攻好嗎？」

「收回你說的話！我明明就還一頭茂密秀髮！」

「夠了沒啊，別這樣丟人現眼了啦！你以為用這種古怪髮型掩飾得過去嗎！首先男人到了四十歲後半，頭髮本來就該稀疏一點才會有威嚴與韻味。你應該要對上了年紀的自己更有自信，活得抬頭挺胸——不對，誰在跟你說這個啊！」

不行，一不小心就激動起來把話題扯遠了。

我用雙手啪一聲拍打了桌面。

「聽你剛才的說法，也就是說你只需要三顆魔導核，卻賤價把我的魔導核全買走了是嗎？」

「啊……」

「少跟我開玩笑了，你這不學無術的條碼頭！」

我揪住大叔的衣領，粗魯地把他的腦袋亂搖一通。

「嗚喔喔！對、對不起！那件事我真的很抱歉！我只是萬萬沒想到竟然會有人白痴到被那種隨口胡謅的假話騙倒，真的把所有魔導核就那樣低價賤賣出去啊！」

中年男人甩亂頭髮，再次化身為落難武士，聲淚俱下地喊叫。

可惡，你這傢伙到底是在賠罪還是在嗆我，給我說清楚！

「唉……真是。」

我放開大叔的衣領，深深地嘆了第三口氣。

然後，我從皮袋中拿出幾顆魔導核，叩咚一聲放到了桌上。

我想了想，又再拿出一顆放在一起。

「這樣就有……四顆。」

我定睛注視擺在桌上的四顆黑色魔導核。

然後，我將這些靠攏在一起，推往大叔那邊。

「這四顆就交給你吧。」

「什……你、你是認真的嗎？」

「是啊。不過，你可別誤會了，這不是施捨。四顆魔導核當中的一顆，是店鋪的修理費。因為我家魔太踢飛討債人的時候，把你店裡的牆壁整面撞壞了。」

我維持著極其不苟言笑的嚴峻表情，用指尖輕敲了幾下放有魔導核的桌面。

「其他三顆只是投資。你就用它們還清債務，重振店裡的經營吧。最後你可得好好連本帶利地還給我喔。」

我騙他的。

這只是權宜之計，以免太縱容這個大叔。

真要說起來，我根本就沒打算慢慢等一間瀕臨倒閉的店鋪恢復業績還我錢，在這座城鎮待到天荒地老。

「……！」

眼前的中年男子輪流看看桌上的四顆魔導核與我的臉。忽然間，他發出好像喉嚨梗塞般的聲音，緊緊閉上了眼睛。

「我、我很抱歉。」

定睛一看，他收下魔導核的雙手，抖得簡直跟酒精中毒病患沒兩樣。他一張猥瑣的臉弄得皺巴巴地，流著髒兮兮的鼻涕抽泣。

「喔，喔喔！我嗯抱歉，真、真的嗯抱件……謝、謝謝你，謝介你睡伊……我剛才不該欺騙你……」

「唉噁！喂，不要哭了啦，很噁心耶。你再哭我就把魔導核收回來喔。」

「嗚，嗚嗚，我就是停不下來啊……」

「什麼意思啊……」

我是真心拜託你，振作一點好嗎？那個五歲小女兒的將來，全都靠你這父親今後的幹勁了耶。

就是啊。事實上，假如我放著大叔的債務不管，我有預感他的女兒小堤露今後鐵定會迎接悲慘的未來。

這世界有那種惡劣霸道的流氓横行，等小堤露進入青春年華時，想必會被那些討債人抓去賣給一些妨害風化的店。要是變成那樣，大哥哥恐怕真的只能跑去當第一號客人，負起責任把她娶回家才能救她了。

我不想看到那孩子的眼淚，以及那麼悲慘的未來。

沒錯。我這次稍微出一點力幫丘托斯大叔還錢，全是為了提露這個可愛小妹的未來著想，大叔的未來只是附帶的。我才不管大叔會怎麼樣咧。

絕不是因為我越想越對沮喪又窩囊的單身中年爸爸放心不下。

這點非常重要，不要誤會了。

「嗚，嗚嗚嗚……」

大叔趴在桌上，還沒哭夠。

我看著這個窩囊父親緊握魔導核發出嗚咽的模樣，已經不知道是第幾次嘆氣了，大動作地聳了聳肩。

然後，我漫不經心地看看他最寶貝的女兒。

我們一個是欠債禿頭男，一個是魔像小白臉，兩個廢到極點的大男人正在進行著丟臉難看的對話。由於嚴重有礙兒童教育，我請年幼的小提露待在遠一點的起居室沙發上，讓魔太抱著。

像這樣遠遠望去，兩人還真有那麼一點像姊妹。

小堤露整體色素較淡，皮膚非常白皙，魔太更是不用說，通體白皙。

應該說，魔太啊。

妳從剛才就一直凝視著我，同時把小堤露的頭粗魯地亂摸一通，到底是想跟我表達什麼？

好吧，反正被摸的小堤露笑得那麼高興，應該沒什麼問題吧……

第7話　第一次的夜晚

當晚，我泡了個久違的熱水澡。

沒想到丘托斯大叔的家裡竟然有浴室。

用木材與瓷磚組合而成的浴室，還挺有模有樣的。浴缸的形狀比較特殊，硬要形容的話有點像是鐵桶浴缸。聽說這種浴缸是固定式的魔道具，價格不菲。

魔道具啊。說到這個，魔道具究竟是一種什麼樣的東西？

我也用得來嗎？

講到魔道具，至今我只看過司培里亞老師的耳飾有實際發揮功用。今天白天我在店裡把玩了幾樣魔道具商品，但都不知道該怎麼使用。

店裡的魔道具形狀像是螺絲或骰子，感覺大多看起來就像小型玩具。話雖如此，那些畢竟是大叔快倒閉的店裡的庫存，有可能都不是什麼高檔的商品。

不過話說回來，店都快倒了，竟然還能在這種設備齊全的浴室裡泡澡。

真是奢侈。算了，今晚就先饒過他吧。

「呼……」

我讓肩膀深深沉入浴缸，眺望浴室的天花板。

木製的天花板，覆蓋著一層霧濛濛的水蒸氣。

好溫暖啊……

而且，聞起來好香。

浴缸的熱水裡輕飄飄地漂浮著幾枚謎樣的葉片，有種類似茉莉花的香味。

今天因為魔太對付流氓搞了一堆破壞，讓我一整天下來差點沒死於精神疲勞。但是這些疲勞，似乎也漸漸溶化在溫暖馨香的熱水裡了。

「話說回來，我的腿變得強壯多了呢……」

我看看自己放在浴缸裡的腿，感覺肌肉量似乎增加了，也比以前更為結實。仔細想想，畢竟是在無人荒野連續走了好幾天的路。經過那場有益健康的健行，腿腳當然會鍛鍊到了。

「喝！」

我做出踢腿的姿勢，把一條肌肉緊實的腿伸出了浴缸。

「看看我這美腿！」

突然間，浴室入口傳來了好大的砰咚一聲。

「………？」

那是什麼聲音？那扇門的外面是更衣室，應該沒有人在啊。

等等。難道是魔太進到更衣室裡來了？我應該有叫那傢伙在更衣室外面的走廊上站遠點等我才對。

「魔太，妳在那裡嗎？」

我試著叫她，但沒得到回應。

寂靜與水聲支配著整間浴室。

經過幾秒的沉默後，更衣室的門發出了「嘰……」的摩擦聲。原本關著的門逐漸緩慢地打開。

熟悉的長耳朵，很快地從半開的門縫間冒了出來。

接著，纖柔的精靈身子怯怯地現身了。

「……果然是妳啊。」

果不其然，更衣室裡的人是魔太。

但奇怪的是，魔太不肯讓我看到她的臉。身體的一部分已經從更衣室探進了浴室裡，臉孔卻好像怕羞似的，扭扭捏捏地躲在門後方。

只有白皙嬌柔的臀部，引人遐想地搖擺著。

坦白講，一整個鬼鬼祟祟的。

「我說魔太啊，我不是教過妳很多次，不可以跟著我進廁所或浴室嗎？」

白皙臀部大大地搖了一下，好像在回答我似的。

這傢伙到底有沒有在反省啊……

「妳沒必要一天二十四小時黏著我，在家裡想怎麼過就怎麼過沒關係，或者也可以去起居室跟小堤露玩啊。」

我提議讓魔太擁有自由時間。

魔太一聽，原本扭腰擺臀的激烈運動，不知怎地突然無精打采地失去了活力。

「咦？妳不喜歡？」

我這麼一問，魔太的屁股輕微搖了一下。

原來如此，這個屁股的動作應該是表示肯定。看來魔太不想去起居室。

「這樣啊……那不好意思，妳可以在走廊上等我一下嗎？」

我試著這樣提議後，魔太的下半身依依不捨地搖晃了一會兒，最後慢吞吞地縮回門後方。然後，門靜靜地關上了。

確定伙伴已經心服口服地離開了，我再次讓身體緩緩地沉入浴缸。然後獨自安靜注視著天花板的木紋。

「剛才的我跟魔太，幾乎光用屁股的動作就溝通成功了耶……」

看來我們這對搭檔之間的溝通精確度，比起一開始那時候進步多了。

但是話又說回來，我這伙伴躲在更衣室裡幹什麼呢？難道是在浴室周圍巡邏，以保護我的人身安全？

也是啦，浴室的確可以算是個大意不得的場所。

歷史上有不少勇士，就是在入浴時遭人暗殺的。縱使是武藝再高超的強者，在浴室這種狹小空間中依舊無處可逃。更何況還不只是手無寸鐵，根本是解放原始自我的全裸狀態。

沒錯，就像現在的我這樣。

而且據說在古早時代，從屋子外面都能看出家裡在燒洗澡水。要是在那種狀態下遇襲，我看誰都會一命嗚呼。我也不例外。

這個總是設身處地為我的人身安全著想的伙伴，真讓我感激不盡。

我一面重新加深對魔太的感謝，一面打算從浴缸裡起來。

心地善良的伙伴一定正乖乖待在走廊上等我。身體已經暖和起來，也差不多該去看看她了。

我走在潮濕的陶瓷地板上，正打算前往更衣室，卻發現放有肥皂等用品的櫃子旁邊，有一個沒看過的小瓶子。

「這是什麼？」

我拿起了小瓶子。材質像是彩色玻璃，我搖搖看，發現裡面裝了液體。

我打開蓋子，稍微聞聞看裡面的味道。

「有種像是檀香的香味……」

清爽的甜香鑽入鼻孔。是某種芳香精油嗎？

我試著把小瓶子裡的液體灑在身上看看。

「嗚哇啊！滑溜溜的！」

神祕液體具有超乎想像的高黏性。黏滑的液體舔過肌膚的觸感，讓我忍不住發出了怪叫。

隨後，就聽見更衣室傳來激烈的砰咚一聲。

「咦？」

我轉頭往聲音來源一看。只見門扉微微開啟，長耳朵從門縫間很快地冒了出來。

看到她這樣，我一身黏液地聳了聳肩。

「什麼嘛，魔太。妳還躲在更衣室裡啊……」

❖　❖　❖

洗過澡後，我來到了大叔準備的二樓客房。

暖烘烘的身體散發出好聞的香味。

順便一提，後來我重新洗了一次澡，把神祕黏液全部洗掉了。

好久沒睡到床鋪了，今晚能睡在床上讓我很高興。難得有這機會，就把我從原本那個世界帶來的唯一一件衣服——那件超土的睡衣穿起來吧。

「自從離開盆地以來，好像就沒穿過它了呢。」

現在重新把它穿起來一看，連我自己都不明白我怎麼會買這件睡衣。這件睡衣實在是太俗氣了。

藍底配上這隻黃貓……不，也許是浣熊？總之這隻謎樣動物的臉孔圖案，形成了完全幫倒忙的點綴。考慮到給旁人造成的困擾，應該要有法律規定一個大男人不可在別人面前穿起這種衣服才對。

說歸說，現在這個房間裡只有我與魔太在。

這裡就像是家人之間的私密空間。不管我穿成什麼樣子，都沒人可以抱怨。

況且魔太最喜歡我這件睡衣了。

「好了，雖然睡衣已經換上了，但離睡覺時間還有點早。」

我決定在室內四處研究一下，當作是睡前打發空閒時間。

自從來到這世界，我還是頭一次在有人居住的家裡過夜，有很多東西都引起了我的興趣。我心中燃起對異世界文化的學術研究熱情，二話不說立刻開始進行調查。

丘托斯大叔的這棟私人住宅，屬於在這世界比較常見的木造建築。室內裝潢的水準也跟隆倍．扎連的隱居處不相上下。

這個房間裡會不會也有幾件魔道具？

現在回想起來，扎連那棟隱居處裡也有幾件家具像是魔道具。但當時我根本不知道有魔道具這種東西，就當成異世界沒看過的家具直接忽視了。

「啊，有了。說到沒看過的家具……」

其實這間寢室裡，也有一件家具令我好奇。

就是現在把室內照亮的異世界謎樣燈具。

它擺在一個牆角裡，乍看之下像是塊石頭，就是個白白的**什麼東西**。這會是魔道具嗎？以大小來說，正好跟檯燈差不多。

散發著淡淡的白光。

記得在我發現扎連骷髏死屍的大岩扉洞穴裡也有類似的燈具。它們的燈光不太像日光燈，也不太像ＬＥＤ燈泡。

它究竟是用什麼原理在發光的？

我有點不爽去請教丘托斯大叔，於是方才若無其事地問了小堤露這是什麼燈，結果得到「晚上爸爸摸了就會亮，放著就會熄滅」這個回答。

不愧是小堤露，比我還聰明。

但令人傷心的是，我是個見識淺薄又沒用的大人，光靠她富有機智的解說還不足以替我解惑……

而且那位小淑女可能是白天有客人來玩累了，當我問她問題時，她已經昏昏欲睡了。我身為一名紳士，無法再繼續請她陪我說話。

於是我只好靠自己的力量，開始進行一場學術調查。

「那就來測試看看吧。」

我移動到牆邊，開始亂動這個燈具。

摸起來的感覺還真有點像是石頭。但坦白講，用摸的還是不夠清楚。

話說回來，這東西大概有多重？

啊，我本來想檢查它的重量，但它似乎固定在底座上，拿不起來。

有沒有辦法可以從底座上拆下來？

算了，我如果擅自把它解體，恐怕免不了要挨大叔的罵……

我在房間的牆角裡，一個勁地在燈具上摸來摸去。
這時，我忽然感覺到背後傳來些許阻力。
有人在輕輕拉扯我的睡衣衣襬。動作很內斂，感覺戰戰兢兢的。
我知道這是什麼感覺。我的伙伴想要我陪的時候，就會發出這個信號。
「怎麼了，想要我陪妳玩嗎？可是，能不能請妳等一下？我現在正在對這世界的燈具進行重要的學術調查……」
我一面這麼說，一面不情不願地回過頭來。
果不其然，魔太就在我眼前。
她右手輕輕握住我睡衣的衣襬，略微縮起肩膀，顯得坐立不安。
左手悄悄握著弄濕的擦澡布。
「喔，妳是想要我幫妳擦身體啊。對耶，這本來應該是每天的例行公事，最近卻都沒幫妳擦。我知道了。」
今晚就多加點勁把她擦乾淨吧。仔細想想，自從這傢伙變成現在這種精靈希臘雕像的外形以來，我還是第一次幫她擦身體呢。
咦……？第一次？
我手裡拿著擦澡布，當場僵住了。

竟然是，第一次……

一發覺到這項事實的瞬間，我可以說是大為震驚。

怎麼會等到今天，才第一次幫她擦？

為什麼魔像太郎變身成魔太之後，我直到今天，都沒遵守這麼重要的例行公事幫她擦身體？

在古代地龍的那場戰鬥中失去一部分行囊後，司培里亞老師給我們的水本來就有限，所以我們必須節省用水。用來幫魔太擦身體的多餘衣物或碎布，也全被那隻恐龍炸碎了。

所以，我沒能幫魔太擦澡是有道理的。這件事本身並不奇怪。

但是在那之前的幾天呢？

我在魔太化身為唯美女神精靈的當天傍晚，就遇見了司培里亞老師。後來與他同行的幾天時間，我們都不需要擔心水或布不夠用。那時我們的手邊，也還帶著魔太的擦澡布。

但從我遇見老師，到古代地龍之戰使我們失去行囊的幾天之間，我都沒幫魔太擦身體。

為什麼？

為什麼……？

我的心中，已經有了答案。

啊啊，我已經……已經無法欺騙自己了。

我在司培里亞老師這個外人的面前，竟然怕他把我當成喜歡把美少女人物模型擦亮的變態！

我在內心深處有了這種念頭。

明明發誓過即使魔太變了個模樣，我一樣會永遠珍惜她，我卻，我卻——

也就是說，我竟因為魔太的模樣變了，就開始歧視她。

我嚇壞了。

感覺彷彿腳下的立足之處逐漸崩壞。

我怎麼會是這麼可惡的臭傢伙？

這傢伙，魔太，魔像太郎明明最喜歡的，就是讓我幫她擦身體。

這明明是平常極少要求什麼的她，唯一期待，重要的例行公事。

我竟然為了自己無聊渺小又微不足道的自尊，忽視了這內斂又溫柔的伙伴。

我這樣一定讓魔太非常傷心。

更何況我的伙伴之所以會變成美少女人物模型，雖說方向性產生了點偏差，但明明是起因於對我的關懷啊。

我真是個大爛人。還好意思說什麼文明人咧。

不，我看連人都算不上。

「魔太，我對不起妳……真的很對不起妳。今後我每天都會認真幫妳擦身體。不管發生什麼事，不管人在哪裡，不管周圍有誰在都不例外！請妳原諒我，原諒妳這個愚蠢的伙伴吧……」

我穿著俗氣到家的睡衣，抱住了魔太。

我低頭尋求寬恕。但心地善良的魔太，只是靜悄悄地，動作輕柔地回抱住我。

撫摸我背部的那隻手，簡直就像在觸碰一件脆弱的寶物。

她的這種動作，讓我心裡更加酸楚了起來。

話說，過了幾分鐘後。

我已經完全把想法調適過來了。

能夠迅速調適想法，是我值得讚賞的美德之一。

「那麼，差不多該來替寶貝伙伴擦身體了。偷懶了這麼久，今晚可要仔細地幫妳擦一遍才行。」

話雖如此，魔太身上其實沒有半點髒汙。

事實上，魔太幾乎不會弄髒自己。

這傢伙有時候會用極其血腥殘虐的手法，殺死猴子之類的敵人，所以手腳自然會沾上大量回濺的血。但就像日本武士把刀上的鮮血甩掉一樣，她總是會在戰鬥過後把血甩得乾乾淨淨。我後來檢查過她的手腳，但從沒發現到任何血漬。

魔太在與古代地龍對打時曾經失去戰鬥能力而倒下，我抱著她時，發現她身上罕見地沾到了泥土。然而就連這點泥土，也在她身體恢復常態時不知不覺間變得清潔溜溜。

以保持清潔來說，也許她並不需要我替她擦乾淨。

至少我可以確定，她的身體表面具有不易沾附髒汙的性質。豈止不易沾附，有時我甚至懷疑是否有某種隱形的力量彈開了那些髒汙。

當然，就算不需要做清潔工作，只要魔太想要，我還是會幫她擦乾淨。

「重點其實在於對伙伴的感謝與服務精神……」

我一邊用手指戳戳魔太柔軟有彈性的臉頰，一邊繼續思考。

像這樣摸摸看，並不覺得有被什麼東西彈開，反而還有種與手指相吸的微妙感覺，摸起來很像人類的肌膚。

這傢伙的體表質感從以前就是這樣了嗎？

第一次觸碰到魔太的那天，記得她的身體還很粗糙。過了一會兒後，不知不覺間就變成了光滑的觸感。

離開盆地時，摸起來感覺有點柔軟。

她在荒野的野營替我擋風時，觸感變得像是矽膠……

然後，現在這樣戳戳捏捏，會覺得表面微妙地吸住手指。

我對這一連串的過程，隱約感到有點似曾相識。

就是過去魔太想把蔓越莓蘋果大神切成我喜歡的大小，找出完美切割法的那個過程。

一開始的切割大小，對我來說有點太秀氣了。但經過幾次用餐後，她一點一點慢慢改變了切法。

魔太總是專心注意我吃飯時的反應。

好像在對我進行觀察一樣。

然後慢慢地，慢慢地改變切水果的大小……

那種感覺，簡直就像……對，就像是一點一滴縮窄包圍網，步步斬斷獵物的退路——

這時，燈具啪茲啪茲地閃爍了一下。

感覺亮度似乎轉弱了一點。

我想起方才小堤露說過，這種燈具「放著就會熄滅」。說不定燈光會隨著時間經過而自動熄滅。如果是這樣，可能再過不久就要熄燈了。

在燈光熄滅之前，趕快把魔太擦一擦吧。我如此心想，於是再次轉向魔太。

她待在床上，乖巧地坐在我的旁邊。

她雖然外表與魔像太郎時期有了極大的轉變，但身體構造本身應該沒太大改變，就用跟魔像太郎時期同樣的擦法應該沒問題。我打算讓魔太配合需求彎腰或是高舉雙手，從臉部依序用布把每個部位擦好。

「魔太，我現在就來幫妳擦乾淨。妳從床上站起來，到那邊……」

但我話還沒說完，魔太已經身子一倒，躺到了床上。

她仰躺著放鬆全身力氣，定睛瞧著我。她那白皙的肢體，被寢室的微弱燈光映襯得妖媚動人。

嗯——這下該怎麼辦呢？

好吧，換個想法，或許躺著比較好擦。要擦背的時候，把她翻過來就是了。

「那就開始吧。妳乖乖的別亂動喔。」

我用布開始幫魔太仔細地擦臉。

魔太深紅的眼眸，散發出火熱燃燒般的強光。總覺得今天她的眼睛，比平時更具有力量。

我盡心盡力地幫魔太擦長耳朵，她的身體動了一下。

耳朵微微地一抖一抖的。

但是，與她這種柔弱的舉動恰恰相反，注視著我的目光，不知怎地變得越來越強。

我溫柔地替魔太擦脖子，她輕微扭動了一下身子。

嗯，一定是覺得舒服吧。狗被人摸脖子時也會覺得舒服。

我打算就這樣從脖子往下滑，一路擦到鎖骨附近。這時，魔太肩膀附近的薄裳碰到了我的手。

她身上一襲綢緞般的石衣，柔順地往旁滑開了。

「什……麼……？」

我睜大了眼睛。

魔太的白皙肩膀露了出來。由於衣裳脫落，使得肩膀部位變成了衣衫半解的狀態。

這是怎麼回事？衣服竟然脫落了？

「怎麼會這樣？這到底是……」

這是非常危險的徵兆。

我對魔像的學術研究精神，一口氣燃起了鬥志。

以前，我曾經對魔像做過一次學術調查。當時我在聖堂執拗地把無頭魔像的身體摸來摸去，調查了希臘雕像型魔像的體表基本構造。不用說，我當然不是魔太所以為的那種愛好美少女人物模型的變態紳士。我認真嚴肅地做過調查，得到了某種程度的知識。

被稱為聖堂魔像的那種魔像，身上也像魔太一樣穿著薄布。

當然，那架機體早已停止運轉，因此體表變得硬如石頭，跟魔太現在的狀態有著些許差異。

但即使撇開這點不論，那架聖堂魔像很明顯地不具有魔太的現在這種衣著構造。

希臘雕像型魔像乍看之下像是穿著布衣，但看起來像是布料的部分當然也是雕像。除了輕飄飄的衣襬等少數部分之外，就如一般雕像那樣與體表幾乎融為一體。

那不是真正的衣服，只不過是素體表面的設計造型罷了。

但魔太現在身上的這塊薄布，簡直就是件真正的衣裳。

不，可是……那也說不通啊。

至今我完全沒發現魔太的衣服是這種構造。

我平常一直都跟魔太在一起，也碰過她的身體。應該說這傢伙一天二十四小時都黏在我身邊，反而是她碰我碰個不停。

戰鬥時或平常的機動方式，我也都在她身邊看在眼裡。

的確，我之前就在想，魔太施展腳踢時會露出整條大腿，嚴格來說跟那些聖堂魔像似乎多少有點差異。我想魔太髖關節可動部分的衣襬，只要想掀的話應該就跟一般布料一樣掀得起來。簡而言之，魔太可以讓人掀裙子。當然我沒試過就是了。

但是就魔太的情況來說，體表與看似衣著的部分應該幾乎是合為一體。大部分衣服就跟雕像沒兩樣。以這點來說應該與那些聖堂魔像並無二致。

絕對不是像現在這樣，不是可以脫掉的洋娃娃服裝。

我這個飼主不可能沒發現。

既然這樣，到底是怎麼回事？

——難道說這傢伙，竟然現在給我改變了體表構造？

所以魔太果然不是那些聖堂魔像的衍生改良機，而是完全不同款的機種？

不，應該說，這衣服可以全部脫掉嗎？

是一種護罩嗎？還是說感覺就像能與本體分離的子機？

啊啊！不行，我太好奇了！

我的學術好奇心如今已熊熊燃燒得有如烈火。從經驗法則來說，我一旦進入這種狀態，就再也沒人能阻止我了。

我動作極為粗魯地掀開了魔太薄布衣裳的下半身部分。

魔太的白皙大腿暴露無遺。

我粗魯地扯開衣裳的瞬間，魔太的身體劇烈抖動了一下。

但對現在的我來說，那種事無關緊要。

魔太的大腿，我在至今的戰鬥中已經看過很多次。但繼續往上掀，就會進入未知的領域了。裡面究竟會是什麼模樣？

我更加強硬地，掀起了魔太的衣服。

魔太的身體微微動了一下。

什麼？這傢伙居然有肚臍！

魔像的肚臍是用來幹嘛的啊？這有意義嗎？

我用指尖鑽了鑽魔太肚臍四周的平滑部分。

嗯——觸診起來的手感，就只是普通的肚臍呢。我不覺得它會有什麼特別的功能……

等一下。假如把手指稍為伸進裡面看看，說不定可以發現到什麼。

「我要動手了……」

我慢慢把手指壓進了魔太的肚臍裡。

就在這個瞬間，魔太的身體在床上大動作地彈跳了一下。

「唔喔！魔、魔太妳還好嗎？」

我當下嚇了一跳。但靜下心來檢查魔太的狀況，發現她靜靜地躺在床上，好像什麼事都沒發生過。

「怪了？妳沒怎樣嗎……好，那我就繼續試嘍。」

我執拗地轉動插進魔太肚臍裡的手指。

不知是不是我心理作用，總覺得隨著我亂動肚臍這個部位，魔太的體溫也在不斷上升。

但是這點小狀況，完全無法阻止我學術研究的精神。

接著，我的眼睛望向魔太的下腹部。

然後，我發現了一個奇怪的東西。

「這是……？」

我只顧著注意存在意義不明的肚臍，完全忽略了這個部分……這傢伙，看起來好像穿了內褲。

由於顏色是純白的，外觀就像是富家千金穿的那種高雅絲綢內褲。

但是，布料面積似乎小了一點。這麼小一件，說成千金小姐的決勝內褲還差不多。

這時我忽然有了個想法。

就是：這個類似內褲的零件也拆得掉嗎？

不行，我這人一好奇起來，就阻止不了自己的探究心了。

「好，來研究看看吧。」

我立刻伸手，想去碰魔太的下腹部。

這時，只有一瞬間，我的手停頓了一下。因為我總覺得一旦把這個零件從本體拆下，好像就會發生某種無可挽回的嚴重狀況。

不知怎地，我有這種強烈的預感。

然而我的學術研究精神卻踩不住煞車。為了檢查謎樣零件的觸感，我的手指一路下滑，往她的兩腿之間前進。

緊張萬分的狀況，即將迎接高潮場面。

魔太從頭到尾一直沉默散放的謎樣氣場，已經變得相當不得了。

她冒出的蒸騰熱氣，讓我跟著出了一身汗。

「…………是說魔太，妳怎麼這麼燙啊。」

我一面擦掉額頭上的汗，一面抬起了埋在魔太胯下的臉。

再怎麼說，這種體溫的上升方式也太不自然了。魔太這傢伙，是不是弄錯了平常溫度調節的功能設定？

為了表明對伙伴的抗議，我暫時中斷了學術調查的過程。我的視線從臥床的魔太下半身移動到她的臉孔。

然後，我這才發現到她的異狀。

「咦……？」

魔太的眼睛，染成了混濁昏亂的桃紅色。

她那平時呈現紅色的虹膜，顏色變得簡直像櫻花花瓣。

這怎麼回事？難道是故障了？

我頓時感到渾身發冷。

「喂，魔太！妳還好嗎？」

我急忙跳起來，搖搖魔太的肩膀。

魔太沒做什麼反應。她整個人依然癱軟無力，以妖媚混濁的桃紅色眼眸，像是發高燒一樣恍惚地看著我。

……錯不了，她故障了。

我後悔莫及。

仔細想想，其實早就有很多故障的徵兆了。她剛才有過嚴重痙攣，而且沒能正確調整體溫。

況且魔太到了學術調查的後半，態度明顯有異。我的小動作引起了她的激烈反應，有時還會大幅扭動身體，就好像在忍受什麼似的。

難道說魔太這傢伙，其實身體一直很不舒服？

究竟，是從什麼時候開始的……？

想到最後，我得出了一個結論。

「我知道了，是**子機**……」

就是魔太的身體表面，看起來像衣服的子機部分。這個部分說不定具有類似外接冷卻器的功能！

我卻強行把它剝掉，一直把臉埋在子機與本體之間。

我看就是這樣，才會害得魔太沒辦法正確排熱吧！

她那樣難過地渾身發抖，無助地拚命抓緊我的睡衣衣袖，其實根本是在承受子機脫離的痛苦吧！

「怎麼會這樣？我真是太不應該了，居然做出這種事……」

伙伴明明一直有苦難言，我卻完全沒發現，只顧著繼續調查，好滿足自身的求知慾！

真是抱歉，我真的很抱歉，魔太！

請妳原諒我。我再也不會強行扒掉妳下半身的零件，粗魯地拆掉子機了。

「對不起，魔太，對不起。求求妳快點恢復過來吧……」

我連聲道歉，拚命照顧魔太。我用濕布幫她擦擦發燙的臉孔，忽然間，房間裡的燈無聲無息地熄滅了。

燈具的熄燈時間到了。

我在黑暗中握緊魔太的手，後悔得全身發抖。

如果魔太的故障修不好，那該怎麼辦？

已經顧不得面子了。明天一早我就去問丘托斯大叔，請他給我介紹個魔像的好醫生。要花多少錢都行。我一定要修好她。

伴隨著悲壯的決心，我握著魔太的手久久不放。可是，今天主要是因為魔太的關係，讓這一整天發生了不少大事；加上我好久沒洗個澡穿上睡衣鑽進溫暖的床鋪，疲勞與睏意已經慢慢達到了極限。

不久，我就在不知不覺間失去了意識。

◆　◆　◆

當我醒來時，朝陽已經升起。

我在隔著窗簾射入的淡淡晨曦中，緩緩睜開眼睛。

一雙殷紅眸子映入我的眼簾。

唔喔！臉貼得好近！啊，什麼嘛，原來是魔太啊……

這時，我的思維急速清醒過來。

我急忙從床上跳起來。

「魔太！妳身體還好嗎？」

魔太被我抓住肩膀，愣愣地看著我。她的眼眸已不再是混濁的桃紅色了。

「太、太好了……」

我打從心底鬆了口氣。

就我看來，她的子機也呈現跟平常一樣的狀態，看起來與那些聖堂魔像的普通狀態無異。昨晚發生的那件事，也許只是一場夢。

但就在這時，我發現自己的左手握著一個東西。

是快要乾掉的擦澡布。

這是昨晚我不小心睡著之前，照顧身體不適的魔太時拿著的東西。

所以那並不是作夢了？我試著用手輕拂了一下魔太子機的肩膀部位。

——衣裳整件滑落，露出了嬌豔又優美的白皙肩膀。

我一邊幫她把子機拉回原位，一邊深深嘆了口氣。昨晚的那場重大失敗，果然不是在作夢。

我變得垂頭喪氣。魔太靠到了我的背後來。

總覺得今天早上她跟我的距離比平常靠得更近。她依偎在我的背後，只差沒直接抱住我。

魔太傳來的體溫，比平常略微高了一點。

第8話

早餐與魔太軍團

「哦，這真的很好吃耶。」

坐在早上的餐桌前，我咬著烤出金黃色焦痕的圓形吐司說。

「這是跟後巷裡的麵包店買的。旅客大多都只是路過而不會發現，但這裡的麵包可是既便宜又好吃喔。」

「這樣啊。」

我隨口回應丘托斯大叔的解說，同時用湯匙去舀熱湯。

大叔家裡的早餐菜色相當齊全。

眼前的餐桌上，擺著煎到香脆的燻肉與炒蛋、熱呼呼的麵包與色彩鮮豔的豆子湯、生菜沙拉，還有山羊奶。

可謂極具文明水準的一頓早餐。也不忘考慮到營養均衡。

不過沙拉裡含有陌生的蔬菜，湯裡的黃色豆子更是充滿謎團；這些細微末節，都讓我體會到這裡的確是異世界。

餐桌旁有丘托斯大叔與小堤露，還有我與魔太，各自分組面對面就座。在一派和平的早晨起居室裡，大叔與幼女，以及異世界人與唯美女神精靈希臘雕像一起坐下用餐，真是一幕不可思議的光景。

丘托斯大叔很會做菜。

不過，或許也是理所當然的吧。畢竟太太過世後，他就只能自己一個大男人把女兒養大了。

欠了那麼多債，流氓都找上店裡了，想必沒有多餘能力僱用幫傭。

大叔拚命湊錢買藥卻還是救不活太太，喪妻後連傷心的時間都沒有，一邊要照顧生病的小女兒兼做家事，一邊還得償還巨額債務。誰遇到這種狀況都會禿頭的，換作是我頭髮一定也會掉光。

會老得快，會禿頭，也會練出一身好廚藝。

大叔是被迫練出好廚藝的。

一定是拚了命練出來的。

…………

不過說歸說，賤價收購我的魔導核的罪過還是一輩子不會消失啦！

順便一提，我現在穿來吃早餐的衣服，正是那套土氣睡衣。

簡直完全把這裡當成自己的家，穿得毫不拘束。

究竟怎麼會發生這種狀況呢？這是因為今天早上我一不小心疏忽了，起床後竟然就穿著這套衣服進了起居室。

丘托斯大叔第一次看到我這睡衣，對我露出了極端難以言喻的表情。

你這什麼反應啊，有意見嗎？這就是我家的正式服裝啦！

好吧，總之呢，看樣子我的睡衣拿到這個世界一樣讓人無法苟同。所以這是一套超越時空的土氣睡衣就對了……

不過，我才不在乎呢。反正這個家裡只有魔太、大叔與幼女在，沒什麼好在意的。

順便一提，小堤露意外地還滿喜歡這套睡衣的。

我就知道她是位明理的淑女。她看到睡衣上的貓（？），興奮地說：「是閃電棕熊！」

既然她都這麼說了，那麼這件睡衣上的謎樣動物的真面目，不管誰有任何意見，都絕對是閃電棕熊無誤。

「我說啊，大叔。」

我一面穿著土氣睡衣，小口啃餐桌上的吐司，一面跟坐我對面的丘托斯大叔說話。

「嗯啊？」

大叔邊咬燻肉邊隨口回了一聲。

「我問你，這附近有沒有圖書館之類的？」

「怎麼，睡伊？你有想看的書嗎？」

「是啊，有點需要。我想查些關於魔像的資料。」

「哦，還真是用功呢。」

他如此說道，卻顯得有些歉疚地垂著眉毛。

「但我們緹巴拉原本是從驛站發展起來的，所以沒有圖書館這種高檔的設施。」

「什麼，是這樣啊。真可惜。」

我方才那樣問，其實也包含了「這個世界有圖書館嗎？」的意思；原來如此，照他的語氣聽起來，只是這個鎮上沒有圖書館而已，這個世界是有著圖書館設施的。

果然如此，我猜得沒錯。

扎連家裡有很多印刷的書本，所以我之前就在想，這世界至少在這方面應該還算進步。

順便一提，我想看書的理由很單純。

是為了學習。

昨晚都怪我對魔像一無所知，結果剝掉了魔太的子機害她故障，引發了嚴重災情。為了不讓悲劇再次發生，才會想到可以看書學點魔像的相關知識。

此外，在至今的旅途上我們都得一路奔波保命，除了求生與猴子們之外，我什麼都不用去考慮。

但如今來到了人類城鎮，生活也得到了部分保障。

到了這個階段，我們需要考慮的不是如何與猴子共生，而是在人類社會中生活的方式。為此，我必須多看書學點知識。

見我邊吃沙拉邊燃起學習欲望，丘托斯大叔說了：

「再說呢，你說想去圖書館……不過想要找到一個設施有收藏像你老兄這種水準的魔像使適合閱讀的高等專業書籍，在我們薩迪藩這種偏鄉地區恐怕是沒有的喔。」

「……咦？」

不不，基於宗教上的理由，我其實不能閱讀那種高深的魔術專業書籍喔。

可以的話，我想從小男生會閱讀的《汽車大集合》那種書的魔像版開始入門，例如「魔像大集合」之類的。

我之前就隱約有種感覺，這個大叔好像有點高估我的能力？

我說大叔啊，坦白講，現在在你旁邊一邊咀嚼炒蛋，一邊吃得滿嘴紅色醬汁，笑容可掬的小堤露知道的都還比我多咧。

我經常說自己在這世界的知識量比小學生還不如。但是、但是我得說，從昨晚的燈具事件即可得知，我在常識方面完全敗給了小堤露。

而小堤露現年五歲，換言之就是幼兒園學童的年齡。

因此根據正確的事實，今後我有意將自己的常識能力，改為形容成幼兒園學童以下的水準。

無論如何，差不多得讓丘托斯大叔認清我的無能與小白臉程度有多深了，否則對話時會雞同鴨講。

「我不需要什麼專業書籍。總之只要看得懂，什麼都可以。」

「什麼意思？好吧，假如什麼都可以，這鎮上最起碼還有書店。」

「哦，真的嗎？那就去書店好了。」

我很乾脆地把目標從圖書館換成了書店。短期內關於魔像的基本知識，就試著仰賴一下小鎮書店的書籍吧。

只是如果可以，我覺得總有一天，還是得跑圖書館之類的專業學術設施一趟。為了針對隆倍・扎連的召喚術查點資料，也許仍舊有這個必要。

只要針對那種把我叫來這世界的召喚術調查一番，說不定可以找到回歸原本世界的線索。失憶症也是，能治療的話當然最好。

但另一方面，關於記憶與回歸的問題，其實蘊藏著種種小麻煩。

首先關於失憶症，我目前由於喪失了親朋好友的相關記憶，因此對原本那個世界沒什麼留戀，能夠跟魔太過著悠哉溫吞的開心日子。

但是如果在沒辦法回去的狀態下只想起那個世界的記憶，會不會讓我陷入嚴重的思鄉情懷？

再說，總覺得我比自己想像的更怕寂寞。

接著，關於回歸的方法，這件事本身也有個大問題。無論用什麼樣的方法回到原本的世界，我都絕對不能一個人回去。

我得帶著**魔太**一起走。

當然了！我哪能把我最疼愛又寶貝的魔太，獨自丟在這麼危險的恐龍王國，自己回去啊！

我最瞧不起的一種人，就是不經思索亂養寵物，又不經思索送去收容所的那些人渣垃圾。只有那種行為我死都不會去做。我絕對會負起責任，照顧她到最後一刻。

所以最起碼，我得找到兩人一起回去的方法。

基於我的個性，這是絕不能讓步的條件。

而如果我要回去原本的世界，在那之前一定要先恢復記憶。

要不然呢？現在的我豈止是自己的名字，連所有朋友的長相與名字都不知道，甚至不清楚自己有沒有家人。

好不容易回到原本的世界，要是維持這種狀態，保證成為社會廢人。

啊啊，真是夠了！狀況怎麼會這麼複雜又麻煩啦！

何況以我的情況來說，對我的記憶或回歸方式可能知道最多的隆倍・扎連那白痴，早已自尋毀滅一個人死翹翹了。

一開局就是超高難度，只能說根本是在鬧我。

我現在真的很想揍扎連那個臭傢伙一頓。

這樣想來，關於回歸方法的調查，或許優先順位還是暫時調低一點比較好……

另外還有一件亟需調查的事，就是關於「毀滅魔導王」。

基於安全考量，這個問題相當重要。再這樣下去我可能會被錯誤逮捕。而且對事情有無了解，我想在各方面的危險度上都會有影響。

何況我總覺得，如果對這種關於自身立場的情報不甚了解，好像會很不妙。

其實有件事我一直放在心上。

我避開了「魂轉寫」，像這樣來到了人類城鎮……——關於毀滅魔導王的那件事，真的就結束了嗎？

毀滅魔導王就這樣胎死腹中，和平降臨世界，一連串了事件除了我個人的今後打算之外，真的就全都落幕了嗎？

總覺得不可能。

感覺好像還有什麼我所不知道的事實。

一離開盆地之後，埋伏突襲我的那隻漆黑惡魔般的怪物，一直留在我的腦海裡。只有那傢伙很明顯地跟其他怪物有所不同。

光論實力強弱的話，古代地龍比那傢伙強多了。

再加上當時那傢伙太過輕敵，於是魔太先下手為強，用必殺一擊把他打倒了。

實際上那件事也沒留下半點結果，比起後來發生的多起驚濤駭浪般的事件，那件事可說解決得非常迅速。

可是，那是因為有魔太在。

本來我的冒險——應該在那一刻就確定結束了，不是嗎？

當時的異常氣氛吞沒了我，使我沒把那傢伙說的話聽清楚。但總覺得那傢伙似乎知道我就是魔導王。

我們應該是初次見面，他卻知道我是誰。

而且有著十足把握。

這項事實，究竟代表了什麼意義？

我不知道看書能不能讓這些疑問得到解答。

然而至少前往收藏大量典籍的設施以獲得情報，以目前的方向性來說應該是對的。

況且我又不知道還能問誰。

現在回想起來，當初應該再多跟司培里亞老師請教一下的。但我沒想到他會那麼急著離開。

從他表示要獨自啟程，到他把單肩包送給我之後離去為止，恐怕連十分鐘都不到。他真的走得很急。當然也要怪我當場愣住，沒想到要問問題……

眼前盤子裡吃剩的燻肉已經冷掉了。

因為我陷入思考的深淵中，吃飯吃到一半完全停了下來。

就跟某一次司培里亞老師的症狀完全相同。只不過以我來說，我似乎勉強獨力回到了現實。

坐我旁邊的魔太擔心地湊過來，看著手拿吐司完全靜止不動的我。臉貼得好近。

看來都怪我做出奇怪舉動，害這個溫柔的伙伴擔心了。

「抱歉，我只是在想事情。沒事。」

一看，連丘托斯大叔都擔心地看著我。

不，這種的就免了。沒人有這方面的需求啦。

……等一下。

關於毀滅魔導王，這個大叔有沒有可能知道些什麼？

「我說啊，大叔。你知道毀滅魔導王嗎？」

「嗄？怎麼忽然問這個？毀滅……魔導王，就是傳說故事裡的那個嗎？」

突然聽我這麼問，丘托斯大叔先是有點愣住，但看到我嚴肅的表情，「嗯……」沉吟了一下。

「也是，像你老兄這樣的年輕人，也許沒聽過魔導王的傳說吧。畢竟那個故事本來就只有老頭子老太婆愛講。」

喂，大叔，我看你年紀也不輕了吧。一張老臉還想裝年輕？

好吧，算了。

「……是什麼樣的傳說？」

「我記得毀滅魔導王，說的應該是來自異界的魔導之王。說是人如其名，身懷能像魔獸一樣運用魔導的異能……」

「這些我也知道一點。名字取得真好懂，對吧？」

「嗯。不過話是這麼說，魔導王其實只是廣為人知的一個稱呼，其他好像還有很多種稱呼喔。」

「其他稱呼？」

「是啊，讓我想想。記得又叫做蠱毒之王，或是惡食之王。」

「怎麼都是些好不到哪去的稱呼啊……為什麼會有這些稱呼？」

「不曉得，我知道的也不多。」

「什麼嘛，你這大叔真沒用。」

「要你管。別看我這樣，我知道的可不少喔。」

「什麼？我怎麼看不出來？」

聽了我誠實的感想，丘托斯大叔臭著臉，用鼻子哼了一聲。

你這什麼表情啊。一把年紀的中年人做這種年輕女生嘔氣般的反應，一點都不可愛好嗎？

「好吧，沒差。話說回來，所謂的魔導王，呃……傳說他會毀滅這世界，對吧？大叔你知道他會用什麼方式毀滅世界嗎？」

這點滿讓我在意的。

老實說，我一點都不認為自己厲害到可以毀掉世界。

假設有個辦法能一口氣釋放我的魔力，或許可以引發小規模的天崩地裂。但那終究是僅限局部地域的現象。

或者也許我能搗毀一兩座城市，但從規模而論，這樣做沒太大意義。這個世界很大，我實在沒那能耐毀掉整個世界。而且就像對抗古代地龍的時候那樣，想必會一招就耗盡魔力，讓我變得疲憊無力。

再說我實際上能辦到的事，別說天崩地裂了，根本只能用長槍小家子氣地攻擊對手。這個世界的魔術原則上「無論貫注再多魔力，都無法擴大魔術本身的規模」；假如我想作為邪惡魔導王進行廣範圍破壞，這項原則會成為我的沉重枷鎖。

其他還有方法能利用我的力量毀滅世界嗎？

嗯——我能夠想到的方法，好像就是製作魔像大軍？

例如一百具魔太……

「嗚……」

才一想像，就讓我渾身冒冷汗。

總覺得人類滅亡突然有了幾分真實性。

不不不，絕對辦不到！因為魔太根本是量產不來的。我才做出一具，就衰弱到差點喪命。再做個兩三具的話，致死率恐怕會超過百分之百吧？

更何況魔太是能重複生成的嗎？我覺得那次完全是歪打正著。

美麗又殘酷的魔太軍團，一邊用謎樣雷達捕捉並打死驚慌逃命的人群，一邊將世界化為火海。這幕幻覺中的場面使我臉色發青。但丘托斯大叔並不知道我的心情，繼續說道：

「記得傳說中提到魔導王獲得勝利時，會發動某種大規模的驚人魔導，導致全世界的所有人類就此滅亡。所以每次毀滅魔導王現身時，人類都會滅亡……」

「咦？」

魔導王每次會都獲得勝利，讓人類滅亡？這是什麼意思？魔導王過去不是屢屢敗北，遭人殺害嗎？

記得扎連留下的石製書裡是這麼寫的。

說魔導王沒能毀滅世界，已經有多人遭到殺害。

所以扎連才會特地進行兩階段的召喚步驟，召喚出魔力總量較多的我不是嗎？好像說是為了催生出史上最強的魔導王。

不，歸根結柢……

「假如說人類全數滅亡了……你跟小堤露怎麼活得好好的？」

「這我哪裡知道？大概那些只是騙小孩的童話故事吧。」

啊，我看這傢伙是懶得解釋了吧？怎麼會有這麼沒用的中年人啊！

面對一肚子氣的我，丘托斯大叔一臉傷腦筋地說了：

「我跟你說啊，睡伊，真要說的話，魔導王的事情是不可以公開討論的，我是因為在家裡跟你談話才會說這些。這話要是被教會那些人聽見了，天曉得他們會怎麼說我。」

「咦！難道說這個話題觸犯了宗教上的禁忌？」

「算是吧。況且最近教會也取締得越來越嚴了。」

好險。幸好我沒在街上挨家挨戶問魔導王的事情。

不過話說回來，這個世界限制言論自由的宗教也好，我那個只能使用土屬性的宗教也好……宗教真是種綁手綁腳的東西。

「人世間真是不盡如人意啊。」

「你怎麼突然一副大澈大悟的神情啊……」

我沒理會丘托斯大叔傻眼的表情，為了世間的不合理深深嘆氣。

當天晚上。

我夢見我變成了頂尖飼育員，在牧場照料魔太軍團。

每個魔太都跟我很親近，都是溫柔又可愛的孩子。

可是，和平的日子沒能維持多久。魔太軍團為了爭奪讓我擦澡的順序，展開了以血洗血的淒慘內亂。

……然後到了最後，只有第一具魔太一個人活了下來。

第9話 咖啡與顧店

丘托斯魔道具店。

這家店正如其名，是丘托斯大叔販賣魔道具的商店。

兩天前魔太與討債人之間爆發大規模抗爭事件，成為案發現場的這家店，今天悄悄地重新開張了。

但都沒有客人上門就是了……

店裡還是一樣空蕩蕩的，沒幾件商品。但今天情況有點不同。

一個身穿焦茶色長袍的男人，與一尊白玉唯美女神精靈希臘雕像，外加一位白皮膚的小女生，在店裡的大桌子前休憩。

當然這些人就是我、魔太與小堤露。

我跟小堤露在吃烘焙點心，魔太則是安靜地坐在旁邊的座位。

我們正在吃一種類似甜餅乾的點心。吃起來口感酥脆，帶有微微的奶香。好吃。

從附近的攤販就可以買到這種烘焙點心，似乎算是挺親民的一種小點。

我一邊咬著異世界的餅乾小點心，一邊回頭看看站在後面的丘托斯大叔。

「我說啊，大叔，這家店既沒客人又沒店員，怎麼只有招呼顧客用的桌椅特別正式？雖然正好讓我們坐著休息就是了。」

「那當然是因為生意變差之前，店裡總是有很多顧客與警衛啊。我先聲明，這家店以前可是生意興隆喔。」

聽了我誠實的感想，丘托斯大叔臭著臉，用鼻子哼了一聲。

我已經跟你說過了，沒有人會想看一個中年大叔做出這種反應啦。

「什麼，真的假的啊……？我怎麼完全看不出來？」

順便一提，這個臭臉大叔今天下午會暫時離開店裡。

他一早就匆匆忙忙地打理儀容，而且今天穿著比較整潔體面的衣服。

不過大叔無論怎麼費心打扮，老實說都沒什麼差別就是。

至於說到他這樣白費力氣的理由，其實好像是那些猴子魔導核，有些已經找到買主了。

真是可喜可賀。

何況我也聽說魔導核屬於賣方市場，隨時有一定的需求。

說到這點，不知道買魔導核的人拿那種怪怪的石頭要幹嘛？做成貴婦的珠寶嗎？

「……欸，話說魔導核到底是用來做什麼的？」

我向丘托斯大叔提出疑問，同時把手帕鋪在吃烘焙點心直掉屑的小堤露大腿上。

我只是隨口問問，丘托斯大叔聽到我這麼問，卻表現得驚詫萬分。

他呆愣地張著嘴，然後表情狐疑地看了看我。

「嗄啊……？用來做什麼……你老兄是在尋我開心嗎？」

「沒有啊，我沒在拿你尋開心。我是真的不知道……」

「魔導核只有那一百零一種用途，就是魔像啊，魔像！當然其他也有很多用途。但最炙手可熱的用途，當然就是魔像的核心了。」

丘托斯大叔如此說完，看了看坐在我旁邊的魔太。

「是說你老兄的魔夏塔露，胸部裡面應該也有魔導核才對啊。」

「什、什麼……？是這樣喔？我怎麼都不知道？」

我有把那種東西放進魔太的體內嗎？

半點記憶都沒有。

「不不不。你老兄明明是魔術師，怎麼連這麼基本的常識都不知道？」

見我聽到令人驚愕的新事實而睜圓眼睛，大叔也睜圓了眼睛。

但他很快就自顧自地露出了理解的表情。

「啊——還是說其實你老兄只是用役使權繼承的方式讓她活動，沒有實際上親手生成或改造？你還真的是個富家子耶。不，可是就算是這樣好了，能夠操縱得那樣靈活自如，怎麼連這個都不知道……」

大叔這樣說完，用一種憐憫的眼光仔細盯著我的臉瞧。

不久他臉上浮現充滿悲憐的心酸笑容，把手輕輕放到了我的肩上。

「睡伊啊。我原本以為你老兄對東西的行情與庶民生活一無所知，單純只是因為你來自異國或養尊處優……但看來你這位仁兄，比外表看起來還要那個呢。」

「那、那個是哪個啊？」

你這傢伙，有話想說就給我說清楚！

總而言之，原來魔導核都是用來當成魔像的核心。

難不成入門用以外的魔像之所以沒有崩毀，祕密就藏在這裡？

但不管我試著回想幾次，都不記得在生成魔太時有加入那種東西。

更何況我是在製作了魔太之後過了很長一段時日，才撿到那些猴子的魔導核。甚至在撿的時候，魔太還有幫我的忙。

難道說在我不知道的時候，發生了魔太的原料混入了魔導核這個異物的重大醜聞？

我滿臉困惑，獨自偏頭不解。

丘托斯大叔在一旁看到我這樣，用開導小孩子的口吻開始解釋：

「……聽好了，睡伊。魔像這種存在，都是藉由放在胸部當中的魔導核，讓魔力在素體內部像血液般循環。這就是一般所說的『循環魔力』。」

「循環魔力……」

我整個人靠到椅背上，乖乖聆聽大叔開講。

既然我的無知已經穿幫，那就沒辦法了。這就是所謂的不恥下問。

「循環魔力的機制說穿了，就是應用那些魔獸以魔導核操縱魔力流向的原理。魔像素體本來只是土屬性魔術的生成物，之所以不會崩毀成粒子，就是因為有循環魔力流過，強化了粒子間的結合。」

「哦，原來不會崩毀的魔像，其中有著這種機關啊……」

也就是說，猴子在體表生成的石頭之所以沒有崩解，可能也是同一個道理。

而且我聽說那些傢伙的石頭，就像是魔像的素體。

「附帶一提，強大的魔像之所以不易受到外來魔力干涉，是這種循環魔力的附帶作用。這方面屬於專業領域，我也不是很清楚……只是聽說魔術會被循環流動的魔力彈開而擴散，變回原本的粒子。」

「啊，這個我知道！我在司培里亞老師的課堂上看過。」

「司培里亞老師？」

「啊，抱歉抱歉。是我這邊的事。」

總而言之，像這樣聽丘托斯大叔講解，就會很清楚地知道當初司培里亞老師在解釋給我聽時，用的是非常平易近人的入門用詞。

搞不好他從一開始，就看出我的知識量比幼兒園學童還不如了……

我手肘拄在桌上，漫不經心地想著這些事情。

魔太在我身旁，溫柔地守著陷入沉思的我。這傢伙從早到晚這樣盯著我看，都不會膩嗎？

這時丘托斯大叔暫時到店裡的後面去了。然後過了不久又回來了。他手上端著放了飲料的托盤。

一杯冒著白色熱氣的咖啡，喀登一聲放到了我面前。

「來一杯吧？」

「喔，不好意思。」

想不到這大叔還挺貼心的。

跟小女生一起吃了一堆甜餅乾，正好想來點飲料。

一看，身旁的小堤露也有熱牛奶可喝。

還顧慮到不讓幼兒攝取咖啡因，大叔挺有一套的嘛。

畢竟小堤露明明是五歲小孩，個頭卻嬌小到看起來只有三歲左右。希望她可以多喝點牛奶，健康長大。

我一面為兒童的未來操心，一面打算喝點咖啡。

但杯子拿到一半，我的手頓時停住了。

——我現在手中的這杯異世界飲料，真的是咖啡嗎？

黑黑的液體裝在樸素的陶杯裡，冒著熱呼呼的水蒸氣。

看起來完全就是咖啡。

我有點防備地聞聞香味，謹慎地試喝了一口。

「哦……」

不錯喝。真的有點像咖啡，只是風味微妙地有所不同。

比起原本那個世界的咖啡，它的滋味多少比較粗樸。但只要當成異世界式的咖啡放心飲用，其實挺好喝的。還不錯。

我帶著心情大好的笑容，品嘗異世界咖啡。

丘托斯大叔隔著桌子在我對面坐下，自己也悠閒享受起異世界咖啡。

這時，他像是忽然想到似的開口了：

「啊，對了對了。回到剛才的話題，說到魔導核，還有一個不能忘記的要素。就是魔導核會附上那具魔像的『擬似人格』。」

「擬似人格？」

「講得明白點，就是魔導核扮演了魔像的大腦角色。」

這樣聽起來，是不是就像人工智慧（AI）？

這世界似乎沒有高科技的機器，也許是魔術發揮了替代功能。

經他這麼一說，入門用的魔像跟我家魔太的智力水準的確有著天差地別。兩者之間的差異就如同語音辨識玩具與超高性能仿生人。

「原來如此。難怪魔太會這麼聰明，不像那些沒放魔導核的入門用魔像……」

但我真的有把那種東西放進魔太體內嗎？

嗯──……

「嗯，就是這麼回事。」

丘托斯大叔聽我低聲這麼說，誇張地點了個頭。

「不同於比較容易修理的魔像素體，魔導核一旦遭到破壞就再也不能恢復原狀了。你可得好好保護魔夏塔露的魔導核喔。」

「呃，好，我知道了……嗯。」

沒什麼真實感受的我回答得不清不楚，丘托斯大叔聽了顯得不太滿意。

他一手端著咖啡，接著說道：

「聽好了，睡伊。魔像的擬似人格，是伴隨著個體記憶與經驗的累積，經年累月地形成，這是獨一無二的。換言之，就如同那具魔像的心。」

大叔如此說完，往我的身旁揚了揚下巴。

我家的魔太就坐在他指出的位置。她現在正在用手帕連連輕戳我的嘴角，把餅乾屑仔細地擦掉。

「你老兄的魔夏塔露就連平時無人操縱的時候都這麼聰明了，你的列祖列宗一定花上了很長的時間小心地使用她。」

「原、原來如此。」

原來是這樣啊。謝、謝謝老祖宗……

我一面感謝不知是何方神聖的老祖宗，一面看看魔太應該收藏著魔導核的胸口。

嗯，就跟平常一樣，有著形狀非常優美的高雅胸部。

像這樣看著伙伴高貴不俗的雙峰，總是會讓我感到不可思議。

這傢伙從分類上來說似乎是聖堂魔像，但為什麼不像那座聖堂裡的魔像們一樣波濤洶湧呢？既然都要發揮多餘的服務精神了，當然是爆乳比精靈耳朵更——

啊！不，不是。我是絕對不會用胸部的大小來看人的！

總之呢，丘托斯大叔的這番解說，有很多地方都讓我恍然大悟。

我曾經與魔像交手過一次，已經從經驗上得知他們一旦頭部遭到破壞或是脖子被砍斷，似乎就會停止運轉。

但還不只如此，我早就在懷疑魔像的胸膛部分，存在著某種致命性**要害**。

那些聖堂魔像露出了照理來講最怕被打碎的頭部，胸部卻特地裝上了甲冑般的特殊石材外掛裝甲。而且魔太與那些爆乳在打鬥時，從來不曾攻擊對方的胸膛。

就好像那是比賽的規定一樣。

不過就我的感覺，魔太也有可能只是像平常宰殺猴子那樣，順從本能把對手的腦袋打爛罷了。不，我看根本就是這樣……

思考到這裡時，我想到了一件事。

說不定那些聖堂魔像的胸部格外豐滿，並不是作者的喜好，是為了保護胸膛內的魔導核才會採用那種形狀？

基於這種理論去推測造型本身具有功能上的意義，她們所有人後腦杓的頭髮出奇地長也就解釋得通了。因為那種髮型換言之，應該就是用來保護胸部要害與脖頸免於來自背面的攻擊。

「想不到魔像的造型還是有學問的……」

但如果是這樣，我家的魔太明明不是爆乳卻自稱聖堂魔像，不會有問題嗎？會不會遭到全國的聖堂魔像愛好家的譴責？

我貼近凝視魔太的胸部，思索了一會魔導核與豪乳之間的關係。然後我無意間抬眼向上，看了看魔太的臉。

她用熱情的目光，反過來注視著專注觀察她胸部的我。

她那深紅眼眸簡直像在期待與喜悅中搖曳一般，散發出強烈的閃耀光輝，長耳朵自豪地微微抖動。

妳究竟是在高興什麼啊……

不過，想想也是。就算原料裡混入了異物也無關緊要。

假如聖堂魔像愛好家想拿胸部的大小找我麻煩，我就賭上性命駁倒他們。

因為妳是我值得抬頭挺胸，引以為傲的最棒伙伴。

縱然在胸圍上完全輸人，我家的伙伴仍然是最棒的。聰明地導出了這個結論的我，將視線放回坐在對面的丘托斯大叔身上。

「話說回來，大叔你對魔像懂得真多耶。」

實際上跟他這樣談話，我感覺他的魔像相關知識相當豐富，至少完全超出了入門書知識的水準。如果是身為學者兼優秀文明人的司培里亞老師倒算是正常，但以這個無能的黑心商人大叔來說，就要算學識淵博了。

「那當然了，我在工作上會需要處理魔導核啊，知道這些是應該的。反倒是你老兄明明是個魔術師，卻什麼都不知道，才叫丟臉吧。」

「嗚……」

大叔回答我，看我的眼光完全像是面對沒知識的小學生。

喂！拜託不要用那種眼神看我啦！

❖　❖　❖

丘托斯大叔大約在半小時之前出門去見客戶了。

現在我、魔太還有小堤露，三個人正在顧店。

這讓我注意到，今天小提露一樣來到了店裡。

的確，仔細想想，這個女兒年紀還小又體弱多病。丘托斯大叔身為父親，一定從來不想讓小提露一個人看家。可是那些流氓會來鬧店，所以沒辦法帶她過來。

從店面望出去，大街的氣氛既明亮又和平。

然而店裡還是老樣子，門可羅雀。

另外，雖說完全沒客人上門，但大叔說今天承包商可能會過來，需要有人收貨。可是丘托斯大叔得去變賣魔導核。閒著沒事的我看他在傷腦筋，沒多想就答應替他顧店了。

本來是打算今天去書店的，不過還是另找機會吧。總不能把小提露與魔太扔在店裡，我一個人去買東西吧。

總之，在丘托斯大叔還清債款之前，我打算在這裡逗留個幾天。

反正我也沒在趕路。

因為好不容易有辦法還債了，要是那個什麼商會又叫流氓過來私吞，大叔就太可憐了。我打算向那幫人鄭重提出抗議，叫他們寫收據。

…………

不、不對，不是。我只是尊崇勤儉精神，想貪小便宜讓他供應免費吃住罷了。

我絕沒有在可憐大叔。

這點非常重要，不要誤會了。

小堤露從剛才到現在，一直坐在我的大腿上畫畫。

她開心地笑咪咪的，正在畫一顆黃色的檸檬。原來這個世界也有檸檬啊。

「這個啊——是睡伊哥哥的閃電棕熊！」

「哦，畫得好像喔。妳畫得真好。」

…………

這團黃色的東西是閃電棕熊沒錯，就是我睡衣上面的謎樣動物。

當然，我從一開始就看出來了。

「這個呢，是火焰雙夭壽——這個是花——」

「真的好可愛耶。小堤露妳好會畫畫喔。」

當然，才疏學淺的我不知道這個紅紅黑黑的毛團畫的是什麼。但是小孩子要稱讚才會成長，這是很重要的。

可能是畫畫被稱讚很高興吧，小堤露一雙眼睛滴溜溜的，晃動著嬌小的身軀抱住了我。

就在我溫柔回抱住這個天真無邪的幼兒時，突然間，魔太的白皙玉手從旁無聲地伸了過來。

魔太一把搶走我大腿上的小堤露，硬是把她抱了起來。

「咦？」

我當場愣住，身旁的魔太強行讓小堤露坐到她的大腿上。接著，她開始動作粗魯地把小堤露的頭亂摸一通。

「啊，什麼嘛……原來妳也想抱小堤露啊。不要嚇我啦。」

看來我這伙伴果然很喜歡小孩。

小堤露得到魔太的摸摸，也笑得好開心。

真是溫馨可愛的光景。

「我真的覺得，妳可以當個好媽媽——唔喔！臉好近！」

魔太突然把臉湊了過來。她一邊在近到快碰到的距離內定睛注視我，一邊還能繼續摸著大腿上的小堤露。

這傢伙到底想跟我說什麼啊……

小堤露在魔太的大腿上，乖巧地繼續開始畫畫。

我手肘拄在桌子上，打了個小呵欠。

洋溢母愛的魔太讓我從保母的職責獲得解放。但這樣一來，我就完全沒事做了。

「這下真的閒得發慌了……完全沒事情可以做。」

明明說會有業者送貨來，可是等了半天都沒出現。

而且還是老樣子，沒半個客人上門。

只是，沒客人上門我覺得是無可厚非。並非丘托斯大叔的店鋪形象不佳，應該是因為店裡幾乎沒進貨的關係。

從外面街道上都能一眼看出店裡空蕩蕩的，沒幾件商品。

假如這種店還有客人上門的話，那個人……

「……恐怕一定是個無知的異世界人吧……」

我漫不經心地望著店裡幾乎沒剩幾件商品的櫃子。

不過說歸說，仔細想想，要是真有當地的客人上門，以目前魔像、幼女與比幼女還不如的魔導王這種店員陣容，在招呼客人這方面絕對會出差錯。

就祈禱大叔回來之前，客人沒事不要上門吧。

「嘿咻。」

我悠哉地從椅子上站起來。

我就這樣走向商品櫃，從櫃子上拿起一顆大量賣剩的土色骰子看看。

這顆呈現正六面體的褐色物體應該是魔道具沒錯。在留下許多空位的櫃子上，這玩意兒似乎賣剩得最多……

「小堤露，我問妳。」

我轉過頭來，對著在桌上畫畫的五歲小孩出聲說了。

「什麼事——？」

「小堤露，妳知道魔道具要怎麼使用嗎？」

遇到困難時，就請教幼女前輩吧。

聽到我這樣問，前輩朝氣十足地從魔太的大腿上跳下來，舉著手往我這邊用小跑步跑過來。

「來了來了！堤露知道！就是啊——把這個像這樣弄——」

她用小小的掌心，握住了從商品櫃拿下來的白色球形魔道具。

「就像這樣，嘿！就可以了。」

只見她手中的魔道具，開始發出了朦朧的光芒。

喔喔，前輩果然厲害！可是，解說得太籠統了！

然而就在這時，我僅一瞬間眼尖地看到，閃光般的粒子聚集到魔道具之上。

我想這時發亮的，應該是雷之粒子。

這種帶有自然界屬性力量的粒子在周圍飄舞，是這世界魔術生成時的特有現象。

「從剛才的感覺來看，難道說……就像生成普通魔術時的竅門那樣，把魔力灌注到魔道具裡就行了？」

灌注魔力這項步驟，我已經駕輕就熟了。製作魔像時必須長時間讓魔力流入其中，而在用「土之大槍」展開地對空飛彈攻擊時也得持續讓魔力流入，好維持它的形狀不至於崩毀。

儘管多少需要點專注力，不過只要腦中確實維持住魔力流動的印象，做起來其實不難。

我集中精神，試著將魔力灌入褐色骰子裡。

作為我集中精神的對象，灌注了魔力的土色魔道具開始凝聚起少許的土之粒子。

但就在這時，不知怎地，我忽然有種非常**不祥**的預感。

我想起受到召喚的第一天，盆地的那扇大岩扉爆開，變成了可怖的黑色百合花。

石製書的鎖具發生爆散（曼陀珠可樂）現象，炸成了碎片。

在扎連的隱居處，我的碎石生成讓庭院崩塌得面目全非。

過去的種種失敗經驗接連閃過腦海。

啊，慘了。

這樣下去，可能會發生嚴重後果。

一產生這個預感後，我掌心裡的褐色骰子頓時像麻糬一樣鼓脹了起來。

「這、這是——」

突然鼓脹起來的骰子伴隨著爆炸聲整顆爆開了。粉碎的褐色破片一邊散播土之粒子，一邊往四周飛散。

看起來簡直就像褐色的煙火。

嗚、嗚哇啊啊啊！我又搞砸了啦啊啊啊啊啊！

第10話

整捆鈔票與火焰

「嗄？灌注魔力之後，魔道具就爆炸了……你老兄是傻子嗎？」

丘托斯大叔一臉傻眼地看著我。

「唔嗚！」

這個大叔對我講話真的是一點都沒在客氣耶。

話雖如此，關於這件事我無從爭辯。

「唔……這件事都怪我不好。我會賠你壞掉的魔道具的錢。」

「不用啦，反正是賣剩的東西，不用賠了。然而我做生意這麼久了，還沒聽說過有人把魔道具用到爆炸耶。」

丘托斯大叔說完，表情困惑地歪了歪頭。

「難道說其中有些商品具有嚴重缺陷嗎？但我店裡都會做檢驗與測試，老實說我覺得不太可能……」

經過剛才那場魔道具爆炸恐攻之後，我這個爆炸案凶手就對回到店裡的丘托斯大叔誠實地自首了。現在正在像這樣跟他賠罪。

爆炸案的目擊證人只有魔太與小堤露，老實講好像多得是辦法蒙混過去。但我身為文明人的尊嚴不允許我做出那種卑鄙行為。

除了爆炸的褐色骰子型魔道具之外，店裡沒遭受到什麼損害。

正確來說其實不是爆炸，比較像是內部壓力造成骰子膨脹爆開。我拿著魔道具的手掌心也完全沒受傷。

只是爆炸一發生後，魔太先是擔心地摸摸我的掌心，接著忽然像惡鬼一樣開始試圖打爛商品櫃上的其他骰子，真的把我嚇壞了。

拜託別這樣，魔太。妳要是這樣做，賠償金額可能會把我逼死。

我趕緊抱住她阻止這種行為。但真的是千鈞一髮……

總而言之，小堤露沒有被爆炸嚇哭，可說是不幸中的大幸。一開始她嚇了一跳，兩隻小眼睛眨啊眨的，但隨即高興地蹦蹦跳跳起來。

我現在才發現，小堤露看起來小，精神層面卻似乎相當堅強。

嗯？先等一下。

回到原本的話題，照方才丘托斯大叔的說法……所以魔道具的爆炸是一種會讓人懷疑商品本身有瑕疵的罕見現象，一般來說是不會發生的？
我還以為是我犯了新手會有的操作錯誤，才導致它爆炸。
「魔道具一般來說是不會爆炸的嗎？不是我用法不對？」
「你也想想嘛……要是稍微用錯一下就會爆炸，怎麼能在一般市面上流通？」
丘托斯大叔如此說完，指了指店裡的商品櫃。
「要不然你拿那邊的其他魔道具試試看吧。我保證絕對不會爆炸。」
「咦……」
我猶豫了。
坦白講，爆炸魔道具在我心中已漸漸成了心靈創傷案件。的確，假如不趁現在努力克服恐懼的話，我搞不好會因為害怕爆炸而一輩子不敢用魔道具。
看來只能試試了。
「可、可以嗎，大叔？是你說可以的喔？我說啊，你可別反悔喔？要是爆炸了，我可是絕對不會賠錢的喔。到時候大叔你店裡的商品會更少，會越來越擺脫不了貧窮喔？這些事情你真的都明白嗎？」
「你老兄也太沒膽了吧。這櫃子上的，全都是可以讓小孩子使用的安全魔道具啦……好了啦，喏，你試試。」

丘托斯大叔從商品櫃上，拿了個又白又圓的魔道具給我。

這顆白球，就是方才幼女前輩向我這個後輩示範過使用法的那一個。

「啊啊好啦，知道了啦。我試試就是了！」

我下定決心，往手掌心裡的白球灌注了魔力。

光輝燦爛的雷之粒子，僅一瞬間匯聚到魔道具上。

白球魔道具開始散發出朦朧的微光。

丘托斯大叔見狀，說了：

「你看吧？沒有爆炸對不對？」

「奇怪？真的耶。」

經他這麼一說，的確是沒爆炸。

所以，其實不會爆炸……？

沒有爆炸耶！沒有爆炸！真不敢相信，成功了！

看，我也會用魔道具了！好厲害，它在發亮！

我開始覺得好玩，於是興奮雀躍地把大叔店裡的庫存全灌注了一遍魔力。

結果店裡的魔道具，沒有任何一個爆炸。

一種像是指揮棒的魔道具會冒出水來。像是螺絲的魔道具可以做出小顆冰塊。還有一種魔道具可以吹出電風扇般的怡人微風。諸如此類，我試過了好幾種。

真方便。魔道具超強的。

「喂，大叔，這些東西超棒的耶！」

「真是，睡伊你啊，怎麼跟個小孩子似的……」

大叔好像說了些什麼，但我才不理他。

每種魔道具都很好玩，其中這種可以造水的水藍色棍棒型魔道具，我覺得超方便的。這個應該是商品，晚點買一根看看好了……

只是，雖然並沒有爆炸，但不是每種魔道具我都能用。其中有些種類即使灌注魔力，仍然毫無反應。

「我問你，大叔。這個像是綠色喇叭的東西，怎麼完全沒反應？」

「嗯？噢，那個魔道具的種類不同。要讓有點適性的人來使用才會發揮功效。」

「什麼意思？」

「嗯……我來跟你解釋一下好了。」

後來丘托斯大叔針對魔道具，對我進行了一場簡單的講課。

根據他的解說，魔道具似乎可粗略分成三種類型。

第一種是在道具內部重現特定的魔術，讓沒有適性的人也能使用。剛才那顆發光白球就是個好例子。即使是除了土屬性之外魔力轉換率為零的我，也能發動那種雷屬性的光明系統魔術。

只是，據說這類魔道具無法重現高階的複雜魔術，大多是入門魔術，最多也不過就是初級魔術。也許就像是這世界的人們使用的生活家電？

第二種是強化、擴充特定魔術的威力或範圍，或是輔助複雜法術進行的魔道具。例如司培里亞老師用來強化風屬性探敵魔術的青綠色水晶耳飾，就是屬於這個類型。

這種魔道具簡而言之，是設計給專業魔術師而非一般人使用。方才那種毫無反應的綠色奇怪喇叭也是屬於這一類。據說它可以用來強化風屬性的遠話系統，也就是能將自己的聲音傳向遠方的魔術。但我完全不具有發動所需的風屬性適性，所以一點反應都沒有。

最後是剩下的第三種魔道具，但店裡沒有這個類型。聽說這種魔道具非常特殊，能夠讓人使用一般來說誰也無法使用的法術。這種類型跟一般魔道具使用的技術截然不同，很多製法早已失傳，市面上幾乎沒有流通。當然，丘托斯魔道具店這種小型個人商店，也就一個都沒有賣。

他說這第三種類型的特殊魔道具，正式名稱叫做「古代魔具」。

但它們難以入手又價格高昂，跟我恐怕是毫無緣分。我也懶得管。

更何況，我對冠有「古代」二字的存在根本就沒什麼好印象。

我一邊想起折斷了魔太的手臂，還把她弄哭的討厭黑龍的模樣，一邊「噗——」地吹了綠色喇叭。

只是它其實不是樂器，所以只發出了空氣洩漏般的聲音。

「對了，大叔。」

「嗯，什麼事？」

我從商品櫃裡撿起土色骰子，舉高給丘托斯大叔看。

好像只有這玩意賣剩了一大堆。

「剛才爆炸的這種四方形玩意，究竟是什麼的魔道具？」

「噢，那個啊。那玩意兒就是……不是有一種土魔術，可以做出野外用的簡易廁所嗎？那種法術在上廁所的時候還得持續形塑術式並供給魔力，非常麻煩，根本不實用對吧？所以要用這個魔道具來彌補。只是就如你所看到，完全賣不出去就是了。」

「咦……」

我知道那種法術。

就是入門書上記載的，可以製作那種野外廁所的魔術。

正式的法術名稱是「廁所生成」。

可是，他在跟我說笑吧？那種魔術竟然這麼不受好評？

「廁所生成」能夠用土塊生成馬桶座與遮蔽外圍視線的幾堵薄牆，使用後會自動崩解把地面掩埋起來，是一種既衛生又方便打掃的優秀魔術。

對於愛乾淨的我來說，它在土屬性當中堪稱一枝獨秀的神級魔術耶……

原來只是我不以為苦，對一般人來說其實很困難？明明是一種方便的超棒魔術，卻連它都被當成廢物魔術，真讓我傷心。

我在心中溫柔地，輕輕地摸摸如今已逝的《魔術入門Ⅳ》的「廁所生成」頁面安慰它。別在意，你不用放在心上，你的優點我都很清楚。

受到召喚後，我隨即在盆地閱讀了那本《魔術入門Ⅳ》。我靜靜地追憶起與溫柔嫻淑大姊姊（※腦內設定）作者艾默里．海倫老師的學習歲月。合著者隆倍．扎連？怪了，這名字我還是頭一次聽到。

我接著沒多想，就往手裡拿著的骰子灌注魔力看看。

些微的土之粒子，溫柔地逐漸匯聚在手掌心上。

這顆美妙的土色魔道具，籠罩在粒子與魔力的淡淡光輝中——

竟然再次像麻糬一樣鼓脹起來，炸個粉碎。

被炸飛的魔道具碎片，像煙火一樣噴撒得店裡到處都是。

「為什麼，為什麼會這樣……」

我呆站在魔道具的殘骸之中，差點沒哭出來。

「對不起，我會賠錢的……」

我大受打擊，魔太心疼地摸摸我的手掌心。

她先是把我的掌心整個摸了一遍，確定我沒受傷之後可能是放心了，於是慢慢從我身邊離開。

我這個伙伴真是個溫柔善良的人。

我打從心底感謝魔太的溫柔。然而，事情並沒有就此結束。緊接著，她全身散發出猛烈的殺氣，對著商品櫃上的骰子高舉右臂——

◆　◆　◆

「唔嗯……既然接連著有兩顆發生爆炸，我看不會是巧合。」

丘托斯大叔站在我旁邊，從剛才到現在一直在想事情。

暴怒到想把所有商品連同商品櫃一併砸爛的魔太，現在被我用擁抱的方式限制了行動自由。

所幸我出於飼主的本能察覺到危險，立刻就抱住了魔太，她的刑事毀壞罪才能以未遂收場。她在我的臂彎中不安分地扭動了一會兒，但現在已經乖乖地安靜下來了。

總覺得她整個人好像無力地癱在我懷裡，讓我有點擔心。

「魔道具會發生這種異常的故障，我能想到的原因，就是可能你老兄的土屬性魔力轉換率高得異常。」

「咦！屬性魔力轉換率太高，會造成魔道具爆炸？」

「不是，哎，我是說理論上。魔道具在設計上，本來就包含了提升該種屬性魔力轉換率的效果。假如這種加成作用造成魔力急速上升到超過界限值，從內側破壞了魔道具，理論上或許還算說得通……」

丘托斯大叔雙臂抱胸沉吟了半晌，最後用一種面對可悲生物的眼光看我，無力地搖了搖頭。

「唉……睡伊啊，你老兄的才能，實在是太偏重於單一方面了。」

「喂，大叔。就算是這樣好了，請你別用那種同情的眼光看我好嗎？」

「啊——好好好，我知道我知道。」

丘托斯大叔把氣呼呼的我丟著不管，開始打掃散落一地的魔道具殘骸。

我本來也應該幫忙，但我現在抱著魔太不能動。

臂彎裡的魔太稍稍把臉頰湊過來，跟我撒嬌般的磨蹭。

這傢伙被我這樣抱著的時候會乖乖聽話，所以也許我在街上應該一直抱著她。

講到這個，我在原本那個世界家裡養的笨狗，每次要帶去動物醫院時，也都得一直抱著牠以免牠亂鬧。我抱著那傢伙時，牠也是像現在的魔太這樣安心地待著不動。

魔像果然就跟狗沒兩樣。

我溫柔地抱著魔太，腦袋裡思考著方才被我弄壞的魔道具要賠多少錢。

店主丘托斯大叔說過不用賠。但是用這種方式欠窮鬼大叔的人情，總覺得心裡很不舒坦。

簡而言之，就是我個人的自尊問題。

「……啊，有了。」

既然不賠錢，我可以跟店裡買幾個魔道具的不良庫存。反正我正好想買那種可以生水的棍棒。

我開始在單肩包裡翻找，想把錢包拿出來。

這時無意間，我看到了放在包包裡的整捆鈔票。

於是我才想到，我還沒問大叔這些寫著「賽爾威藩札」的謎樣紙鈔究竟是什麼東西。

「欸，大叔。你知道這捆鈔票是什麼東西嗎？」

我不經大腦思考，就把整捆鈔票輕輕扔到了旁邊的桌子上。

小堤露就在那捆鈔票旁邊畫畫。一捆鈔票與小女孩，形成了和平的日常景象。

然而丘托斯大叔一看到那捆鈔票，不知怎地忽然臉色大變。

接著從他嘴裡冒出的尖銳言詞，與和平的日常景象一點都不相稱。

「喂，睡伊，快把那玩意兒收起來。在這裡使用那種錢，是會受罰的。」

丘托斯大叔皺眉回頭看看背後的店內空間，確定四下沒有其他人的目光。

放心吧，你店裡不會有客人上門的。

話雖如此，既然他說會受罰，基本上具有文明人守法精神的我，心裡便焦急了起來。

「這是什麼不好的錢嗎？」

我急忙把整捆鈔票收了回來。

「你老兄怎麼會有這些紙鈔……好吧，也罷，你等我一下。」

丘托斯大叔匆忙地收好打掃用具，忽然把店提早打烊了。

他手腳俐落地將店面的捲門拉上，把店裡的燈打開。

然後他從店裡的商品櫃上，拿了個像是紅色棍棒的魔道具過來。

「該不會是我害你提早打烊的吧？我是不太清楚，但真不好意思。」

「無所謂啦。先別說這個了，睡伊，借我一張你的藩札。」

我照丘托斯大叔說的從整捆鈔票中抽出一張，交給了他。他接下紙鈔後，放在方才拿來的紅色棍棒上。

閃耀紅光的火焰粒子瞬間匯聚在棒子前端，燃起了一小朵火苗。

「喔喔，這個好方便喔。」

我正在佩服時，萬萬沒想到丘托斯大叔竟然——用那根棍棒點燃了紙幣。

你白痴啊，大叔！是欠債壓力把你逼瘋了嗎！

「啊，喂！你幹嘛這樣……」

「別急……哎，你看著吧。」

「還叫我別急，你把別人的寶貴財產當成什麼——」

我話講到一半，就停了下來。

「咦？」

仔細一瞧，藩札並沒有起火燃燒。

有種朦朧的綠色光芒籠罩著薄薄紙幣，最後，火苗熄滅了。

小堤露兩眼發亮，看著紙鈔發出綠光。大哥哥非常能體會妳的心情。

「這種藩札都是像這樣點火來驗鈔的。結果果然沒起火燃燒啊……這玩意兒是如假包換的真鈔。」

丘托斯大叔把紙鈔還給我，一邊把點火用紅色魔道具放回商品櫃上，一邊繼續說：

「這玩意兒叫做賽爾威藩札，是經過高等魔術加工的特殊紙鈔。但是呢，只能在位於北方大森林的賽爾威藩使用。」

「是喔……」

「順便告訴你，這附近的外幣兌換商當然是不收這種藩札的。你可別笨笨地帶去兌換喔，難保不會引人誤會。你這個人有點那個，所以我才這樣叮嚀你。」

啊，你又說我「那個」了！

我每次都在想，你這傢伙根本是想找我吵架吧？可以，我奉陪。我早就想跟大叔分個高下了。

嗯？可是等一下。經他這麼一說，我以前的確曾經沒多想，就想帶著這捆鈔票去找外幣兌換商。

……大叔啊，想不到你眼光還挺敏銳的嘛。這場勝負就擇日再戰吧。

「是說，睡伊啊，你究竟是從哪裡弄到賽爾威藩札這玩意兒的？你老兄不是東方出身嗎？」

這要我怎麼回答？這些賽爾威藩札，只不過是我從扎連的書庫隨手摸來當作精神賠償費的啊。

「坦白講，我也不知道是怎麼回事。這捆鈔票是我來到這裡的旅途中，碰巧到手的。」

「這樣啊……好吧，我就不多問了。總而言之，這種紙鈔只是在賽爾威藩以外的地方不通用，並不是假鈔或廢紙。假如你有機會去北方，或是有那方面的門路，倒是可以使用。」

什麼嘛，原來是這樣啊。

都是大叔不知道在鬧什麼，害我白白嚇了一跳。

「順便問一下，這捆鈔票有多少價值？」

「嗯嗯，這個嘛……我也不是很清楚。但我覺得應該不是什麼大錢喔，至少沒有土巨魔的魔導核那麼大的價值。對你老兄來說，特地旅行前往冰天雪地的遙遠賽爾威地區，可能有點不划算喔。」

丘托斯大叔這麼說完，看了看一直擺在桌上的整捆鈔票，然後不解地歪了歪頭。

「你這捆賽爾威藩札，就我看來，張數似乎少了點。你瞧，綑綁的帶子也還有這麼長一段……會不會是買過東西剩下來的？」

聽大叔這麼說，我心裡也費疑猜。

這種稱為賽爾威藩札的地方紙鈔，在當地以外禁止使用，我覺得不是什麼奇怪的事。即使有嚴格罰則也很合理。

假設周遭其他藩都是正常使用金幣銀幣的話，放任這種藩札的使用，會造成其他藩的高品質金銀貨幣流入發行紙幣這種劣質貨幣的賽爾威藩，結果變成賽爾威藩占盡便宜。那當然很不妙了，會受限制是理所當然。

所以我在意的點，反倒是在東邊盆地準備進行召喚儀式的隆倍・扎連，怎麼會有這種遙遠北方單一地區限定使用的紙鈔？

我在書庫看過扎連著作上記載的作者介紹，得知那個男人出身自離這裡千里迢遙的西方帝都。就作者的經歷來看，我覺得他跟北方地區毫無瓜葛。但扎連特地弄來了大量只能在賽爾威藩使用的紙鈔，或許表示他在賽爾威藩買過很貴的東西。方才丘托斯大叔的推測也印證了這一點。

一個對這即將毀滅的世界不可能有半點留戀，而且自己會第一個死亡的人，特地跑去那麼遙遠的地方，究竟買了什麼東西？

「你老兄或許不知道，賽爾威藩是在三十多年前的北伐大戰結束時，被這帝國併吞的新區域。不只是通用貨幣，就連通用的法律也有一部分不同於其他諸藩。而且聽說在那個地方，令人厭惡的人口販賣被認定為合法的傳統習俗……以我個人來說，即使是做生意也不太想跟那種地區打交道。」

「嗯，我也對那種販賣人口的無聊土地沒興趣。」

我在跟大叔談話時，魔太待在我的臂彎裡定睛注視著桌上的賽爾威藩札。

這傢伙平常在我跟別人說話時，總是充耳不聞地一味盯著我的臉。現在卻像這樣為其他事分心，真稀奇。

而且，總覺得她看起來有點沒精神。長耳朵沮喪地下垂。

難道說妳討厭這捆鈔票嗎，魔太？

反正我並不想要這筆奇怪的錢，如果它讓妳神情這麼悲傷，我看趕快燒掉算了。

啊，對喔，它是不可燃物品。

「欸，老實說我一點都不想要這些鈔票耶。大叔你要嗎？」

「我也不要。我在北方沒有生意門路，而且好不容易在你老兄的幫助下可以重整店鋪了，要是因為這種東西被人找碴，那可吃不消……」

「什麼？所以既不能燒掉又不能想辦法處理掉嗎？這些賽爾威藩札簡直跟工業廢料沒兩樣嘛。」

我不屑地如此說道，把整捆鈔票往包包裡一扔。

看到我這樣，丘托斯大叔表情疑惑地問道：

「公月飛……什麼來著？」

「噢，抱歉，這是我故鄉的語言。呃，意思就是無法處理的不可燃垃圾。」

「哦哦，我還是第一次聽到。真是種奇怪的外國話啊。」

各位察覺到丘托斯大叔的異常反應了嗎？

沒錯。其實我的謎樣翻譯能力，除了專業書籍的猩猩化現象之外，還有一項弱點，或者可以說漏洞。

也就是完全無法翻譯這個世界所沒有的概念。

看來我在無意識之中不小心說出了日語。可怕的是，我如果不特別去注意，幾乎不會發現說話變成了日語。

我在面對司培里亞老師時，起初是把他當成值得尊敬的長輩，說話時特別注意遣詞用句。再加上剛開始我對初次邂逅的異世界人抱持著少許戒心，因此應該沒說過什麼會暴露身分的詞句。至於魔太不管我說什麼，都會溫柔又興味盎然地傾聽。所以我在跟司培里亞老師與魔太對話時，完全沒發現到翻譯能力的這項弱點，堪稱極具衝擊性的新事實。

而我在跟丘托斯大叔講話時都很隨便，因此滿容易就發現了這項弱點。況且大叔對我吐槽也沒在客氣的。

順便一提，網路用語或遊戲用語，似乎有很高的機率會翻譯不到。例如我隨時都在追求與妙齡女性的戀愛旗標，但「旗標」這個名詞也完全在翻譯對象外。都能感覺到惡意了。

不過好吧，旗標這個名詞本身是從電腦術語衍伸出來的，在極其複雜的發展過程中的確使得內涵越來越多元，或許本來就不可能翻譯吧。

只是有一點讓我很在意，就是網路用語會以高機率被剔除，電腦術語卻有滿高的機率會被翻譯。例如軟體或是程式設計，都是很正常地翻譯成這世界的語言。

從這項事實來推測，這個世界似乎有著相當於電腦的某種東西，或者是系統相近的技術？

感覺起來好像是這樣。

我一面陷入沉思，一面摸摸臂彎裡罕見地顯得消沉的魔太。

伙伴被我摸著摸著，慢慢一點點恢復了元氣。她把臉埋在我的胸前，不知怎地扭扭捏捏的。太好了。

這時，午後的明亮陽光耀眼地照進了室內，原來是丘托斯大叔把關著的店面捲門重新拉開了。

「啊，對了！睡伊，我忘了有件事要告訴你。」

丘托斯大叔似乎忽然想到了一件事，面帶笑容轉向了我。

「咦，什麼事啊？」

「沒什麼啦，都是因為我一回來店裡，你老兄就哭喪著臉跟我說魔道具爆炸了，把我嚇得都忘記告訴你。是這樣的，今天把魔導核脫手賺到的錢，應該夠我還清債務了。」

「喔喔，真的嗎？那不是太棒了嗎？」

那真是太好了，大叔。不過誰說我哭了？

丘托斯大叔一邊用無憑無據的假話損我，一邊開開心心地說話。

但我從他的表情當中，同時也看到了少許的緊張。

「所以我打算這幾天內，就去北邊『齊維爾』鎮的佩斯利商會分店還錢。」

第11話

內褲與約會

「早安……咦，魔太，妳在做什麼啊？」

早上醒來，我發現魔太把臉埋在我脫掉的內褲裡。

我昨晚睡覺前把那件內褲脫了就隨便一扔，打算今天早上再來洗。

魔太把我的內褲貼在自己的臉上，動都沒動。

總覺得她看起來好像暈陶陶的。但我想應該是心理作用。

伙伴的這種行為，大概是在幫我聞味道檢查衣服的骯髒程度……我猜啦。或許是用這種方式判斷需不需要洗。

在盆地裡的扎連隱居處生活時，魔太也常常在洗衣服之前嗅聞內褲的味道。

我當然知道她沒有惡意，但我會害羞，很想叫她別再這麼做了。可是她還是照聞不誤……

不管我提醒多少次，魔太總是會偷偷聞味道。

話說回來，就像這樣，魔太是有嗅覺的。

話雖如此，她的嗅覺並不算太優秀。我看大概跟一般人無異，不然就是再差一點。因為她每次都要聞很久，才能判斷內褲該不該洗。

但說到耳朵，也就是聽力，我覺得應該還算不錯。

有時候連一點細微聲響，都會讓她敏感地做出反應。

可是魔太總是沒在聽別人說話，她幾乎只會聽我說的話。真搞不懂這傢伙的聽覺是好是壞……

魔太的五感當中最頂尖厲害的，要屬**視力**。

這傢伙的眼睛特別地好。尤其是講到動態視力，已經完全達到了超越人類能耐的水準。結合這種優越的視力與之前那種謎樣雷達，魔太似乎能夠隨時正確掌握周遭的狀況。

根據昨晚邊吃飯邊聽丘托斯大叔說的，聖堂魔像似乎因為瞳孔具有稱為「光受體」的水晶狀器官，使得他們的視覺極度敏銳。簡而言之，魔太優秀視力的祕密，就藏在眼睛裡美麗紅寶石般的虹膜部分。的確，我記得聖堂裡那些爆乳魔像，也具有與魔太不同顏色的綠色虹膜。假如魔太的眼眸是紅寶石，她們的眼眸就像綠寶石吧。

只是，配備有這種光受體的魔像，事實上似乎很稀奇。

一般來說，魔像的種種感覺，都是由額頭上稱為「探敵紋」的感應器來接收。

對。就是額頭上的那種神奇花紋。

據說額頭上的這種感應器可以偵測到光線與聲響。有些種類的魔像甚至能偵測氣味，只是視力不是很好就是了。

從這些話聽起來，魔像在頭部被毀時之所以會停止運轉，大概也是因為從構造上來說，感應器一類都集中在頭部的關係吧。

話是這麼說……可是魔太的探敵紋，平時幾乎都藏在瀏海底下。

她好像會害羞，不太想讓我看到她的探敵紋。每當額頭露出來時，她都會低下頭去扭扭捏捏地用瀏海擋住。

再說，魔太在聽我說話時總是卯起來搖動耳朵，在聞我內褲的味道時，也都拚命把鼻子按上去。魔太只有在跟人認真開打時，才會把整個額頭露出來。

我這伙伴的感應器功能究竟靠不靠得住啊？我有點擔心。

就在我像這樣深有所感地探究魔太的感應器功能時，無意間我回過神來，看看魔太怎麼樣了。

她的臉還埋在我的內褲裡。

今天早上聞內褲的時間，好像有點長。

「欸，魔太，待洗衣物的味道檢查，應該做到這裡就夠了吧。」

我出聲關心的同時湊過去看她的臉，然後大吃一驚。

——把臉埋在內褲裡的魔太，瞳仁開始變成混濁的桃紅色。

「哇，她要故障了！」

我急忙從魔太的手裡搶走內褲。

「不會吧？我的內褲聞起來真的有那麼糟嗎……？」

真不敢相信，難聞到讓堅固耐用的魔太都故障了？

我重新細細端詳手裡拿著的內褲。

沒什麼奇特之處，就只是件平口內褲。

這件內褲跟睡衣，都跟著我一起從原本的世界來到了這裡。不像睡衣，我想這件內褲並不老土。應該吧。

我自己也聞了一下做確認，但沒有什麼臭味。更何況這件內褲也才不過穿了昨天一天而已。

不，可是……都說自己聞不出自己的體臭嘛。

況且魔太剛才快要故障，正是一件無法否認、單純明確的事實。

好吧，所以我的內褲的確很難聞就對了……

我的心靈受到了嚴重打擊。

❖ ❖ ❖

「啥？想買新內褲？」

丘托斯大叔一臉傻眼地看著我。

我淚眼汪汪地點了點頭。

「嗯，出於一些理由，我手邊沒幾件內褲。那個，我會擔心……它會不會有怪味還是什麼的……」

事實上，我的內褲在對付古代地龍時的確幾乎都被炸飛，目前只剩兩件。就是當時穿著的一件，以及那件平口內褲，因為跟睡衣一起當成貴重物品放在布袋裡而逃過一劫。

總之今早發生的事姑且擺一邊，我必須盡快多買一點內褲，否則今後一定會很不方便。要是繼續讓這兩件內褲輪班，只要哪天下雨不能洗衣服就完了。

「唔嗯。既然這樣，你現在就去鎮上的服飾店好了。店家應該已經開門了。」

丘托斯大叔如此說完，好像忽然想起來似的補了一句：

「記得你不是說過想看書嗎？你可以順便去鎮上的書店逛逛。」

「也是，就這麼辦……」

服飾店與書店啊。或許正好是個機會。

反正除了內褲，我還有其他東西想買起來。

順便提一下，這個世界的男性內褲有幾種，基本上形狀大多像是貼身短版四角褲。看樣子似乎不是兜襠布。內褲沒有鬆緊帶，腰部用具有彈性的神奇帶子稍微綁起，布料也沒有特別粗糙，穿起來還滿舒服的。

我在出門前往服飾店之前，先向丘托斯大叔問了一個問題。

「對了，內褲大概要多少錢？」

「你老兄怎麼連內褲多少錢都不知道？真的是養尊處優耶……」

喂，大叔，不准你再用那種同情的眼光看我。

「這裡跟我的故鄉物價不一樣啦，不一樣。所以，內褲大概都多少錢？」

「男性內褲的話嘛……我想花個五十枚銅幣，就可以買到品質相當不錯的了。」

「五十枚銅幣……」

也就是……呃，等於有多少價值？

記得在店裡吃飯，差不多要十枚銅幣。印象中好像是這樣。這也就是說，內褲的價值大約等於在餐廳吃五頓飯？比起原本的世界，這裡的衣服似乎比較貴一點。

從這世界表面上的文明水準來看，我本來擔心衣飾的價格會貴到讓人眼珠子都蹦出來，看來似乎沒那麼誇張。

「原來如此，那我應該還買得起。」

我握緊錢包，立刻就想出門。

「喂，睡伊。」

不知為何，大叔叫住了我。

他注視著我的那種擔心的眼神，就像是旁觀幼兒園學童第一次幫忙買東西的家長。

「這兩天就要去齊維爾的商會了，我今天得忙著做準備，所以沒辦法陪你去買東西……你老兄一個人真的沒問題嗎？」

「說這什麼話？別把我看扁了好嗎？我不至於連內褲都不會買啦！」

就在我氣呼呼地想開門的時候，蹲在地板上的魔太有點搖搖晃晃地站了起來。

哦，這傢伙想陪我去買東西嗎？

她剛才聞了我的內褲而差點故障，我本來是想讓她留下看家，躺一下好好休息的說。

是說魔太這傢伙，腳步還有點踉踉蹌蹌的，好像腰肢撐不住快摔倒，真的不要緊嗎……

❖　❖　❖

一名大概三十來歲的男性，面帶笑容指了指巷子前方一家古舊的店鋪。

「那家店就是我們緹巴拉鎮上，書種最齊全的書店了。」

「太謝謝您了。真不好意思，還讓您特地帶路。」

我惶恐地對這位先生致上深深的謝意。

我剛才找不到書店在哪裡，正在傷腦筋的時候，幸好有這位先生為我帶路。

「沒什麼，快別這麼客氣。希望你可以找到想要的書。務必在我們鎮上多買多逛喔，魔像使大哥。」

男子笑容可掬地邊揮手邊離去了。

真是個好人……

跟帶路的先生告別後，我與魔太並肩走在街上前往書店。

今天的伙伴一直走在差不多我半步後方的位置。這個以魔太平時走路的定位來說，是最前面的位置。就感覺來說，幾乎就走在我旁邊。

以這個最喜歡走我斜後方的伙伴來說，這樣走路還滿稀奇的。

我們感情融洽地並肩而行，兩人手上都提著裝了大量內褲與衣物的購物袋。

沒錯。我雖然比幼兒園學童還不如，剛才卻也妥妥當當地買好了東西。

更重要的是，內褲非常便宜。丘托斯大叔給我的事前資訊說要大概五十枚銅幣，但實際上店家只用二十枚銅幣就賣給我了。不只如此，服飾店的老闆還面帶笑容，送了我襪子等等的許多贈品。

我就明說了，其實方才告訴我們書店怎麼走的那位先生，正是那間服飾店的老闆。

「幸好服飾店老闆人很親切……」

魔太提著裝有大量內褲的購物袋，高高興興的。

我們倆並肩走在鎮上買東西時，魔太的耳朵一直在微微擺動。

這傢伙大概很喜歡購物吧。

在店裡買我的內褲時，也挑選得超認真的。

我是覺得哪條內褲都一樣。然而或許這傢伙有她的堅持吧。

不過買來的內褲是我在穿，不知道魔太那麼堅持有什麼用就是了……

走著走著，我們來到了書店門口。

這是一棟古意盎然的建物。乍看之下，店鋪比丘托斯魔道具店小多了。但我覺得只不過是大叔的店多餘空間太多而已。

好了，進去書店看看吧。

我打開發出細小擠壓聲的木門，踏進店內。幾乎在同一時間，一股輕柔的墨水味飄來。

我最喜歡這種書店的氣味了。

店裡比想像中整潔，也沒有灰塵。儘管店鋪外觀看起來老舊，裡面似乎有經過仔細清掃。

書架上擺著各種書籍。

從像是繪本的書到有點專業的書籍，看來書種很豐富。

服飾店的店主先生說得沒錯，感覺種類的確挺齊全的。只是實在無法跟原本那個世界的書店比擬就是。

《黑森林的大山貓》、《樵夫與魔術師》、《勇者泰跑爾的冒險》……

我一邊隨意瀏覽書架上的童話書名，一邊在店內閒逛。

「哦，也有學習書耶。」

右手的書架，有塊書區放著各種各樣的學習書。

只是很遺憾地，店裡似乎沒有販賣我愛用不已，卻被古代地龍炸毀了的《魔術入門》系列。

「如果有賣那些教科書，其實重買一套也可以的說。」

我隨手拿起一本放在附近，像是魔術學習書的書籍。

啊，書本用紙帶封住了，似乎不能翻閱。一看，架上幾乎所有的書籍，似乎都做了同樣的封條。
原來這裡沒有站著翻閱的文化啊。
但我身上有個問題，就是魔術專業書籍的內容會變成亂碼的那種翻譯能力猩猩化現象。沒確認過看不看得懂就當場買下學習書，可能有點太冒險了。
「……雖然很可惜，但還是買別的書好了。」
我把學習書輕輕放回了書架上。
往店內深處一看，好像只有一位老婆婆在顧店。
嗯，無論我重新確認幾遍，都只有一位老婆婆在。原來如此，看來與書店可愛孫女的邂逅與愛情故事，完全不會發生在我身上。
當然，這我從一開始就知道了。
我可沒在難過。我今天只是來買書的。
總之先隨便買一本看起來還不錯的魔像相關書籍好了。
然後再多買一本別的書也行。就是個人看好玩的那種興趣相關書籍。
我可是個愛看書的硬派男子漢。
煩惱到最後，我在這家書店買了兩本書。

書名就叫做《魔像圖鑑》與《可食野草》。

《魔像圖鑑》正如其名，就是魔像的圖鑑。店裡的老婆婆說這本書附有插畫，很容易看懂，於是我就買下來看看了。

至於另一本《可食野草》，我覺得自己真是會買東西。這本書在野外求生時應該很有用，而且我也對異世界的植物抱持著單純的興趣。也就是說，這本書同時兼顧了興趣與實用。

野草書要價兩枚銀幣，魔像書則是一枚銀幣與十枚銅幣。

看來這個世界的書價錢還滿貴的。

只是別看它這麼貴，其實這次買東西，人家已經給我打了很大的折扣了。

書店的老婆婆兩本書都幫我大大打了折。聽到原價別驚訝，野草書竟然要八枚銀幣，魔像書則是六枚銀幣。換言之，這次買東西，十四枚銀幣的價格足足降到了三枚銀幣多一點。折扣大到都把我嚇到了。

不知為何，緹巴拉鎮的居民，對我與魔太相當友善。

不只是那家服飾店的店主先生，大家都笑容可掬地爭著告訴我們路怎麼走，我們只不過是站在店鋪的商品前猶豫要不要買，店主就不斷幫我們降價。

還有攤販的大叔請我們吃東西。剛才我又收到了烘焙點心，打算帶回去給小堤露吃。

大家真的都既和善又親切。但我記得來到這鎮上的第一天，並沒有這種狀況……真不可思議。

尤其是書店的老婆婆更是明顯。她在算帳的時候，竟然感動萬分地兩眼噙淚，緊緊握住了我的手。情況神祕到這種地步，已經完全超出我的理解範圍了。聽說不管是誰，人生當中都會迎接三度桃花期，所以搞不好是我目前正在面臨老婆婆限定的謎樣桃花期。

拜此之賜，今天買東西省了很多錢。

話雖如此，即使在鎮上大家的好意下打了折，但畢竟買了相當多的東西。把衣服費用也算進去的話，我想總共可能花掉了二十或二十一枚銀幣。

畢竟一枚銀幣，就能在不錯的旅店住一晚了。我是不太會算，但搞不好光今天一天就花掉了二十萬圓以上。

我開始有點擔心，於是數了數錢包裡的餘額。

裡面有五枚金幣與十四枚銀幣，還多出了一大堆鏘啷鏘啷響的銅幣。我已經連數都懶得數了。大概是買東西的時候多次拿銀幣找零的關係吧。

我雖然擁有大量的猴子魔導核，但目前沒有現金收入的來源，所以或許不能再亂花錢了……

好，從明天開始就努力省著過吧。

我還是一樣缺乏危機意識地馬虎算帳，跟魔太兩個人感情融洽地踏上回家的路。
魔太在我身旁提著裝有內褲的購物袋，看起來幸福洋溢。

第12話　運貨馬車與老先生

添購內褲後的第二天，我們四人一同前往齊維爾鎮。

目的是在鎮上的佩斯利商會分店，還清丘托斯大叔的債務。

據說這個佩斯利商會是個相當巨大的商業組織，本店設立於他藩。齊維爾鎮上的，不過是其中一個分店罷了。

位於緹巴拉這裡以北的齊維爾，似乎是個規模大於緹巴拉之上的城鎮。閒著沒事的我想說可以來個異世界觀光與購物，於是就跟丘托斯大叔同行了。

這就是唯一的理由，純粹只是為了觀光。我只不過是這時候碰巧發瘋似的想來趟觀光旅遊而已。

絕不是因為不可靠的大叔一個人帶著鉅款前往可疑的黑心商會，讓我實在放心不下。

我才不管大叔會怎麼樣咧。

這點非常重要，不要誤會了。

總之呢，從這裡到北邊的齊維爾鎮有點距離。假如要在那裡住一晚，這趟還債之旅可能會需要兩天的來回時程。

所以，我們當然也把小堤露帶上了。讓一個五歲小孩整整兩天孤獨看家，這種事只有魔鬼才幹得出來。

「喔喔，就是那個！就是那輛馬車。」

丘托斯大叔牽著小堤露的手，指著停在街道巷弄旁的一輛馬車。

「哦，以大叔安排的馬車來說，感覺還不賴嘛。」

意想不到的是，我們要搭馬車前往齊維爾鎮。

看來他昨天安排的各種事情，就是為了這輛馬車。

這次小堤露要跟我們同行，所以備妥這類移動手段或許可說是理所當然。讓一個體弱多病的五歲小孩徒步走完坐馬車要兩天的路程，這種事只有惡魔才幹得出來。

只是，雖說要用馬車代步，但丘托斯大叔目前沒那麼多資金，所以似乎是要請別人的運貨馬車順路把我們載到齊維爾。

四周看起來沒有其他人，看來這輛馬車只有我們幾個要搭便車。坦白講，來到這世界第一次搭乘交通工具，讓我非常興奮期待。

要搭的是兩匹馬拉的篷車。

看來即使是異世界，馬一樣還是馬。不像鹿有著彎曲歪扭的奇怪鹿角，或是眼角直豎。就只是兩匹有著溫柔眼神的樸質馬匹。

馬車的構造看起來也跟原本那個世界差不多。

不對喔……？仔細一瞧，以雙馬馬車來說車身似乎有點大？而且車廂底下還配備了陌生的綠色箱型裝置。

那個奇特的箱子究竟是什麼？真令人好奇。

我的求知好奇心開始發癢了。這是個危險的徵兆。

假如我現在順從欲望，開始對運貨馬車進行學術調查，萬一太過熱中而弄了半天不肯起來，想必會大幅延誤出發時間。

給丘托斯大叔造成困擾無所謂，我才懶得管他。但是送貨時程有所延遲，會對運貨馬車的車夫造成嚴重困擾。

我拚命壓抑住好奇心帶來的衝動，不去看車廂底下的神祕箱子。然後，我把視線轉向馬車前面的車夫座。

車夫座上坐著一位年老的男性。

不知道那位老先生是否就是這輛運貨馬車的主人？

我在坐上馬車之前，決定先跟這位即將照顧我的人致個意。身為文明人，事事都該遵守最低限度的禮儀。

「謝謝您讓我們搭便車，今天請您多多關照。」

「不，不會不會。我才要請你們多多關照。」

可能是突然被我搭話的關係，車夫座上的老人家顯得有點吃驚。

但他隨即在經過日曬的精壯臉龐上露出一口白牙笑了。

「現在在鎮上出了名的魔像使俠士願意當馬車的保鑣，我也放心啊。最近這附近很不太平，聽說道路上還有人受到魔獸攻擊呢。」

這位老人家真是太善良了。鎮上關於我的傳聞，頂多就是日前跟討債業者們鬧出的違法鬥毆吧？

聽到老人家為了不讓我這個小伙子惶恐不安，特地溫柔貼心地這樣捧我，使我對老先生的好感直線上升。

向老人家車夫致過意後，我直接來到後方的車廂。

其實在搭上馬車之前，我本來想請車夫讓我摸一下馬。

不只是猴子與鹿，我也滿喜歡馬的。對於這種與人類共度漫長歷史，高貴而纖細的動物，我甚至有種尊敬之情。

但結果我還是沒能摸馬。因為自從我對馬兒投以熱情的視線起，背後的魔太立刻開始對著馬發出一絲絲冰冷的殺氣。

是啊，我都忘了。曾經被野生猴子與恐龍欺負過的魔太，非常不擅長跟動物相處。聰明又纖細的兩匹馬察覺到殺氣，開始躁動起來。

車夫老先生費了好大的勁才安撫住害怕的馬兒。真對不起，我的伙伴冒犯到你們了……

「嘿咻。」

我一面因為沒能與馬兒親近而有點失望沮喪，一面坐上了馬車。

罩著車篷的車廂裡很寬敞，也沒堆多少貨物，空間大到可以讓我們四人舒舒服服地坐著。

我想坐下來，於是往腳邊一看，只見我們的座位空間鋪著坐起來好像很舒服的乾淨厚毛毯。

看來我果然沒看走眼，車夫老先生肯定是一位體貼的紳士。

「哦，睡伊你怎麼這麼慢才來？在外面做了什麼事嗎？」

丘托斯大叔已經坐在毛毯上，對我出聲說道。

小堤露就坐在他旁邊。能夠坐馬車似乎讓她很開心，身體有些興奮地上下彈動。

我用眼角餘光看著小堤露小動物般的動作，同時一屁股在大叔的面前盤腿坐下。

「沒有啦，只是在出發前跟車夫致個意。」

「你老兄有時候真的莫名地守規矩耶。是東方貴族的作風嗎？」

我跟大叔促膝長談時，魔太也靜靜地上了車。她迅速在我身邊彎腿坐下，依偎著我。

看到她這樣，我無意間想到：

……魔太會不會讓車廂超載？

這傢伙究竟有多重？

坦白講，我覺得魔太的體重應該滿重的。至少我覺得平常魔太讓我感覺到的那種異常又固執的輕盈，應該是這傢伙非比尋常的身法所造成，而非實際上的體重。

有幾項根據可以證明我的懷疑，尤其在魔太中了古代地龍的瘴氣而施展不了身法時，我抱她起來的時候感覺沉重了些。

那時的重量，我覺得並不符合她細瘦女孩的外觀。

我以前也常常應付或是抱起纏著我不放，體格跟魔太差不多的妹妹。可是把妹妹抱起來的時候，好像比較輕一點。不過說歸說，畢竟我妹的身高比魔太矮——

嗯？**妹妹**？

我以前有妹妹？

莫非這是我受到召喚時，失去的記憶片段？

啊，可惡！一試著回想就什麼都想不起來！喂，這怎麼回事啊。給我解釋清楚，隆倍．扎連！

「嘖……」

我小聲嘖了一聲。

好吧，也罷。回到魔太的體重話題。

方才我說過我猜魔太的體重不會太輕，但也不認為她會重到離譜。

我們倆一起住在盆地破房子裡的時候，從來沒有發生過魔太把地板踩破的意外，而且剛才她坐上馬車時，車廂也沒有大幅擠壓下沉。

至少魔太應該不會像一尊石像那麼重，更不可能跟原料的石柱一樣重。我在生成魔太的素體時，有特別小心仔細地施加「輕量化」法術。

嗯——結果想了半天，還是不知道她正確來說有多重。也許我下次應該強行把魔太抱起來，精確地檢查一下？

就在我針對魔太的機體重量進行研究時，我們搭乘的運貨馬車緩緩開動了。運貨馬車慢速通過西門，來到了城鎮外。

我從車廂的後面，看了看緹巴拉鎮。

那位看起來不怎麼強悍的守門叔叔閒來無事地站在城門旁，顯得一派和平。

隨著馬車遠離市鎮，他的身影也逐漸遠去。

像這樣眺望城鎮，會覺得它雖然不豪華氣派，但十分祥和而美麗。

這讓我想起之前看到城鎮東側立著高聳的瞭望台，但這邊西側沒有任何塔樓。

「城鎮西側沒有立起瞭望台呢。」

「瞭望台……噢，你說觀測台啊。那是用來觀測東邊瘴氣的，但是至今從來沒發生過瘴氣越過荒野流入這邊土地的狀況。哎，總之就是蓋安心的啦。」

「啊——原來如此，是這麼回事啊。」

原來那個不是用來抵禦外敵的設施。

難怪我與魔太從東邊過來，卻完全沒被人攔下。

看來這附近的確是相當和平的土地。據說東方的小國之間長年戰亂頻仍，我本來還有點擔心這世界會不會已經在戰火中荒廢，看來是我杞人憂天了。

在風和日麗的氣氛中，運貨馬車一路前行。

用不了多久，就來到了幹道的十字路口。

馬車在這裡往北右轉。

沒錯。其實這條道路並不是通往西方的單一道路。在離緹巴拉鎮不遠的地方，就分成了南北兩條路。

我在扎連書庫裡找到的那份老舊地圖，沒有記載這種道路。

我想應該是這幾年才開拓的道路吧。

東邊被土瘴氣所堵塞，理應變成道路終點的緹巴拉鎮之所以還算熱鬧，可以看到很多旅人的身影，原因大概就在**這裡**。也就是說，緹巴拉鎮成了這條路上南北兩方旅客的驛站。

從地理上來說，只要沿著道路往西直走，遲早會抵達這個國家的首都，因此我猜有不少人會來此地住宿。

搞不好是往東的道路被瘴氣堵塞後，緹巴拉鎮的居民才努力整頓了南北幹道。人們的營生就是如此偉大。

在和暖的陽光中，馬車沿著道路往北前進。

意外的是車廂幾乎沒有搖晃。行駛速度應該還滿快的，卻比汽車更沒有震動。

我本來以為會匡噹匡噹搖晃得更劇烈。

這時我才想到，難道是車廂底下那個神祕裝置的效果？

這讓我想起來，老先生在出發前曾經從車夫座下來，在那個綠色箱型裝置附近撥弄了一下。

那個箱子會不會也是魔道具？

嗚、嗚唔，我又開始好奇了……

本來想問問丘托斯大叔這個專家的，但他正在睡覺。其實我可以把他踹醒，無奈小提露也把頭枕在爸爸的大腿上睡覺。要是把大叔打醒，難保不會連帶著把小提露也吵醒。

其實小提露昨晚因為太期待跟大家一起出遊，遲遲沒能睡著，一直到很晚都還醒著。不只如此，她直到剛才都還因為看到馬車很高興而興奮笑鬧，肯定已經累壞了。

我無法做出那麼殘忍的事，打擾這個小朋友的睡眠……

既然這樣，那就直接請教車夫老先生好了。

可是，我現在人在車廂後面，要找坐在車夫座上的他說話略嫌遠了一點。

我一個人的話可以移動到貨物的空隙附近找車夫說話，但魔太一定會想跟。這傢伙對我與我的私人物品以外的東西總是粗手粗腳，搞不好會把堆積的貨物推到一邊去。

真要說起來，首先馬匹就會被魔太嚇到。

「不行，沒人可以問……」

我放棄解開馬車之謎，眺望著車廂後頭鋪展的景色。

車篷的空隙外，是整片的藍天綠草。

好美。與我之前旅途上被瘴氣吞沒的紅褐色大地完全不同。

是綠意盎然的肥沃平原。

我怎麼知道它肥沃呢？因為路旁會出現健康茁壯的麥子或類似作物的廣大田園。

我也遠遠看到過幾次像是魔像的存在，在田裡走動。

那就是所謂的農業用魔像嗎？距離太遠看不清楚，但他們的外形似乎近似於魔太初期素描人偶般的形態。

這個地區的另一個特徵，就是有很多綿羊。我經常看到牠們群聚於遠方。

雖然分辨不出牠們的品種，但似乎就是普通的綿羊。

悠哉吃草的羊群，身上覆蓋著軟蓬蓬的白色毛團。不像猴子的身體表面以岩石構成。

遠處有許多綿羊聚在一塊，看起來簡直就像在綠色草原上，鋪滿軟蓬蓬的白色地毯。

真是如詩如畫。

甚至讓我感覺這世界的肥沃平原似乎多到有剩，有點不自然。

還有，從剛才到現在一直有件事讓我在意──

「啊，又是廢墟。」

我邊欣賞景色邊喃喃自語。

在零散出現的幾間民房之中，偶爾會看到廢棄的房屋。

「……噢，那是魔獸活性化現象造成的。最近就連這附近，偶爾也有危險的魔獸出沒。

也有很多人害怕魔獸的侵擾，於是搬到大城鎮或別的地區去住了。」

「唔喔！大叔，你沒在睡覺啊？」

但這個大叔，剛才講了讓我很在意的一件事。

他說……危險的魔獸？

「——！該不會是猴子吧？」

那些猴子！難道牠們未經我許可就跑來這種地方作亂，對附近地區的各戶農家造成困擾了嗎？不可原諒，看我怎麼懲罰你們！

見我燃起身為猴子調教師的責任感激動地說，丘托斯大叔吃了一驚。

「猴、猴子？你在說什麼啊？我在這附近可從沒聽說過什麼猴子型魔獸喔。」

大叔驚訝地把眼睛眨了半天，不久表情變得有些尷尬，「嗯哼。」輕輕乾咳了一聲。

「言、言歸正傳。最近在這附近地區造成災害的，是一種名為火焰雙角獸（Flame Bicorn）的魔獸啦。」

「火焰雙角獸？」

不是猴子啊？

說到雙角獸（Bicorn），記得應該就像是獨角獸（Unicorn）的親戚。所以是馬型魔獸了？

也許是一種類似噴火獨角獸的異世界怪馬吧。

「所謂的火焰雙角獸，是一種具有一對凶惡的扭曲大角，眼角詭異地直豎的四腳步行巨大魔獸。個性也非常好戰，據說完全不怕人，會大搖大擺地靠近過來。」

喂喂，這馬也太危險了吧。

「……嗯？一對扭曲的角，眼角直豎？」

總覺得好像在哪裡看過這些特徵……

但我並沒有看過馬型魔獸。一定是心理作用吧。

「怎麼了嗎，睡伊？」

「不，沒什麼。是我想太多了，你繼續說。」

丘托斯大叔一臉認真地重重點頭，就接著說下去。

「一旦與火焰雙角獸開打，這種魔獸將會非常危險。牠會四處散播雙角之間生成的超高溫火焰，把附近一帶變成火海。像這個地區只不過是道路附近出現了一頭，就連續造成了多起規模龐大又悲慘的傷亡。」

這、這匹馬是怎麼回事啊？太恐怖了吧……

說成有害動物都不足以形容了。要是碰上這種怪物，豈不是肯定被燒死？

「不只如此，火焰雙角獸還是個飛毛腿。就算組成討伐隊，也完全無法逮到牠。等部隊抵達時，現場只剩下一片燒得寸草不生的土地啦。大家幾乎是束手無策了。」

喂喂，牠還是個飛毛腿？

那也就是說，要是被牠襲擊就跑不掉了？太恐怖了，我死都不想碰到這種怪物……

「我、我說啊，我是覺得不至於，但我們應該不會在路上撞見這種魔獸吧？我們像這樣悠哉游哉地慢慢走沒關係嗎？是不是該讓馬車再加快速度……」

我被異世界噴火馬嚇個半死，已經完全開始退縮了。

相較之下，丘托斯大叔卻顯得不怎麼害怕。這個中年大叔怎麼這麼缺乏危機意識啊！

「哎，那種魔獸並不會頻繁出現在路旁，不用擔心啦。而且不知道為什麼，這幾天好像連目擊消息都沒了。簡直好像牠已經死掉了一樣……」

丘托斯大叔面帶笑容，接著又說：

「無論怎樣，就算有個萬一，我們還有你老兄操縱的魔夏塔露跟著呢。沒有比這更讓人放心的了。」

「喂喂，你是不是把我家的魔太錯當成鬥犬還是什麼啦？我可是絕對不會讓魔太去對付那種瘋狂縱火犯魔獸喔。」

「怎麼了，睡伊？你老兄之前不容分說地直接把『壞劍』達茲痛打一頓，現在講話卻謹慎起來了？只要有你的本領與魔像的性能，我看大多數魔獸大概一碰上你就會被一招解決掉吧。」

「不是這個問題好嗎！讓魔太去跟那種噴火變態怪馬打鬥，要是害她燙傷了，豈不是太可憐了嗎！」

「啊～？」

我正在跟大叔大吵大鬧的時候，坐我旁邊的魔太溫柔婉約地把肩膀靠了過來。

魔太把頭靠在我的肩膀上，內斂地用臉頰在上面磨蹭。

伙伴啊，抱歉打擾妳開心地用臉頰蹭來蹭去。但請妳也來罵罵這個沒禮貌的大叔好嗎？

後來我們就繼續熱熱鬧鬧地閒扯淡，度過了馬車之旅的時光。

跟丘托斯大叔聊天讓我發現一件事，就是這世界的人們對土地所有權的觀念不怎麼嚴謹。他們會隨便找塊空著的土地住下或是遷居，好像還滿自由的。看來我剛才覺得有一堆肥沃土地空著沒人用，並不是心理作用。

假如隆倍・扎連召喚的不是不擅理財的我，而是會在異世界大搞經濟改革、比較貪財的那種地球人，我擔心這個世界不用多久就會被蠶食鯨吞個精光了。

就好像被白人殖民者逐出故鄉的，那些生活簡樸又心地善良的美國原住民一樣。

我還是覺得扎連那個白痴完全弄錯召喚的人選了。

因為我既沒有半點經濟學的底子也沒有氣概，能夠用歧視觀念與財富不均讓這世界上演地獄光景……

第13話 圖鑑與旅店

一路讓馬休息，又吃飯休息了幾次，運貨馬車一路往道路北方前進。

從運貨馬車遙望的碧綠景色，緩緩往後方飄去。

時間已經過了正午。

話說，我現在有點閒著沒事做。

我從包包裡拿出了一本書。

就是昨天在書店買的那本《魔像圖鑑》。

方才看到田園裡的魔像們，讓我想起自己買了這本書。坐馬車移動會有很多空閒時間，正適合用來看書。

另一本《可食野草》也在包包裡。但我想先從這本《魔像圖鑑》看起。

反正目前還沒有急著去嚼野草的必要性。

先學習魔像的事情比較要緊。

「重新這樣一看，這本書的裝訂還滿豪華的……」

書店的老婆婆給我打那麼多折扣，不要緊嗎？

記得原本標價六枚銀幣的這本圖鑑，最後降價到了一枚銀幣與十枚銅幣。用銀幣與銅幣買東西的當下沒什麼實際感受，但現在把它想成將六萬圓的書打折到一萬圓，便覺得似乎是件非比尋常的事。

「哦？這就是你老兄昨天買的書啊。」

我看著圖鑑的封面時，丘托斯大叔來找我說話。

「對啊，是魔像的圖鑑。我想問一下，書店用一枚銀幣再多一點就把這本書賣給我了……她這樣有賺嗎？」

「什麼，一枚銀幣？那真是破盤價了。這種學術書籍進貨價格都很貴。豈止沒賺，這樣一定會賠錢的。」

「嗚哇，果然是這樣？真對不起書店的老婆婆。」

她該不會是弄錯價錢了吧？

雖說不知者無罪，但我搞不好就結果來說，做出了詐騙分子乘機欺詐老人家的行為。

身為尊貴高尚的文明人，這種行為是不被允許的。我已經開始自責愧疚了。

然而，丘托斯大叔聽我說完，不知怎地用恍然大悟的神情笑了。

「噢，原來如此。你這本書是在黛西婆婆的店裡買的啊。那便不是她標錯價格了，你就心懷感激地收下吧。」

「？什麼意思？」

「其實婆婆她的孫子，上個月才因為達茲那幫人的關係受了重傷。幸好撿回了一命，但真的很讓人同情。你老兄把達茲痛打了一頓，一定替婆婆出了口氣吧。」

原來如此，是這麼回事啊。

難得受到別人稱讚，原因卻是與流氓集團的對立引發的違法鬥毆，讓我感到有點無地自容。即使如此，只要這樣能讓那位女士的心情舒暢一點，那就再好不過了……

可是照這樣子看來，那些討債人以前在緹巴拉鎮似乎是為所欲為。滿不在乎地唆使這種人過來的佩斯利商會，恐怕是超乎我想像的壞蛋。

老實說，我越來越惴惴不安了。

丘托斯大叔怎麼好死不死，偏偏去跟那種商會借錢呢？真是太魯莽了。

應該說，大叔啊。我不知道你是怎麼誤解的，但把那個肌肉壯漢打飛的不是我，是魔太。

「……妳好像幫助到書店的老婆婆嘍。真是太好了呢，魔太。」

我摸了摸坐在旁邊的魔太的頭。

魔太顯得非常開心，同時卻也不知道為什麼被摸，似乎有點搞不清楚狀況。心裡的動搖使得她的動作變得怪裡怪氣。

妳又沒在認真聽大叔說話了啊……

「不管怎樣，既然有著這樣的隱情，我就接受老婆婆的好意，心懷感激地閱讀這本書吧。」

我躺到鋪在車廂內的柔軟毛毯上，打開了圖鑑的封面。

這本《魔像圖鑑》以原本那個世界的標準而言，我想應該相當於國高中生的學習圖鑑。我不太清楚書籍在這個世界受到何種看待，但至少內容的難度也就這個程度了。

對於我這個比幼兒園學童還不如的魔導王來說可能還是難了一點。但沒辦法。我打算努力把它讀懂。

試著隨手翻了幾頁，目前還沒發生那種翻譯亂碼現象。想必是因為記載的內容跟一般圖鑑無異，完全沒提到具體魔術術式的關係。我放心了。

我重新仔細翻頁，開始慢慢閱讀圖鑑。

時間多得是。

唔嗯唔嗯，真是令人興味盎然……

原來如此。看來魔像似乎分成「輕型魔像」與「重型魔像」兩種等級。

重型魔像的身高，好像在三公尺到六公尺左右。簡直大得嚇人，根本是戰車了。

話雖如此，重型魔像似乎幾乎都是軍用，只有一部分是土木工程用。內文提到世界上的魔像整體總數的九成以上都是輕型魔像。

從外表看起來，魔太應該是輕型魔像吧。

這個「輕」與「重」是以重量來區分嗎？還是以身高或馬力來區分？

「我說大叔啊，書上寫的這個魔像分級，是用什麼標準……」

我抬起頭來正想問問題，卻看到丘托斯大叔不知不覺間，已經在毛毯上一臉懶散地呼呼大睡。

小堤露也露出可愛的睡臉，睡得香甜。

大概是剛才吃過午飯，一吃飽就想睡覺吧。

「……這對父女真能睡。」

雖然是一對完全不像的父女，在這種地方卻讓我感覺到不可思議的血脈相連。

在靜靜搖晃的車廂裡，只有我與魔太是醒著的。

我現在人躺在毛毯上閱讀圖鑑，魔太也在我身邊躺下，湊過來一起看圖鑑。

「妳也對圖鑑有興趣？」

聽我這樣問，魔太像是做出回應般把臉湊過來。兩個人並肩躺下，把臉頰在我肩膀上磨蹭的魔太，看起來好像非常心滿意足。

「妳真的很喜歡用臉頰在我肩膀上磨蹭耶。難道是妳最近的個人興趣？」

魔太從旁抬眼對我回以凝望的眼神，一雙眸子如紅寶石般閃耀。

總之她的好心情已經傳達給我了。

也好，我也希望妳可以做自己最喜歡做的事，享受舒適的馬車之旅。我沒去理會專心磨蹭肩膀的伙伴，視線再次轉向手上的圖鑑。

呃呃，我剛才看到哪裡了……

噢，對了。好像是說魔像有分輕重等級。

根據圖鑑記載，魔像除了可大分為輕型魔像與重型魔像之外，還有細微的種類區分。

簡而言之，就像我家的魔太經常被稱作的「聖堂魔像」，或是方才我在田園看到的「農業用魔像」等，會依照外形或能力做各種種類區分。

我想重型魔像與輕型魔像，大概就像大型犬與小型犬的差別；聖堂魔像或是農業用魔像等等，說的則是柴犬與黃金獵犬之類的犬種吧。

嗯，把魔像比喻成狗來解釋，果然非常貼切。

總而言之，魔像有這麼多的種類，感覺似乎既豐富又有趣。雖然我們不慎與聖堂裡那些魔像打了一場，但我希望以後可以替魔太找到魔像朋友。

「……話說回來，沒想到這本書閱讀起來這麼通順。」

圖鑑裡對各種魔像進行解說，並輔以簡單的插畫，相當淺顯易懂。不愧是書店老婆婆的推薦圖書。

這下等我遇到真正的魔像時，說不定可以分辨出它的種類。

像我現在翻開的這一頁，也附有一具重型魔像的插畫。

軍用重型魔像當中，似乎就屬這種「盾魔像」數量最多。說是他的正面具有厚重堅硬的裝甲，組成陣形展開突擊的話幾乎無人能敵。好像很厲害。

圖鑑的插畫，畫著一具具備T字形板狀巨大正面裝甲，以及同樣巨大的L字形腕部裝甲的壯碩魔像。假如要用一個字來形容這傢伙給人的印象，的確就是無庸置疑的「盾」。

我想這面盾牌應該也是用那種特殊石材製成的，但厚度似乎與聖堂魔像們的胸甲不能相提並論。我感覺她們的鎧甲只比甲冑厚不到哪裡去。

盾魔像的下一頁，記載的是「弩魔像」。插畫畫著一具右臂呈現巨大弩砲(Ballista)構造，體格沉重有分量的魔像。

它寫說這傢伙可以用弩砲進行遠程攻擊，是一種特殊的重型魔像。據說其超大重量的石箭威力，就連城牆都能輕易穿透。真可怕。

然而內文寫到這種弩魔像儘管很有破壞力，但射程很短而且射擊精度低，只能用在攻城戰或張開彈幕等用途。

也是啦，假如連射程都很長，只要讓這傢伙從遠處撲滅那些猴子就好啦。看來世事總是不盡如人意。

「除了弩魔像之外，重型魔像還有『槌魔像』以及『戰象魔像』等等，種類好像還滿多的……原來如此，這方面的魔像幾乎都是軍用啊。」

至於輕型魔像，則是從工作用、賞玩用到戰鬥用，種類似乎相當多樣化。

關於魔太暫時所屬的「聖堂魔像」類別，圖鑑也用了不少頁數來說明。

看來所謂的聖堂魔像，在所有魔像當中的地位似乎稍稍特殊一點。它們本來是以防衛稱為聖堂的各地特殊宗教設施為主要工作，一般來說不常出來拋頭露面。正式的生成方法，也被宗教團體列為祕術。

只是，由於它們的外形極其美麗優雅，似乎有很多魔像會仿照聖堂魔像的外形製作。這些機體與聖堂所屬機體有著完全不同的內部構造，一般來說性能較差。

此外圖鑑還寫到，聖堂魔像是「古代魔像」的一種。它提到這種古代魔像，是以從古代遺跡挖掘出的魔像為範本所製作，其機體原理尚有一部分未曾得到解析。

我是看不太懂，總之是否就類似歐帕茲？

好吧，她們的那種胸部，就某種意味來說確實是時代錯誤的工藝品（歐帕茲）。

我一邊隨著馬車晃蕩，一邊悠閒地細讀圖鑑。

「這本書太好看了，一開始閱讀就停不下來了耶。」

圖鑑裡記載的魔像種類真的很豐富。簡直就像是時尚型錄……不，給人的閱讀體驗應該比較偏向汽車型錄。

啊，這種「鳴叫魔像」真讓人感興趣。似乎是某地少數民族狩獵時使用的魔像，會從口部發出震天駭地的鳴叫聲。說是在狩獵時，可以用這種聲音驅趕獵物。

簡直就跟獵犬一樣嘛。這下可以確定了，魔像果然就是狗。

「哦？這具魔像是什麼啊，挺帥氣的嘛。」

圖鑑裡有一幅插畫，正好畫的是我以前試著製作卻以失敗告終，散發英挺又強壯的甲冑騎士風範的魔像。

這具帥氣的魔像，似乎跟聖堂魔像一樣，屬於一種古代魔像。圖鑑上記載的名稱是「鎧鬼魔——」……嗚嗯。

「嗚……」

我忽然覺得很不舒服，整個人趴到了書上。

沒錯。由於我蠢到在搖晃的車內長時間面朝下看書，害得我完全暈車了。

❖ ❖ ❖

「喂——睡伊。就快到了喔。」

「嗚嗚……」

在丘托斯大叔溫柔的叫起床服務下，我醒來了。真是最糟的起床方式。

坐馬車暈車的我整個人既不舒服又憔悴，在魔太拚命照顧一番之後，似乎就直接枕著她的大腿睡著了。

一看，小堤露也枕著丘托斯大叔的大腿睡得安詳。

我想魔太與大叔，肯定已經完全把我跟小堤露等同視之了。呵，不愧是比幼兒園學童還不如的魔導王……

我在內心深處絕望地淚如雨下，慢慢地爬了起來。

然後，我眺望了一下馬車前方，車夫座前面鋪展開來的景色。

「哦哦……」

可以看到齊維爾鎮就在平原的前方。

如同事前所聽說的，它的確是一座相當大的城鎮。

從馬車眺望的街景本身跟緹巴拉有點相似。但城鎮周圍有灰色外牆環繞，因此氣氛顯得截然不同。

城鎮的規模肯定有緹巴拉的好幾倍大，也有很多兩層樓的民宅。

最重要的是，那座石造外牆非常壯觀。緹巴拉的褐色土牆寒酸到只要猴群射來幾顆必殺橄欖球，就能輕易打穿好幾面牆。但這座城鎮的厚實石牆一旦重疊個兩三堵，或許可以承受住猴子的攻擊。

想到這裡，我發現一件事實而臉色發青。

「天、天啊。我在不知不覺間，竟然開始用猴子測量對方的防禦力……」

滿目猴群的荒野生活造成的後遺症令我備受煎熬。但運貨馬車當然沒有理會我容易受傷的纖細心靈，一路順暢地抵達了齊維爾的入口附近。

在外牆的大門前，有幾輛馬車在排隊，我們搭乘的運貨馬車也排到了隊伍尾端。

照這樣看來，在齊維爾似乎需要辦理入城手續。

好像不能像緹巴拉那樣直接放行，我想可能是因為城鎮規模比較大吧。不，說不定是城鎮的發展起源本來就不一樣。聽說緹巴拉在歷史上是從驛站發展起來的，而且呈現幹道貫穿城市中央的構造。

想著想著，就輪到我們的馬車接受盤查了。車夫老先生與丘托斯大叔在類似檢查站的地方開始辦理一些手續。

啊，大叔付錢給像是守門衛兵的人了。

我不用付錢沒關係嗎？我願意五五分帳喔。

丘托斯大叔辦手續時，似乎跟對方說馬車裡的兩名同行者是他的孩子。

竟然說我是大叔的兒子！真是太羞辱人了！

「……哼。」

好吧，今天就姑且放過你。我的心胸是很寬大的。

運貨馬車順利通過盤查後穿過大門，進入了齊維爾的市區。

大門內一片熱鬧的景況。人潮果然比緹巴拉更多。

話雖如此，太陽就快下山了，說不定這還已經過了人潮最洶湧的時段。我不太清楚就是了。

我們四人就在以石材鋪裝的門前廣場，下了運貨馬車。

然後我們向車夫老先生道謝，在此暫時與他分手。

小堤露精神飽滿又乖巧聰明地道謝的模樣，讓老先生看了笑逐顏開。只有這種最棒的特別服務，是我與大叔就算長出三頭六臂也學不來的。

喏，魔太。妳也別只顧著看我的臉，要好好跟老先生道謝啊。

我用雙手夾住魔太軟軟的臉頰，讓她轉向老先生。

魔太對我的動作完全沒有抵抗，所以臉一下就轉向了老先生。

但我一鬆手，她就一個大轉彎把臉轉回我這邊。她的深紅眼眸，還是一樣只一個勁地注視著我。

妳是迴力鏢啊？

喂，不可以喔。要好好跟老先生道謝。我再次把魔太的臉頰軟軟地夾住，把她的臉轉向老先生那邊。

但我才一鬆手，魔太的臉又轉彎回來了。

「哎喲，妳怎麼這麼固執啊。」

夾住。轉彎。

夾住。轉彎。夾住。

與魔太反覆搏鬥了幾次後，一回神才發現，丘托斯大叔注視我的眼神完全就像是看到一個可憐人。

我在心中暗自哭泣。

我們就這樣跟運貨馬車告別，然後開始並肩走在路上。

「這城鎮人好多喔。」

「是啊，此地在附近是屈指可數的大城鎮。只是這種人潮洶湧的地方也會有很多來自他藩的可疑商人，你可得當心點喔。」

「是喔……所以，你現在就要去上次說的佩斯利商會嗎？」

聽我這麼問，走我旁邊的大叔搖了搖頭。

「今天已經很晚，窗口大概早就關閉了，我打算明天再去商會。」

是這樣啊。

的確，銀行之類的櫃檯營業時間也都很短。

「那今天就直接去旅店？」

「嗯，我來過這個城鎮很多次，知道一家餐點好吃的旅店。今晚大家就在那裡住宿吧。」

大叔如此回答，臉上帶著開朗的笑容。

「哦。順便問一下，那家旅店的住宿費大概多少？」

「我想想，記得是一個房間一枚銀幣吧。」

哦，一枚銀幣啊。

「哼哼。這個價碼，表示是還算不錯的旅店吧。」

我充滿自信，抬頭挺胸地大聲說道。

怎麼樣啊，大叔？我可是懂得這個世界的正確物價的喔。

「你老兄在得意什麼啊……而且這個行情是我告訴你的好不好？」

「哼，那麼久以前的事情我忘了。」

「唉……睡伊啊，你老兄只要不說話就是個英氣凜然的魔像使高手。我看今後你除了在我面前，還是不要跟別人說話了吧？」

「哦？你什麼意思啊，臭條碼頭？你又在一派自然地找我吵架了？很好，我接受挑戰。」

「喂！就跟你說不要把我的寶貝頭髮，叫做那個……什麼調馬頭的奇怪名稱啦！」

「你啊，這樣逃避自己的真實面貌只會自找苦吃啦！」

我與大叔難看地大吵大鬧時，走在身旁的小堤露面帶開心的笑容抬頭看我們。

魔太也嫻靜地走在我的斜後方。

齊維爾鎮的灰色街道逐漸染上夕陽的昏黃色彩。四個感情融洽的影子，在鋪石地上並排伸長。

❖　❖　❖

在即將日落之前，我們一行人抵達了旅店。

入口掛著的木頭看板，畫著馬蹄鐵般的商標。

大叔說這間旅店本來是做行商的生意，圍繞著可供馬車停靠的中庭，好幾棟客房相連著一字排開。這樣有著些許汽車旅館的風味，對我這個異世界人來說很有意思。

我們一起在旅店附設的酒館吃過晚飯後，旅店人員帶著我們四人前往房間。

丘托斯大叔的眼光似乎很準，餐點很好吃，旅店也滿乾淨的，氣氛很好。

第一次住旅店，我與小堤露都興奮得不得了。

此外，經過討論之後，我們決定四人住一個房間。因為住宿費是以房間為單位，還是省著點比較好。

以我們這個隊伍組合（？）來說，一個房間兩張床勉強夠用。

首先，丘托斯大叔跟小堤露可以一起睡。床鋪不是很大，每天都這樣擠著睡會很辛苦，但反正也就今天一晚而已。萬一因為不好睡而失眠，反正這對父女在回程的馬車上還是會呼呼大睡。

另一張床不好意思，就讓我一個人睡。

剩下我的伙伴魔太，就由我在地板上幫她鋪個特製床鋪。

「妳等著，魔太，我馬上就替妳鋪一張最好的床。」

我在進房間之前拜託過旅店人員，借了幾條柔軟的厚毛毯來。我把這些毛毯仔仔細細地鋪在床邊的地板上。

最後，再幫她準備一條棉被。

這樣魔像用的鬆軟床鋪就完成了。

沒錯，我養過狗，有過經驗。

不管有多疼牠，感情多好……都不能讓伙伴跟自己睡同一張床。

乍看之下或許很無情，但是為了讓狗狗跟人一起幸福過生活，這條界線一定要劃清。

不過說歸說，我其實只有晚上睡覺時不讓狗爬上床。平時我常常都讓狗自由活動，即使在床鋪四周也一樣。雖然其實這樣做，對訓練狗狗會造成不太好的影響。

沒辦法，因為我老家還有養貓……

這隻貓整天老愛賴在我的房間裡，卻完全不肯聽我的話，會擅自跑到我的床上睡覺。這樣只有我跟貓睡在床上，狗狗不就被排擠在外了嗎？我實在不忍心。

我在這世界的伙伴魔太也很愛上我的床。雖然惹人同情心疼，但只有晚上睡覺時，我總是鐵了心把魔太帶回地板上的毛毯窩。

從睡在盆地那間破房子床上的時候開始，我就一直嚴守這項習慣到現在。

「喂——睡伊，那我要關燈嘍。」

從旁邊那張床上傳來丘托斯大叔的聲音。

「喔，好。」

「睡伊哥哥，晚安——」

「嗯——晚安，小堤露。」

丘托斯大叔用布蓋住了房間配備的照明用魔道具。周圍頓時變得昏暗無光。

自蓋布底下洩漏的些微光線，替房間留下了小燈泡程度的亮度。

就是這個世界的寢室會擺的，那種會隨著時間經過而熄燈的異世界謎樣燈具。意想不到的是其實它是一種雷屬性魔道具，只要對它們灌注魔力生成光源，燈具就會繼續發亮一段時間。它只是重現這種雷屬性的入門魔術，所以當然不能用開關隨時關燈。因此才會像這樣蓋上一塊布調整亮度。

這間旅店的房間，也準備了幾種不同厚度的布。

老實說，我們在大叔家裡過夜時住的寢室，也從一開始就準備了調整亮度用的幾種布。

但我對這種事情一無所知，還以為放在床邊的布是用來替魔太擦身體的。

應該說第一天晚上魔太突然拿來的擦澡布，其實就是這種調整亮度用的布。魔太在我熱中於測試燈具時，精明地挑選了觸感最好的軟布，偷偷到廚房去弄濕了拿過來。

她對擦澡的執著真是強得嚇人。

想著想著，房間的燈就熄了。

既然魔太乖乖地待在手作床鋪上，那我也睡覺吧。

在還不錯的旅店還挺柔軟的床上，我靜靜地閉起了眼睛。意識徐徐地被引誘到平穩的淺眠之中。

這時，我聽到床鋪細微的擠壓聲。

但那聲響，小到房間裡的任何人都聽不見。

可能是我多心了，但好像有個**溫暖的物體**，窸窸窣窣地鑽進了我的被窩裡來

但我感覺這個溫暖柔軟的物體，好像是在平時的日常生活中，動不動就按在我身上的那個東西。對於這份熟悉不已的柔和溫暖，我沒有抱持任何戒心。

最重要的是，這個鑽進被窩的存在悄悄依偎在我身邊的動作，簡直就像每天的例行公事

似的，動作實在太自然熟練，讓我沒產生半點突兀感。

我那幾乎已經鬆手放開的意識，就這樣緩緩落入了夢鄉。

第14話
商會與分店長

在黎明的魚肚白微光中，我緩緩睜開眼睛。

眼前有著一雙陶醉地注視我的深紅眼眸。

嗚喔！臉好近！

啊，什麼嘛，原來是魔太……

她這樣做會把我嚇一跳，真希望她別再這樣了。雖然可以讓我瞬間清醒。

「早安，魔太。妳每天早上都起得好早喔。」

像這樣早上起床時被魔太壓在身上，會讓人想起我那條狗總是在睡覺時舔我的臉，想把我叫醒。

魔像果然就跟狗一樣呢……

魔太沒往我臉上舔來舔去，或許已經算聽話了。

❖ ❖ ❖

時間還算是清晨時段，有點寒意。

白光終於開始從林立的建物空隙，照射到鋪石的巷弄裡。

我們離開旅店，出發前往佩斯利商會的齊維爾分店。

當然，就是魔導王、魔像、大叔與五歲小孩這種不明所以的四人組。

才剛開始受到朝陽照耀的齊維爾鎮上大街，已經是行人如織了。

這世界的人都還滿早起床的。

這讓我想起來，司培里亞老師也是個很早起的人。不，好像不對。那只是因為猴群會在天亮的同時來襲罷了。

沒過多久，我們就抵達了目的地商會的正面大門。

我站在門前，仰望這幢氣派的建築物。

這間佩斯利商會的分店，是一棟相當大的樓房。

這是一棟木造的兩層樓建築，但比路上其他洋房大上了好幾倍。建築風格也與周圍的建築物有些不同，像是柱頭或是花窗，仔細一看都會發現打造得精雕細琢，建築裝飾的水準明顯出色。

丘托斯大叔的店鋪也算滿大的。但比起眼前的這棟建築物，只能說完全是間小店。

錯不了。這個商會很賺錢。

「哎，總之最好可以趕快把事情辦完，去吃早餐……」

我仰望著商會的屋頂裝飾，呼出一縷白煙。

我今天還沒吃早餐呢。早上一起床我們就立刻梳洗完畢，速速離開旅店來到了這個商會。

丘托斯大叔大概是只顧著緊張，把早餐的事給忘了。我剛才拐彎抹角的早餐催促，他大概也沒聽見吧。他眼睛底下還有淡淡的黑眼圈，也許昨晚沒睡好。

這是當然的了。雖說當時對方只不過是這個商會委託的其他業者，但我們畢竟幾天前才間接性地跟這個商會發生過糾紛。唉，主要都怪我家的魔太捅出了一堆漏子……

話雖如此，今天的目的終究只是理性和平地還債。

這件事本身可說是正常而合理的手續，其實我大可以讓丘托斯大叔一個人來商會。

但我還是決定陪大叔一起來。

因為我覺得這是個好機會，可以親眼觀摩這個世界做生意的方式以及契約條款等等。簡而言之，就是學習社會經驗。

絕不是因為我擔心大叔。我是個文明人，是個懷抱著學習熱忱的男人。只不過是現在碰巧產生一股學習社會經驗的衝動罷了。

我根本就不在乎大叔會怎樣。

這點非常重要，不要誤會了。

我們來到木造的寬廣入口大廳。

在商會裡，一名打扮入時的中年男性前來迎接我們。

是一名頭髮斑白，大約五十出頭，戴著單片眼鏡的中年大叔。但是——

我嚇了一跳。真是位美形大叔。

跟丘托斯大叔簡直差太多了。同樣都是大叔，竟然會差這麼多……老天爺怎麼會這麼不公平？

真希望他能把那瀟灑有型的帥氣大叔成分，好歹分個百分之一給我家邋遢俗氣的大叔。這樣面對面一站，我家的大叔未免太可憐了。

美形大叔的左右兩邊，有兩名像是部下的年輕男性聽候差遣。

唔喔！又是兩個非比尋常的美男子。兩人都是線條纖細而且莫名一副文弱書生的樣子，從男人的角度來看與其說帥，應該比較屬於一般受女性歡迎的那種美形。

這下糟了。以丘托斯這個喪氣大叔與我這相貌凶惡男生組成的隊伍，我軍陣營豈不是未戰先敗？

大叔我告訴你，這場仗我不打了！

「嗨，這不是丘托斯先生嗎？歡迎您的蒞臨。還勞駕您特地來到本商館……真是惶恐之至。」

戴單片眼鏡的美形大叔先說話了。

男高音般的嗓音十分宏亮，就好像演員一樣。

我感覺他的聲調當中並沒有敵意。如同他的說話方式，他用非常溫和的態度迎接丘托斯大叔的到來。儘管日前才發生過那場騷動，至少表面上並沒有轉為採取強硬態度。面對事情的方式非常成熟。

接著美形大叔那張端正到甚至近似櫥窗模特兒的不自然面容，像是心懷歉疚般蒙上了少許陰霾。

他維持著這種表情，向丘托斯大叔賠罪。

「哎呀，日前我們委託收款的商會外包業者，似乎有嚴重不恰當之處，真是太遺憾了。非常抱歉給您造成了困擾。我已經嚴懲負責這件事的員工了。」

嗯，我就知道是業者的失誤。

想也知道，當然了。正常的融資公司不可能會委託那種反社會集團去討債。這次就算了，但下不為例喔。假如下次再發生這種醜聞，我就算人再溫和厚道也不會再放過你們了，到時候上法院解決。

我姑且接受了對方的說法。

雖然我是個局外人就是了。

丘托斯大叔坐在會客桌上，開始辦理清償債務的手續。

我抱著小堤露，呆站在丘托斯大叔的背後，時不時偷看一下他手上的契約文件。

小堤露還有點想睡覺。沒辦法，畢竟現在一大清早的。

哦，這個世界的契約書原來是長這樣啊。乍看之下，似乎同時需要簽名與指紋捺印。

契約書用紙的質感很光滑，光用看的就知道很特殊。

總覺得它跟之前提過的賽爾威藩札有點像。是否施加了某種魔術？就像藩札遇火不會燃燒，搞不好這個世界的重要文件，都會用魔術施加防止偽造或汙損的處理。

不過話說回來……好閒啊。

只能抱著小堤露呆站原地的我閒得發慌，最後終於開始瀏覽起文件的內容來。

附帶一提，這時我因為契約內容關係到大叔與小堤露今後的人生，對於契約文字中的金錢計算，罕見地鼓起了幹勁做檢查。所以，比起在餐館櫃檯用手指彈著硬幣隨便數數，或是在服飾店裡沒多想就順著魔太的意，給自己買下大量替換用的內褲等等這些耍笨犯傻的常態，我現在的思考精確度大有提升。

——沒錯，這時候的我，難得對金錢進入了認真模式。

我一臉嚴肅地瀏覽契約內文，起初只是對異世界文化特有的契約文字寫法抱持純粹的興趣。但隨著不苟言笑的腦袋徐徐看懂了文章內容，我差點驚呼出聲。

「什——」

這是哪門子的利率啊，你在跟我開玩笑嗎！

豈止法律修訂前的消費者信貸，就連江戶時代的高利貸都沒這麼過分。

而且更仔細地看下去，會發現連計算方式都極其惡劣。手法就像是把循環信貸修改得更惡毒，甚至給我一種莫名的現代感。照這份契約內容來跑，利息與手續費將在不知不覺間讓還款金額不斷增加。債款越還越多的地獄圓環圖就此完成。

簡直是亂來，這根本是一份用來毀滅榨乾債務人的人生，充滿了惡意臭味的契約書嘛。

佩斯利商會以一副若無其事的嘴臉擬出這種契約，難道他們是餓鬼還是魑魅魍魎什麼的嗎……？

換作是我的話就算想到這種做法，也絕對不敢實行。

小堤露睡昏了頭，嘟嘟噥噥的在說夢話。

我繼續抱著她溫柔拍她的背，一邊哄她睡覺，一邊默默地呆站在商會的門廳裡。

然後我漫不經心地想像著幾個一副演員臉孔，好像從不殺生的男人拿出一份利率計算方式毫無天理的契約文件；一個顧家的不起眼中年男性看了契約，喜極而泣地心想可以替生病的妻女湊錢買藥的模樣。

我一邊想事情一邊恍神望著空蕩蕩的空間，所以即使不情願也會看到商館金碧輝煌的內部裝潢。

想到這幢美麗的建築物，其實是建立在像他這種樸素又善良的一群人悲傷的眼淚上，就覺得胸口深處好像有火在悶燒，感覺很不痛快。

就在我想東想西的時候，丘托斯大叔的還債手續似乎辦理得很順利。

儘管契約書的內容令人作嘔。但仔細想想，這下他從今天起就可以從契約獲得解放了。

只是有件事令我在意，就是在會客桌為大叔服務的那個單片眼鏡美形中年人，在辦手續的過程中沒看眼前的大叔，反倒是在注意站在後面的我。

那個男人從一開始打招呼的時候，就時常用眼角餘光盯著我。

而我家的大叔呢，則是對此渾然不覺。看來是太緊張了沒那多餘心思。大叔果然就是大叔。

戴單片眼鏡的中年男子，隔著鏡片的那種頻頻對人上下打量，死黏不放的視線，老實說讓我感覺有點侷促不安。

喂，夠了沒啊。不准再用那種下流的眼神看我的身體！很遺憾，我沒那種喜好！

美形大叔的視線不必要地讓我毛骨悚然。但從剛才到現在，還有另一件事令我在意。就是魔太。

其實自從進入這家商會以來，魔太的動作就一直怪怪的。

她依偎般的緊跟在我的斜後方，這是常態。可是，她偶爾有幾次會躁動不安地好像想移動到我的斜前方。

現在也是，魔太正看著門廳內的遠處。

這很奇怪。

這傢伙大多只有在發現猴子時，視線會從我身上移開，而且只有在想挺身戰鬥保護我時，會移動到我的斜前方。但是在如此高貴優雅的商會設施裡，總不可能會出現猴子、恐龍或流氓吧。

魔太看著的門廳遠處，有一些像是讓人等候叫號的座位。儘管還是一大清早，但已經有不少顧客坐在那裡。

我沒多想，也順著魔太的視線看去。

這時，我撞上了一名男性的目光。

是個左眼戴著眼罩，五官端正的年輕男子。又是個超級美男子。

一跟我目光對上的瞬間，男子明顯地動搖了起來。

「……？」

這傢伙是怎麼搞的？

我正感狐疑時，丘托斯大叔正好辦完了手續，快步回到了我這邊。

「讓你久等了，睡伊。我已經把還債手續都辦好嘍。」

「哦！這樣啊，那真是再好不過了。」

我微微轉頭看向丘托斯大叔回答他。當我再把臉轉回前方時，眼罩男已經不見蹤影了。

我環顧門廳，但沒看到他。

就好像他一溜煙地消失了。

「咦，奇怪了。剛才明明還在那裡的啊……」

「怎麼了嗎，睡伊？」

看到我東張西望的樣子，丘托斯大叔問道。

「沒有啦，是這樣的。剛才那裡坐著一個男的……」

我想把等候座椅指給他看好解釋清楚，卻猛然發現一件事。

糟了。我兩手抱著小堤露，空不出手來……

我們把事情辦完後，離開了商會。

走出設施時，我們跟幾名職員擦身而過。

每個都是驚人的帥哥美女。包括辦手續時看到的那些職員，無一不是俊美異常。

只是，不知怎地——我覺得不太對勁。

自從我在這個世界來到人類城鎮之後，我已經看過很多平民百姓的模樣。他們大多有著西洋人的五官，其中還有人擁有罕見的髮色。但各個都是普通的凡人。這裡雖然是洋溢著異文化情調的美妙世界，卻絕非滿路俊男美女，有如連環畫的那種世界。

真要說起來，我還沒能掌握這個世界的美醜觀念。

人們對外貌的評價，會隨著不同文化而產生千差萬別。甚至就連同一個文化圈，評價標準都會與時遷移而大幅改變。所以人的相貌美醜，可以說原本是極為飄忽不定的。只要以平安時代的女性都以細眼圓下巴為美，大家應該就懂了。又聽說在戰國時代，留著一把大鬍子的胖男人相當有女人緣。

與我在餐館相談甚歡，請我吃了森佩爾燒的那個披薩哥，曾經將魔太譽為美如天仙。魔太以這個世界的標準來說是美女，這點應該錯不了。這個世界很有可能跟原本那個世界具有類似的美感觀念。

只是，即使有著這項事實存在，像魔太這樣五官端正如藝術品的美貌，其實是不會受到一點文化或時代觀念所左右的。例如看到聖伯多祿大殿的聖殤像等等，就連我這個現代人都會為它的美受到震懾。所以能不能跟商會裡那些「現代日本人會覺得好看的俊男美女」相提並論，老實說值得商榷。

再加上我家的魔太不是人而是魔像。例如就像在名犬展覽會出場的狗狗那樣，也許魔像的外觀也具有獨特的美感審查標準。披薩哥也有可能只是基於那種標準下了評斷。畢竟魔像幾乎就跟狗差不多。

呃，有點離題了……總之，回到這整件事的重點所在。

簡而言之，就是「這世界的美醜判斷標準，其實不太可能跟我原本那個世界完全一樣」。至少照理來講，應該會出現細微的誤差。

可是佩斯利商會這個組織的職員，所有人從我這個現代日本人的價值觀來看，全都能判斷為無可挑剔的俊男美女。連一個例外都沒有。

當然這也有可能是偶然的結果。首先，假如他們純粹以對容貌的喜好來挑選職員，那這個商會的人事專員就是最差勁無能的人。如果是櫃檯接待或營業人員的話也就算了，職員幾乎都是做事務工作耶？要我是老闆的話，兩秒就把這種人事專員開除了。

再說，佩斯利商會的人事部門情況怎樣，其實跟我毫不相干。反正今後，我大概不會再跟這個組織扯上關係了。

這種怪異感，原本也許可以忽視沒關係。

但是，只有一點點，真的只有一點點……

這時候的我，莫名其妙地就是有種不祥的預感。

然後呢，我要在這時候稍微換個話題。

如同我方才解釋過的，這個世界的人們對外貌的評價標準依然成謎。

各位明白這代表什麼意思嗎？

對，也就是說呢，「我對這世界的女性來說，其實是個超級無敵大帥哥」的美夢成真般情節，實際上是可能存在的。

沒錯，就是有這種可能性啊，各位！

可是啊……唉，我其實已經在緹巴拉鎮上買過東西，也不是從來沒跟女性店員或路上的小姐做過接觸。

這個世界的年輕女性，一開始都會用燦爛如花的笑容笑咪咪地跟我說話，但有說有笑地聊個兩三句，她們的臉色就越變越糟。到了最後，她們都會匆匆離去。

一個都不例外。

她們在準備開溜時，已經沒在看我的臉了。就好像我的臉部造形令人看不下去似的，把目光完全移開。

——不知為何，大家都用嚇得抽搐的臉孔，看著我斜後方附近應該空無一物的空間。

對，沒錯。

其實比較大的可能性是，我對這世界的女性而言是個超級無敵醜八怪。

我很怕知道這個世界的美醜觀念……

越說越心酸，這個話題就到此為止吧。

❖　❖　❖

上午的陽光，把齊維爾的街景照得明亮開朗。

我們離開佩斯利商會，並肩走在街道上。

「這下，終於——」

走在我旁邊的丘托斯大叔，彷彿要呼出長久鬱結在胸中的空氣，緩慢地吐出這一句話。

「這下商會這邊的債務總算告一段落了……」

「是啊。哎，很好啊。」

「我打從心底鬆了口氣。不知有多少年沒有過這麼安穩的心情了。謝謝你，睡伊。真的，真的很謝謝你。」

「咦？噢，嗯。」

丘托斯大叔含淚說道。一張臉哭得很難看耶，喂，夠了啦。

雖然以你這個大叔來說，還沒忘記感謝我就算不錯了，但你會不會有點太放心了？你的奮鬥今後才要開始耶。大叔的店鋪還了債，應該是現在才終於站上重新出發的起點吧？

店裡的商品也已經空了，流失的客人也都還沒拉回來啊。你必須一邊經營商店，一邊還得把小堤露好好養大。我看不是普通的辛苦喔。

這方面你有沒有搞清楚啊？我說大叔啊？

沒理會我符合常識而冷靜的擔憂，丘托斯大叔一邊擦汗與眼淚，一邊露出由衷如釋重負的笑容。

「哎呀真是……不過話說回來，真沒想到塞佩羅先生會親自出面，害我緊張得出了一身大汗。」

「塞佩羅先生？」

「喏，在商館不是有位人士出來迎接、招呼我們嗎？就是那個戴單片眼鏡，大約五十歲的……」

噢，該不會是那個有著詭異性癖好，戴單片眼鏡的美形中年人吧？經大叔這麼一說，給人的感覺的確像是地位崇高的人物。

「……那個人很了不起嗎？」

「他是那裡的分店長。要問是不是很了不起的話，那家店裡就屬他最大。平凡商人恐怕花上一輩子，都爬不到他那種地位吧。記得他應該是佩斯利商會的本店所在地基那斯藩的出身。」

是喔……基那斯藩，是吧。

算了，管他的。

況且那個分店長好像是個有著性癖好等各種怪毛病的人，那種記憶還是早早忘了才好。

我這人擅長失憶是出了名的。

「怎樣都好啦。先別說這個了，我們現在去吃森佩爾燒怎麼樣？」

「啊？什麼叫做怎樣都好啊，明明是你自己問我的……唉。」

丘托斯大叔習慣性地一副傻眼的表情嘆了口氣，但忽然變成了猛一回神的表情。

「啊！對喔，是該吃東西。今天到現在還沒吃早餐呢，我緊張得都忘了。」

「你到現在才發現啊？太慢了吧，大叔！」

我們一面七嘴八舌地說，一面並肩走向街上的大眾食堂。

不過話說回來……

睡在我臂彎裡的小淑女還沒有要醒來嗎？

我手開始麻了耶……

第15話 霧與擁抱

既然已經把佩斯利商會的債款平安還清，可以跟齊維爾鎮說再見了。

我們在鎮上飯館吃過較晚的早餐後，前往位於城鎮大門前的廣場。

來時照顧過我們的那位運貨馬車爺爺，跟我們約好在廣場的一個角落碰面。我們請他回程時繼續提供車廂，讓我們搭便車。

我們走在通往廣場的熱鬧街道上。這條街似乎有很多攤販，鋪石地上鋪著地毯，上面擺放著各種各樣的商品。

其中一名攤販老闆出聲呼喚我們：

「那邊那位帥哥魔術師，請一定要來看看啊。其實呢，我這兒今天進了一件物美價廉的古代魔具喔。」

「……你說古代魔具？」

人家都叫我帥哥了，怎麼能不停下來？

記得之前丘托斯大叔說過，古代魔具是一種稀有的魔道具。

「您看，就是這個。」

攤販老闆把一個木雕人偶拿給我看，形狀看起來像是做壞了的埴輪。

怪了？我還是第一次看到木製的魔道具……印象中大叔店裡的魔道具，全是用不知是石頭還是樹脂的謎樣素材做成的。

而且這個人偶，表面的顏料看起來好廉價。與其說是魔道具，我覺得看起來就只是個不值錢的伴手禮。

「這個魔道具有什麼樣的效果？」

「問得好。包你想不到，這玩意兒可是傳說中受到愛與慾望的女神達利瑪提庇護的古代魔具喔。只要有這麼個不得了的玩意兒，就能讓全世界的美女為你瘋狂哩。」

「什……！」

怎麼可能，太誇張了。照常理來想，不可能會有這種事……

不，等等，鎮定點，我得冷靜下來。這裡可是魔術與恐龍存在的世界喔。

特別是跟那種完全無視於生物法則的古代地龍相比的話，能讓人變成萬人迷的小道具，或許根本只是小兒科。

這樣想來，這個攤販老闆說的話應該是真的了！只要得到愛之女神的古代魔具，我就終於能夠脫離這場滿是大叔的異世界生活了嗎？

我咕嘟一聲吞了吞口水。

「我隨便問一下……這要多少錢？」

「這玩意兒效果有點太強，要是遭人濫用會有危險，本來是不能隨便賣給別人的……但我欣賞大爺您這個人，這次就特別破例，不多不少十六枚金幣讓給您好了。」

「十、十六枚金幣！」

怎麼會這樣？我手邊的現金只有五枚金幣、十四枚銀幣以及一些銅幣。這樣根本不夠嘛。

我變得垂頭喪氣。

「太可惜了，我現在手上的現金只有五枚金幣……」

「喔喔，大爺您運氣實在是太好了！」

「啊？」

「沒有啦沒有啦，是這樣的。我這攤子現在正好在大特賣，價格只要半價八枚金幣！而且下個月剛好就是值得慶祝的礫石聖女降生節。大爺您與聖女一樣有著吉祥的黑髮，所以就再給您打折少收三枚金幣吧。一共是五枚金幣！怎麼樣，賠錢賣啦！」

「什麼！」

太離譜了，怎麼會有這種事？竟然因為一堆莫名其妙的理由就忽然變這麼便宜！

居然打折少收十一枚金幣，這種下殺方式連書店的黛西婆婆都要臉色發青了。

我應該就衝動買下來嗎？

聽著眼前攤販老闆快活的叫賣聲，很不可思議地，讓我覺得不買好像就吃大虧了。

錯過這次，說不定沒有下次機會了。想到有可能變得一輩子沒人愛的風險，錯失機會造成的損失無可估計。

但是且慢，這樣我還是得花掉手頭幾乎所有的錢耶。是不是決定應該下得再謹慎一點？

唔，不行！變成全世界女性搶手貨的誘惑實在太大，已經跟南極大陸一樣大了。我被大陸的壓力壓垮，從剛才到現在完全無法冷靜思考！

救救我，魔太。我到底該怎麼做？

我煩惱不已，為了參考伙伴的意見，看了看斜後方的魔太。

她看都沒看攤販的商品一眼。只是用溫暖的目光，溫柔地注視著我一個人。

只差沒說出一句「別擔心，想買什麼都可以買喔」。

我這才想到，魔太從來不會認真聽我以外的人說話。換言之，這傢伙應該不太清楚我現在想買的東西其實是什麼。

看來我還是得照自己的想法做決定。

「……好。」

我做出了決斷。

如果只花五枚金幣就能大受女性歡迎，這點開銷算便宜了。

雖然會一口氣變得沒錢，但應該死不了人吧。從明天開始我就不當魔導王，跟魔太一同轉行當深山獵人吧。

我下定了堅定決心準備迎接自給自足的生活，在黑色單肩包裡翻翻找找，想拿出裝有金幣的錢包。

「喂，睡伊。」

聽到聲音我轉頭一看，只見丘托斯大叔緊緊抓住了我的肩膀。

你是怎麼了啊，大叔。表情這麼可怕……

◆◆◆

「睡伊啊。你老兄該怎麼說呢……真是個令人深感遺憾的男人啊。」

走在我身旁的丘托斯大叔，不知為何臉上浮現可憐我的表情。

剛才結果到頭來，攤販老闆被大叔一瞪就逃也似的離開了，害我沒能買到愛之女神的古代魔具。

就這樣，我在異世界的玫瑰色後宮生活計畫宣告失敗。真不甘心。

可惡，都怪大叔那時候跑來攪局……

大叔暴露在我怨恨的視線之下，一邊輕輕搖頭一邊嘆氣。

「唉……我看你老兄啊，出門在外還是別帶太多錢比較好。」

「這話什麼意思啊。」

「當然就是我說的意思啊。勸你老兄還是快點娶個賢內助，幫你握緊錢包吧？」

喂，條碼頭，你這什麼說話口氣啊！

不就是你剛剛剝奪了我娶老婆的機會嗎！

講著講著，我們穿越了街道，在鎮上的正門前廣場跟運貨馬車的老先生會合了。

熟悉的帶篷馬車，已經在廣場一隅等著我們。

跟我們一樣，老先生似乎也在這齊維爾鎮把工作處理好了。

這位老先生其實是丘托斯大叔的鄰居，好像是以販賣蔬菜水果維生。聽說店裡生意幾乎都已經交給兒子媳婦去經營，他本人就像這樣，偶爾幫忙做點進貨或送貨的工作而已。

我們坐上蓋著車篷的車廂，發現堆積的貨物全換了一批。

不過為我們準備的厚毛毯空間，還是好好地空在那裡。

這位老先生該不會是刻意減少進貨量，好讓我們可以舒舒服服地坐在車廂裡吧……？

我對老先生的好感度又得到了爆炸性提升。

假如我是長年相守的丈夫過世而孤獨度日的老太太，好感度已經高到會傾心於這位老先生了。

運貨馬車就這樣平安無事地從齊維爾鎮的大門出發。

我跟丘托斯大叔聊聊天，或是讓魔太幫忙高雅地切開老先生請我們吃的柑橘類水果，大家一起分享，任由運貨馬車安安穩穩地前行。

從城鎮出發以來，大概過了四十分鐘吧。

就在我開始有點昏昏欲睡時，腦袋忽然猛地搖晃了一下。

緊接著，全身開始細微地震動起來。

我覺得奇怪，抬起頭來。

「……車身是不是有點搖晃？」

「匡噹砰咚地響耶。匡噹砰咚，匡噹砰咚！」

小堤露對我的發言表示同意。真好心。

總而言之，這陣震動似乎是整個車廂在匡噹匡噹地激烈搖晃。

馬車不停搖晃，速度也明顯變慢。是故障了嗎？感覺不像是車輪卡在什麼洞裡。

「呼啊……嗯，怎麼了？」

在馬車不停的搖晃下，丘托斯大叔總算醒來了。

大叔睡得也太熟了吧。不過他昨晚似乎因為太緊張而沒睡好覺，或許怪不得他。

這時，從車夫座那邊傳來老先生困惑的聲音。

「馬車的狀況不大對勁，繼續行駛可能會有點問題。」

馬車徐行了一會兒後，移到路邊停了下來。

「到底是怎麼了啊……我來檢查看看吧。」

老先生如此說完，就下了車夫座。

過了半晌，就聽到腳下傳來窸窣聲響。看來是他在車廂底下檢查馬車哪裡有故障。

「好，我也去看看馬車怎麼樣了。說不定會是我的專業領域。」

丘托斯大叔也站起來，下了車廂。

剩下我從蓋在車廂上的車篷稍微探頭出去，窺探了一下外面的狀況。小堤露也學我，從篷布的空隙露出臉來。就像袋鼠的小寶寶一樣。

「有好多樹喔！」

小堤露兩眼發亮地說了。

「對啊，有好多樹喔。」

這附近一帶，原來是針葉樹的茂密樹林。

這條道路的周邊幾乎都是視野開闊的平地，但這附近卻少見地有樹林圍繞道路。

馬車的停車位置，在林子裡一塊像是廣大草原的地方。只有這個空間，就像道路旁長滿雜草的空地一樣。

「哼，哼哼～森林～魔獸的～大聲吼叫～」

跟我一起從篷布空隙露出臉來的小堤露，面帶心情極佳的笑容開始唱起有點走音的歌。

「唱得真好，小堤露妳好會唱歌喔。」

關於聽到的歌詞有點危險，這部分我打算姑且不去管它。小孩子要稱讚才會成長，這是很重要的。

可能是唱歌被稱讚很高興吧，小堤露晃動著嬌小的身軀，把臉往我這邊貼過來。

這幾天期間，幼女前輩真的顯得很開心。這趟馬車之旅對丘托斯大叔而言是以還債為目的，但對這個小朋友而言卻是快樂的全家人出遊。等這孩子以後長大了，希望我與魔太也能成為她美好旅遊的一個回憶。

「小堤露，出來旅行有沒有很開心？」

「有！」

「這樣啊，那就好……唔喔！」

我與小堤露臉貼著臉一同歡笑時，魔太突然冷不防把臉擠進了我們的中間。結果導致三顆腦袋把狹窄篷布的空隙擠得水洩不通。

「喂，這裡很擠耶，魔太。」

我稍微提醒魔太一聲，結果她開始用臉頰輕輕跟我磨蹭。

接觸到的腮幫子柔軟細嫩，弄得我很癢。她在觸碰我的時候總是一如平常地溫柔又極其內斂，這次磨蹭臉頰的動作卻讓我感覺出些許的焦急。

「……？」

就在我一臉困惑地接受伙伴的磨蹭洗禮時，正好丘托斯大叔與車夫老先生從車廂底下出來了。

兩位長輩一邊拍掉衣服上的塵土，一邊表情有些凝重地討論事情。

「真沒想到風飄箱會故障……明明前一陣子才送去維修的啊。」

「是有點難以理解。不過不要緊，這點程度的故障，我應該可以緊急修理一下。」

「哦哦，真的嗎？」

「是啊，雖然可能得花點時間，但我就試試看吧。」

「太感謝了。幸好有丘托斯先生同乘，否則差點就被困在這種前不巴村，後不著店的地方了……」

我在篷布空隙裡一邊讓魔太磨蹭臉頰，一邊聽兩人說話。

所謂的風飄箱，應該就是那個了吧，鐵定就是馬車底下的那個箱型謎樣裝置。既然丘托斯大叔可以緊急修理，所以那也是魔道具了？

不過話說回來，大叔的口氣聽起來簡直像是要修理家電。所以魔道具店是否就像鎮上的家電行？

他從身上的包包裡拿出像是小工具的東西，開始在馬車底下窸窸窣窣地弄來弄去。竟然在旅行時也隨身攜帶工具，想不到大叔你還滿有職業意識的嘛。

我看大叔做事看了一會兒，但修理好像還得花點時間。

於是我也下了馬車。

我鑽出篷布空隙，輕快地從車廂跳到了地面上。

「魔太，過來。」

我一呼喚名字，魔太高興地微微搖動長耳朵，輕盈地降落在我身旁的地面。還是一樣，完全沒有一點落地聲。

大人全都下了車廂，只剩小提露一個人孤零零的，好像很寂寞。

別這樣啦，我最怕這種表情了。我把她抱下了車廂。

「好了。這樣姑且可以戒備一下周遭狀況吧。」

我從車廂上下來，當然不是想幫丘托斯大叔一起修理馬車。

我之所以像這樣站到地上，是為了讓黏著我不放的魔太站在地面上。

其實魔像搭載的捕猴用謎樣雷達，也就是所謂的「表土探敵」，只有在機體的一部分接觸到地表時能發揮效用。

這是我方才跟丘托斯大叔聊天時得到的新知識。雖然很不甘心，但魔道具店的大叔對魔像構造的了解比我深多了。

而我聽大叔他說，這種表土探敵功能，性質似乎近似於偵測地表敵人的主動聲納。

簡而言之，就是潛艇聲納的地面版。以身體接地的魔太為中心，讓類似魔力波動的某種現象沿著地表向外擴散，藉此觀測周遭的情況。

從這項原理可以得知，表土探敵並非完美無缺的探敵能力。不但只能在接地狀態下使用，而且對飛來的物體漏洞百出。

只是以聖堂魔像來說，能夠以瞳孔的「光受體」輔助接收視覺資訊，因此似乎還是能應對表土探敵的漏洞。

總而言之，目前這輛馬車就停在遠方視野受到遮蔽的林子裡。

之前聽說道路上有魔獸出沒作惡，不啟動魔太的表土探敵就太危險了。

魔太這傢伙平常好像連在家裡的地板上都會使用表土探敵，老實講說不定待在馬車上使用一樣沒問題。但是，那樣是不夠的。我是個小心謹慎的男人，必須確保萬無一失才行。

……我看我就實話實說吧。那頭腦袋有病的縱火馬，火焰雙角獸的傳聞完全嚇到我了。

我在正在修理風飄箱的丘托斯大叔身旁蹲下。雖然我並不打算幫忙。

「感覺怎麼樣？修得好嗎？」

我出聲關心，被汗水與泥土弄髒一張臉的大叔，從車廂底下露出了臉來。

「嗯，應該勉強修得好。但照我看來，好像是有部分零件遭到人為損壞……」

「咦！所以不是普通故障了？」

「恐怕不是。照這樣看來，八成是在齊維爾鎮被人弄壞了。」

怎麼這樣啊，很過分耶。

就像是把汽車輪胎戳爆的惡劣行為的異世界版嗎？

「怎麼會這樣……莫非是我把馬車停在客戶那邊時，被人惡作劇了？」

傷心的老先生說不出話來，顯得很沮喪。

可惡的犯人，竟敢奪走我最喜歡的老先生的笑容。我絕不饒過他。

「不管原因是什麼，我得早點把它修好，趕快上路才行。總不能一直被困在這裡吧。」

丘托斯大叔如此說完，又鑽回車廂底下去了。

我在旁邊看著，覺得夾在車廂與地面之間的窄縫滿頭大汗修理馬車的大叔，看起來相當辛苦。

我再次出聲關心大叔。

「欸，大叔。」

「怎麼了，睡伊？」

「那個，我是想說……要不要我也來幫忙？」

「啥？不了，反正你老兄對魔道具一無所知，擺明了幫不上忙吧。這個讓我來就好，你去陪堤露玩吧。」

竟然這樣講我！

這個條碼頭，給你三分顏色你就開起染坊來了！

❖　❖　❖

自從馬車停下來，到現在大概過了半小時吧。

丘托斯大叔還在馬車底下，努力地東修西補。

車夫老先生剛剛餵過兩匹馬吃草，並仔細檢查過馬匹的腿或蹄子有沒有出問題。現在他坐在車廂旁歇息，已經開始頻頻點頭打盹了。

至於被大叔屏除在戰力規劃外的我，則是正在陪伴閒得發慌的小淑女。這真是身為騎士的榮幸。

我們坐在有如鬆軟地毯的綠草上，一起聊天，或是玩葉子拔河遊戲。

魔太也在我們身邊，靜靜地定睛注視我們。

但是，當面帶欣喜笑容說話的小堤露，湊到我耳邊害臊又扭扭捏捏地開始講悄悄話時，魔太好像實在是忍不住了，就岔進了我們倆之間。

然後，她動作粗魯地把小堤露從我身邊搶走。

話雖如此，其實這是常有的事，我與小堤露都早已習慣了這種擄人行為。

魔太這傢伙，大概是看到年幼小孩可愛又小巧的動作，看著看著，無處宣洩的過剩母性本能就按捺不住爆發了，一定是很想把嬌小的小堤露據為己有吧。

我這個伙伴是真的很喜歡小孩。

提個題外話，方才幼女前輩突然小聲跟我講悄悄話，是因為內容提到她上個月尿床的事。

「唉，又沒事做了。」

從保母一職退任而失去了騎士職位的我，閒著沒事就環顧了一下周圍。

不知不覺間，周圍罩上了一片白色煙霧。

「是起霧了嗎……？」

但我記得剛剛都還沒有起霧啊。

雖說這裡是樹林，太陽也還沒完全升上高空，起霧並不是什麼怪事。

然而一回神才發現，周遭的視野幾乎全被霧氣擋住了。在乳白色的朦朧薄膜覆蓋下，連周圍的樹木輪廓都看不清楚。

總覺得氣氛令人很不舒服，好像會鬧鬼似的。

話雖如此，這個世界都有渾身包覆岩石的奇異猴子、殺不死的恐龍以及發狂縱火馬了。現在出現一兩隻鬼魂，不足以嚇到我。

……抱歉，我撒謊了。

假如真的有鬼魂出現，身在現場的我符合常識的頭腦想必會拒絕理解，在腦內開始播放古典樂與阿爾卑斯山美景的影片吧。

正當我坐在草地上這樣想的時候，不知怎地突然間，一種輕盈柔軟的東西溫柔地包住了我。

是魔太。

她忽然抱住了我。

怎麼了，伙伴，想要我陪妳玩嗎？可是啊，我現在正在針對靈魂的存在證據進行一場學術思辨——

不得已，我試著把埋在魔太柔軟雙峰之間的臉抬起來。

正好就在這一刻，耀眼的緋紅色閃光瞬間覆蓋了四下空間。

我不由得瞇起眼睛。

緊接著，熾熱燃燒的巨大火球，直接擊中了緊抱住我的魔太背部。

第16話
紫袍與紅杖

我看見火球在魔太背上爆開，化為粒子往四面八方擴散開來。

剛才是怎麼了？

究竟發生了什麼事？

相較於火勢的龐大，不可思議的是我覺得並沒有很燙。

背後的小提露發出了小聲尖叫。

馬匹發出嘶鳴，車夫老先生從淺眠中驚醒過來。丘托斯大叔也從馬車底下滾了出來。

還好，大家好像都沒受傷。

「喂，魔太妳還好嗎！有沒有燙傷？」

我火速從魔太的臂彎脫身，檢查了她的背部。

……毫髮無傷，還是一樣光滑。

甚至可以說一如平常到不自然的地步。明明被那麼旺盛的火焰打個正著，魔太的白皙肌膚卻甚至沒被燒燙，也沒沾上煙灰。

我擔心地摸了摸她的背，她好像覺得很舒服，長耳朵微微跳動了幾下。

嗯，看來她好得很。

但是另一方面，魔太的深紅視線，卻固定對準了濃霧另一邊的某個東西，始終不曾移動半吋。

我也跟她一樣，凝目注視白色視野的另一邊。

「剛才那顆超大火球是在攻擊我們對吧……？」

一顆巨大火球從濃霧中往我飛來。從來沒聽說過有這種自然現象。

恐怕是火魔術，或是火魔導。

我本來以為是傳聞中的瘋狂噴火馬，火焰雙角獸現身了。

但是同時，我有種奇怪的感覺。

火焰雙角獸是怎麼躲過魔太的探敵，接近我們的？

表土探敵是滴水不漏的。況且我感覺魔太在火球飛來的前一刻，都還沒做出意識到可疑人物接近的動作。

我不是獵師卻總是能輕易發現野生的猴子或鹿，是因為每當陌生奇特的存在靠近時，魔太都會迅速移動到利於保護我的位置。

假如魔太事先察覺可疑怪馬在接近我們，這次應該也會提早與我調換位置才對。

的確就像遇到古代地龍時那樣，曾經有東西輕易突破過魔太的探敵。

可是，照司培里亞老師的說法，那隻恐龍應該是半靈體，屬於例外中的例外，是全世界僅有四頭的神級上古蜥蜴才對。

那種現象會這樣，動不動就發生嗎？

我的這種不協調感成真了。

射出火球的，並不是什麼縱火馬。

周圍的濃霧徐徐開始轉淡，就聽見有人說：

「哇喔，看到那傢伙了沒有？居然能讓魔像做出反應，擋下來自那種角度的突襲耶。這下可遇到高手嘍。」

逐漸淡去的霧氣中，浮現出人影。

「喂喂，這是在開玩笑嗎？我誦唱的可是『霧靄窗帷』耶？這可是高階的阻礙探敵魔術喔。那男的真令人不敢置信……」

「照這樣子看來，聽說他在不專心的狀態下秒殺了『壞劍』與那傢伙的部下，也不見得全是假消息了。」

一個人類集團陸續現身——恐怕有十人以上。

所有人身上都穿著跟我類似的長袍。

很可能是魔術師。

這個集團看我毫髮無傷，顯得頗為驚訝。但嘴上說歸說，他們的表情與態度當中，有著滿滿的從容自若。

甚至還有人臉上浮現輕薄的冷笑。

「哎呀哎呀，本來是想用我的『火炎彈』把他們變成焦屍，然後再偽裝成火焰雙角獸的犧牲者的說。這下工作變得有點麻煩了。」

站在集團中心的一名女子，不高興地輕聲說道。

她手持形狀獨特的紅杖，是個女魔術師。

一看到她的模樣，我的眼睛立刻驚愕地睜大開來。

「怎、怎麼可能？這太離譜了……」

竟然來了個巨乳魔術師。

那女的每次說話，她那異樣強調本身存在的雙峰，便充滿彈力地搖來搖去。

……不、不對。好吧，雖然我這正常女性死滅殆盡的異世界生活忽然有個活生生的巨乳女性登場，讓我由衷吃了一驚，不過現在沒時間去管這個。

從她的發言來判斷，方才的火球肯定就是那女人射來的。

這些傢伙究竟是什麼人？

是想劫掠馬車貨物的強盜集團嗎？抑或是有著其他目的的集團？

坦白講以目前來說，我完全無法判斷。

我的視線，悄悄往旁邊的魔太看了一眼。

這傢伙遲遲沒有展開突擊，也讓我很在意。

我與她之間說好可以動武的條件「來自對方的攻擊行為」已經完全過關了。換成平時的魔太，這時候早已像子彈一樣高速飛進敵陣，把魔術師們痛揍了一頓才對。

不，豈止如此，那幫人似乎想殺我。魔太不會只毆打他們就了事，甚至可能一時暴怒，用悽慘的手法殺掉所有人。

魔太對於想殺我的人，下手從不留情。就好像控制不住自己的情緒似的，會做出亂七八糟又過剩的報復行為。至今我已經看過太多次，一些猴子只因為挑上的攻擊對象是我而不是魔太，就變成了令人不忍卒睹的血腥噁心畫面。我總是暗自感到心痛。

所以我這次這樣判斷，應該也沒有錯。

但如果是這樣，為何魔太還是緊跟著我，沒有離開呢？

「不管怎麼樣，這個狀況相當不妙啊……」

我吞了口口水。

畢竟現在我這邊，背後可是有著老人家、幼女與大叔這三個極度弱小的存在。

魔太一定會用生命保護我。可是，我覺得她不會太認真保護後面的三個人。

我有這種強烈的預感。

這跟在鎮上與討債流氓們起衝突時的狀況完全不同。

這裡離人類村鎮很遠。而且方才的火魔術，很明顯地是想要我的命。

對方肯定是罪犯，不是討債業者。

我得設法保護老人與小孩，否則後果絕對不堪設想。

只能上了。

我從站立的姿勢，將腰身微微壓低。好讓穿在身上的焦茶色長袍衣襬，有少許一部分能稍稍碰到地面。

我就這樣不讓背後的三人聽見，用呢喃般的細小音量進行了詠唱。

「…………『土之戰斧』……」

在長袍下，可以感覺到土之粒子正在滙聚。

「土之戰斧」是記載於《魔術入門Ⅳ》的土屬性入門魔術。

以這種魔術生成的單刃斧，比起又大又長的「土之大槍」尺寸稍小一點，且攻擊距離較短。

說歸說，哎，還是夠粗野的就是了……

言歸正傳。這種大小的戰斧的話，只要以斧柄為軸心垂直生成，就能勉強藏在長袍裡進行生成。

我以斧柄在上、斧刃在下的方向，生成了垂直站立的「土之戰斧」。

算準戰斧生成完畢的時機，我藉著平常那種竅門發動魔導。

沒錯，就是對斧頭大哥真心誠意地拜託。

——斧頭大哥，我這是第一次有求於您。我想保護年幼可愛的五歲小孩與親切的老紳士，順便再保護一個態度惡劣的大叔，能不能請你幫個忙？

我將這份心願灌注其中，悄悄把手放在斧頭的握柄上。

然後從長袍的縫隙，偷瞄一眼裡面的狀況。

很好，支配完畢。

長袍底下有著一把可靠的**烏黑**戰斧。雖然外觀有點恐怖不祥就是了。

詠唱與生成，都沒被任何人察覺。

而且土魔術生成的武器通常都是土色，不會這樣烏漆墨黑的。

就算看到這把戰斧，無論是前方的犯罪魔術師集團，還是後方的三人，應該都只會以為我從長袍底下取出了暗藏的武器。

只要我不用魔導，像操縱遙控飛機那樣讓它飛來飛去就沒事。

但是，問題就在這裡。我即使像這樣生成了「土之戰斧」，考慮到我身為魔導王的真面目曝光的風險，我不能讓這把斧頭飛行進行遠程攻擊。

結果說穿了，這玩意兒簡而言之，就只是把粗野的斧頭。

話是這麼說，但我當然不會蠢到用這把斧頭展開有勇無謀的近身戰。人總是有他適合與不適合的事情。

我像這樣生成「土之戰斧」，進而以戰斧為媒介發動魔導，其實有著一個理由。

這是在有個萬一時，為了盡可能提升背後三人的存活率，我能採取的唯一一項防衛手段，換言之就是迫於無奈。

當我在瘴氣之地使用魔導對付猴群或古代地龍時，對於魔導王的特性，我察覺到了一項事實。

那就是——

在發動魔導的期間，我的空間認知能力會離譜地暴增。

請各位想想看。

我在初次發動「NTR」之際，曾經讓正在降落的數百發石彈同時靜止於空中，甚而用所有石彈同時還擊，正確地打中了每一隻猴子的腦門。

一發都沒打漏。

當時的那場流星雨，讓猴子全軍覆沒了。數百頭的猴子，幾乎全數同時死於爆頭石彈。

對付古代地龍時也是。我輕而易舉地控制住如飛彈般高速旋轉的「土之大槍」四處飛行的軌道，從最刁鑽的死角射向地龍。

這種非比尋常的本領，憑我平常的能力——應該說以普通人而論，恐怕絕對是辦不到的。

以我現在藉由發動魔導使得空間認知能力得到超高強化的狀態，或許可以在危急時刻挺身當三人的肉盾。

因為我們幾個人當中，怎麼看都是我最強壯，傷勢應該也好得最快。

當然，我並沒有在鍛鍊體魄，也不想受傷。

但是畢竟我們這個隊伍裡，除了我與魔太之外就只有體弱多病的小女孩與老人家了。特別是丘托斯大叔以外的兩人，不是開玩笑的，真的只要被攻擊擦到一下就會喪命。只能由我來保護他們了。

我悄悄看了一眼背後的三人。

丘托斯大叔與老先生一臉害怕地發不出聲音，啞然無語地看著前方的魔術師集團。

只有小堤露一個人，盡量睜大了她那雙圓圓的眼睛，注視著我的瞳孔。

「睡伊哥哥，你的眼睛好漂亮喔——」

咦？小堤露，妳怎麼還在這時候忽然對我講起甜言蜜語來了？

哎呀，這還真讓我有點意外。

但是呢，妳已經有過跟我大膽求婚的前科了。所以大哥哥也不會太驚訝……

話雖如此，對於這位熱情的淑女，我到底該怎麼回答才不會冒犯到她呢？嗯——

我正在認真煩惱時，丘托斯大叔卻在這時眼尖地從我的長袍衣襬看到戰斧，臉色鐵青地抓住了我的手臂。

「喂，睡伊，不可以對那些魔術師出手！現在得先忍忍。」

「咦？」

你是怎麼了啊，大叔？臉色變得這麼難看。

你該不會是以為我打算用這把凶器去跟那幫人鬥毆吧？

喂喂，這玩笑比你的長相還誇張耶。你跟我相處了這幾天，應該已經很清楚我有多懦弱了才對啊……

「的確，如果只是前面那些魔術師，憑你老兄的能耐，說不定可以撂倒他們……但是，只有後面那個男人不行，憑你老兄的力量是絕對贏不了他的。那個男人是非常出名的魔像使，連我都聽過。」

「後面那個男人？」

我還以為那個巨乳女是主謀耶，不是她嗎？

如同丘托斯大叔所說的，在成群結夥的魔術師集團稍稍後方的位置，有一名身穿紫色長袍的男人獨自佇立。

原來那個人跟我一樣是魔像使啊。

初次邂逅的同業人士，居然是個混混……我大受打擊。

「……那個人很有名嗎？」

「是啊。那個男人是魔術師協會的頂級菁英，在薩迪藩是最強級的魔像使，名叫基能・巴里。」

丘托斯大叔鐵青著臉，看了看紫袍男。

我也跟著看向那男人。

「那人是操縱『小丑魔像』的好手。小丑魔像的身手比聖堂魔像敏捷，由於兩者都是高速式樣的攻擊特化輕型魔像，所以適性糟透了。這方面你老兄不至於不知道吧？」

「抱歉，我還真不知道……」

「唉……我猜也是。」

記得我在《魔像圖鑑》裡，好像有瞄到過小丑魔像這個名稱。

假如身手比聖堂那些爆乳魔像還敏捷，那可是相當快。我當時只是看過就算了，沒想到竟然是這麼厲害的魔像？

「而且呢，問題在於那人不只是魔像使。那個叫做基能．巴里的男人——」

我一面傾聽丘托斯大叔說話，一面望向那個好像叫做基能的紫袍男。

那個男人體型瘦長，有著一雙眼角細長的眼睛。

年齡大概在二十幾歲吧，應該跟我差不多。

男人有著微捲的藍色頭髮。這種髮色在我原本那個世界算是相當有個性。但在這個世界，我偶爾會看到這種髮色。

就這層意味來說，或許可以說這名人物沒什麼太顯眼的外形特徵。

但丘托斯大叔說得對，這個男人比起其他魔術師，散發的氣質似乎有些不同。

原來他是魔像使啊。

經大叔這麼一說，我好像也能接受。其實自從我發動魔導使得感覺器官得到強化後，就一直有件事令我在意。

……基能．巴里的背後，有**東西**在。那東西打從一開始，就屏氣凝息地躲在那男人的背後——

這時，我與基能．巴里對上了目光。

狐狸眼魔術師定睛盯著我，膽大包天地笑了。

「……幸會，紅眼聖堂魔像使。你的事咱早有耳聞，聽說你挺有本事的。」

基能．巴里充滿自信的笑容，像是百分百確定自己能夠打敗我。

他用雙手唰的一下，把穿在身上的長袍整個攤開。

「先來介紹一下，這就是咱可愛的伙伴們。」

基能．巴里話才一說完……

幾乎與此同時，從他攤開的長袍後方，有四道影子從左右兩邊接連地跳了出來。

這些影子，原來是呈現淡紫色的奇妙魔像。

丘托斯大叔發出了呻吟般的聲音：

「那個男的……基能．巴里……是能夠同時操縱四具小丑魔像的『複數魔像使』……」

大叔的臉色很糟。瀏海稀疏的額頭流著滿滿的汗。

比起在馬車底下做事的時候，流了更多的汗。

「我的天啊，竟然會是『四丑使者』基能．巴里……既然對睡伊做了這麼周全的對策，難道說這一切，全是佩斯利商會指使的嗎……」

第17話

管教與獎賞

小丑魔像使基能．巴里面露冷笑。
這個身穿紫袍的男人一笑起來，眼角細長的眼睛就變得更細了。
這傢伙或許不能像日前的流氓集團那樣一擊ＫＯ。
對峙之下，我感覺他的層次截然不同。
那傢伙的左右各站著兩具淡紫色魔像，加起來一共四具。
從體型的特徵來說，這些魔像較為細瘦，手臂比起身體的比例來說有點長。
我看不屬於希臘雕像型，關節部位有可動接頭。簡而言之，基本構造比較接近素描人偶型。
但全身的設計比素描人偶精緻多了。的確換個角度來看，那副模樣是有點像小丑。
他們全都裝備著統一的深紫色胸甲。看來基能．巴里是讓飼主與魔像用紫系色彩作統一。

原來如此，這個點子我也可以考慮看看。或許我也能配合魔太，穿件白色長袍。

不，可是白色比較容易髒……

從原本躲在基能的背後這點就可得知，小丑魔像的個頭都很嬌小。與模特兒體型的魔太相比之下，體格差距有如女高中生與小學生。

根據我在這個世界獨創的敵人身高測量術──猴尺法來算，小丑魔像的大小約為二・三猴尺。

也就相當於二・三隻小猴子。這個大小可說略比中猴子大，但比大猴子小很多。假如無論如何都想知道算成原本那個世界的公制等於多大的話，請將小猴子的大小當成約略等於一隻日本獼猴，藉此倒推回去。

…………

不、不是，我也是不得已的啊！我在這個世界遇到的猴子遠比人類來得多，所以當下能從感覺掌握大小的存在，就只有猴子嘛！

我在這世界能使用的標準，除了猴子沒別的了……

言歸正傳。小丑魔像如同前述屬於小型，雖然給人一種犀利的印象，但倒也不是特別

強。這是無可爭辯的事實。

看起來明顯有威脅性的一點，大概就是敵人不只一具吧。

丘托斯大叔方才把基能．巴里稱為「複數魔像使」。我猜想這個名稱的含意，大概是指飼養多隻魔像的飼主。

過去魔太在聖堂與爆乳魔像軍團開打時，記得那是場一對六的戰鬥。這樣想來，敵人就算派出四具魔像應戰，好像也不是什麼大問題。當然，聽說小丑的身手比爆乳更快，所以也不能一概而論就是。

可是……關於這點，我有點在意。

就是方才的丘托斯大叔，給我一種異常畏懼「複數魔像使」的印象。大叔應該早就十分明白，魔太的戰鬥技術能夠幾乎在同一時間秒殺幾十個流氓才對啊。

「大叔，複數魔像使是那麼危險的對手嗎？」

「……複數魔像使能夠完美駕馭多具魔像，令其聽命。其操縱自如的程度，就像每一具魔像都是他自己的手腳或指尖。這種戰鬥的層次，跟單純對付四具魔像可是完全不能相提並論的。」

丘托斯大叔的解說，真是既仔細又流暢。

他根據我至今為止的言行以及多次閒聊，似乎已幾乎完全掌握了我的魔像相關知識水準。

可是，駕馭還有操縱什麼的，到底是什麼意思？

我家這個大叔，有時候會說出這些有聽沒懂的用詞。

該不會是那個吧？就像「握手」或「趴下」那樣，對狗做出的指示，換成魔像用語是這樣講的？

「聽好了，睡伊。總之你要是跟那男的打起來，一定是你老兄死在他手裡。這裡我去跟對方交涉就好。聽懂了沒？你明白了嗎？絕對不可以出手喔。」

丘托斯大叔好像在勸導作勢要揍幫派分子的火爆蠢兒子一樣，抓住我的手臂，語氣強硬地說了。

然後，他直接向前走出了一步。

大叔，你打算跟那幫人理性溝通嗎？

大概是基能等魔術師始終沒有動手攻擊，讓他覺得一定還有交涉的餘地吧。

……的確，換作是我平常也會這樣想。

但是那個集團到現在沒有發動攻勢，恐怕是在計算攻擊的時機。

那些傢伙對魔太的動作很有戒備。他們明白假如從現在這個狀態魯莽地硬碰硬，就算能殺了我，也可能遭受魔太的反擊而兩敗俱傷，造成數人死亡。

這種不符合我個性的血腥預測，有著一項明確的根據。

我發動魔導使得感覺器官得到超高強化後，查探了一下周圍的情況。結果關於這個襲擊者集團，我注意到了兩件事實。

第一件剛才提過，就是基能背後躲著四個東西。

至於第二件，則是——

我用視線輕瞥了一下右後方的林子。

那裡有伏兵。是兩人。

不只如此，其中一人體型非常巨大，我看身高少說也超過三公尺。那應該是魔像，而且是之前聽說過的重型魔像。這樣想來，旁邊的另一個人就是魔像使了。

只是，我不知道那是哪一種魔像。

我能隱約感覺出伏兵的存在，但他被微暗樹林與霧氣遮住，無法判斷他的外形。

……沒錯。那些傢伙用魔術生成的那種霧氣，並沒有完全散去。

他們巧妙地留下了一部分的霧氣。

那些人奇襲一失敗就故意把附近的霧氣消除，成群結夥地招搖現身，並不只是為了在視野清晰的狀態下讓魔像使在戰鬥中占優勢。恐怕是想引開我的注意，讓我忽略剩下的霧氣與另一組伏兵。

不是見招拆招的動作，而是經過精心計算的計畫性行動。

我不知道伏兵會挑選什麼時機行動。

從這個相關位置來看，最有可能的或許是想配合時機，來個同時攻擊……？

或者是靜待我與魔太分開？

至少我認為，伏兵不會在這個距離下使出魔術。

伏兵的目前位置，離基能等魔術師集團有很大一段距離。正常來想應該完全不在攻擊魔術的射程範圍內。

這世界的魔術不管我怎麼想，有效射程都不會太遠。因為它不但會隨著距離擴散或衰減，而且不同於魔導，發射後無法變更軌道。與目標的距離越遠，命中精度就越低。

這樣一想，就知道能自由自在咻咻亂飛，還不會因為距離而擴散或衰減的土屬性魔導有多危險。猴子的石彈看起來不起眼，卻異常受到恐懼的理由之一，必然就在這裡。只是以我來說，因為怕身分曝光被逮捕，所以無法像活在大自然的猴子或恐龍那樣自由使用魔導就是了……

不管怎麼樣，既然像這樣事前知道伏兵來襲的位置與狀況，我這邊也能想點對策。

「不過話說回來……」

我的視線落在長袍縫隙，看看裡面染上不祥黑色的戰斧。

在對付自信十足地正面展開火力猛攻的猴群或恐龍時，我覺得藉由魔導強化空間認知能力，只不過是讓石頭飛得更好的附帶能力罷了。

但這項能力，在對付人類時似乎能發揮驚人的優勢。我認為憑著這項能力，或許可以封殺大多數某種程度的卑鄙偷襲。

想到這裡，我看了看緊貼我右側不動的魔太。

我懂了，妳早就察覺到剩下的霧氣與伏兵的存在了。

所以妳才沒有展開突擊，維持著這種不前不後的位置，一直待在我身邊保護我。

因為妳很善良，所以對弱小的我放心不下，不敢動對吧……

就在我想摸摸魔太的頭的時候，丘托斯大叔終於開始跟對方交涉了。

「基能·巴里。你老兄要找的，其實是我吧。店舖的所有權狀，我帶來了！」

哦哦，竟然拿出了店舖的所有權狀，丘托斯大叔一下子就打出這麼大的牌啊。

以這個小氣巴拉的大叔來說，出手還挺大方的嘛。

「關於在日前的騷動中讓商會丟了面子的事，我向你們賠罪。但是，這裡的這個魔像使，只是我花錢僱用的保鑣而已。是我叫他攻擊達茲大哥等人的，今天他本來不願意來，也是我強行帶他來的。這傢伙從一開始，就沒有打算真的跟商會起衝突！」

「呃，喂，大叔……？」

這是哪門子的藉口啊。我是不太懂，但你這樣說不會讓人家以為我是個拿錢好辦事的傢伙嗎？而且還說我這個尊貴高尚的人，會乖乖聽你這種人的命令？

就算這樣說只是為了應付一時，我也不能接受。喂，立刻給我收回前言！

丘托斯大叔沒理會我用沉默視線不斷做出的抗議，繼續跟對方交涉下去。

「換句話說，在場只有我一個人跟商會為敵。」

丘托斯大叔如此說完，一時緊緊閉起眼睛，稍微調整了一下呼吸。然後，他再次睜開眼睛瞪視對方。

「……只要你們保證不傷害其他三人，我願意交出所有權狀。我也會讓這個保鑣退下，不跟你們打。我覺得這算是個不錯的交易。假如你們就這樣開打，你們也會有一半以上躺著送回老家的。同樣身為魔術師，你們應該很清楚這個男人的實力不簡單。」

丘托斯大叔的表情讓人毛骨悚然，甚至令人看了害怕。他那副模樣，實在不像是曾經被流氓威脅而臉色發青的窩囊男人。

不，仔細一看，大叔的腿在發抖……

可是呢，我覺得他能做到這樣已經很不錯了。

只是，總覺得這個氣氛給我一種預感，好像大叔做下了某種不太好的覺悟。

「假如需要有人出來面對，我這就跟你們幾位一起去商會。然後……你們想對我做什麼都行。」

果然是這樣啊。跟我想的一樣。

但是啊，大叔。很遺憾地，我認為你這種土氣中年男人的身體，不會有多大價值的。

不顧我合情合理又冷靜的分析，丘托斯大叔一副有所覺悟的表情，不知為何突然轉頭看向了我。

然後他定睛注視我的臉，最後像是下定了決心，堅定地說話了：

「睡伊……——堤露就拜託你了。」

「啊？」

你到底在說什麼啊？

你是不是白痴啊？我揍你喔。

哪有人像你這樣隨便放棄做父母的責任，把寶貝女兒丟給別人養的啊！

我在心中爆發合情合理又切中要點的怒氣。但基能．巴里把整番話聽完，肩膀開始微微抖動起來。

「噗！哼哼……」

那傢伙在笑。

「呵呵！哎呀呀，大叔……記得你叫丘托斯對吧？你偉大的自我犧牲精神是很令人欽佩啦。但你現在才這樣強出頭，已經來不及擺平這件事了喔。」

「你、你說什麼……？這話什麼意思？」

「就是我說的意思啊。丘托斯先生，你沒資格在這個場面跟我們談判。」

看來那幫人，果然從一開始就沒打算好好商量。

既然他們早有打算用小丑與伏兵解決我與魔太，剩下的小孩與老人，他們一定覺得怎樣都有辦法除掉吧。事實上，他們想得一點都沒錯。

「有、有話好商量。只要是我能做到的，什麼要求我都答應。所以，拜託放過他們三個……」

丘托斯大叔仍然不死心，拚命哀求對方。

他是個固執的男人。在被私吞猴子魔導核的流氓們打個半死的時候也是，他直到最後都不肯放手。

我在想，大叔在追求幾乎占據了可愛小提露所有遺傳密碼的太太時，八成也是憑著這種纏人功堅持到底吧？若是這樣的話，或許我也該跟他學學。

我開始認真地考慮是否該採用丘托斯大叔式的戀愛技巧，但正好就在這時，與大叔對峙的基能．巴里的視線，迅速轉向了我這邊。

「真要說的話啊，丘托斯先生……咱自己是完全沒有收到委託人的那種指示，要咱收走所有權狀或是抓住你。咱必須最優先除掉的，就只有那邊那個紅眼聖堂魔像使。」

基能．巴里看著我，冷冷地笑了。

「哎，大概是他對咱那委託人，做得有點太過火了吧。」

咦，你說我嗎？

這樣啊。好吧，的確是。畢竟我家的魔太前兩天，才咬傷了商會的外包業者嘛。那是我這個飼主的不注意所引發的事故，真的很抱歉。

商會那個可疑的美形中年店長，嘴上講得好像毫不介懷，結果心裡果然是氣炸了……

「求求你們，再重新考慮一下吧。這次的事情全都是我的錯，這個男的本來跟整件事根本無關啊！」

「咱也是收了大筆酬勞來辦事的，總不能就這樣回去吧。呵呵，哼哼。」

基能．巴里一個勁地笑，好像很開心似的。

至於丘托斯大叔，則是在哭泣。

這個大叔真的很愛哭耶……

跟精神層面堅強的小堤露多學著點吧。你看，這麼小的小女生，到現在都沒哭喔。

我略為回頭看看背後，確認了一下小堤露的表情。

這孩子黏在我的背上，雖然沒有哭，但嬌小的身軀僵硬地縮成一團。看來還是會緊張。可想而知，當然會害怕了。況且沒用的爸爸都在哭了……

可是，一發現我回過頭來，小堤露就用她圓圓的一雙眼睛，定睛回望著我。

「……！」

我吃了一驚。

她那散發堅強光輝的稚幼眼眸，毫無半點動搖。

慘了。她這種眼光，表示對我抱持著絕對信任。完全就是在看一個戰無不勝的正義使者。

我的老天啊，這個外表三歲的五歲小孩，絲毫不認為我會輸。啊啊，莫非這就是她從剛才到現在完全沒哭鬧的原因嗎！

這份信賴太沉重了。我要被純真稚幼的眼神重壓給壓垮了。

拜託等一下，小堤露。我只不過是魔太的小白臉罷了。平常幾乎都忙著做裁判，就只是個小白臉魔導王罷了。

不可以信任這麼窩囊的男人啊！

✧
✧
✧

一個是被幼女正直的視線看得驚慌的我，一個是哭哭啼啼的丘托斯大叔。廢到極點的兩個大男人，已經瀕臨崩潰了。

總而言之，我想丘托斯大叔與襲擊者的交涉，實質上算是破裂了。

唉，畢竟大叔就是大叔，我本來就不怎麼期待。

我在丘托斯大叔進行交涉的時候，一直在觀察基能等人的情況。之所以故意不阻止大叔進行希望渺茫的交涉，也是為了這個目的。儘管大叔的交涉結果完全沒有可以嘉獎之處，卻為我爭取了準確掌握現況的時間，因此大叔的這番行動本身絕非毫無意義。

結果關於敵人，我弄清楚了幾項新事實。

當丘托斯大叔像現在這樣拚命說話時，包括基能在內，前方的魔術師集團毫無半點動靜。也感覺不出任何焦急的態度。

那幫人說過假如一開始的火魔術奇襲攻擊成功，就要把罪推到火焰雙角獸的身上。換言之，這場犯罪當然不能夠曝光。既然這樣，他們應該會想盡快殺了我們。犯罪時間拖得越長，對這些傢伙越沒好處。

但是實際上，那幫人完全是一副悠悠哉哉的態度。

現在回想起來，我們在修理風飄箱的時候，旁邊的道路上完全沒有人或馬車經過。雖說本來就不是人馬絡繹不絕的地點，但最好認為他們用了一些方法屏退旁人。

我是不知道有沒有那種魔術。但至少佩斯利商會在他們背後撐腰的話，要讓部分道路禁止通行應該不會太難。很遺憾地，繼續拖延下去耗盡他們時間的戰術，或許從選項中剔除比較好。

然後呢，還有一件事更令我在意……

我若無其事地，讓視線飄向右手邊的林子。

基能等人好像在爭取時間般的按兵不動時，右後方林子裡的大魔像他們，正在一步步地挪動位置。

但他們並非在往我們靠近，老實講感覺很詭異。

他們一面與我們維持一定的距離，同時早已往旁移動了十幾公尺。從位置來說已經接近我的正側面。他們移動時壓抑著聲響與氣息，因此動作本身非常緩慢。但是，那傢伙到底為什麼要持續不斷地微調位置？

不管怎樣，最好還是別等那幫人做好萬全準備後再開戰。反正僵持下去也沒有辦法突破現況，倒不如提早主動開啟戰端。這是我趁著丘托斯大叔與對方交涉時做出的結論。

此外，實際上像這樣使用探敵術看看，會發現我以魔導掌握空間的能力，在能力上有幾個限制。

像現在敵方伏兵所在的林子與我之間距離這麼遠，為了掌握看不見的對象動靜，我必須稍微專注地進行探查。看樣子「距離較遠」、「看不見」等幾種條件結合起來，就會使得精確度嚴重下滑。

這項能力，雖然能大幅減少敵人偷襲的危險性，但仍不至於所向無敵。

從有效距離等意味來說，還是魔太的表土探敵優秀多了。最起碼魔太曾經從遠到不行的死角發現過猴子。至於我的魔導雷達，一被敵人進入死角，就只能隱約感覺到氣息。

反過來說，這項能力似乎很能應付看得見的物體，或是在毫無死角的開闊天空飛行的物體。例如我從剛才就能瞭若指掌地，感覺出飛在遠方天空的鳥類等的位置或狀態。

我感覺魔太的表土探敵像是匍匐前進的聲納，我的這項能力則好像是防空雷達。

可是，該怎麼說呢？

所以魔太總是用這種方式看見世界嗎？

我看了看依偎在我身邊的魔太。

當然，她跟我的能力在視野上想必有各種不同之處，但她一定就像現在的我這樣，總是能掌握周圍的種種狀況。

魔太能如此清楚地掌握敵人的動靜，脾氣又頗為火爆，然而每次只要覺得我有任何危險，這傢伙就會靜靜待在我身邊不走。她真的很關心我……

然而，現在突破這個困境的關鍵，就在於魔太願不願意離開我身邊開始戰鬥。我想我得設法讓她接受。

丘托斯大叔還在拚命向基能‧巴里替我求饒。

真是個不知何謂放棄的男人。

我輕拍了一下他的肩膀。

「大叔，夠了。」

「睡、睡伊……？」

「已經夠了，大叔你努力過了。雖說只是違法行為，他們卻也是抱持著職業意識來到這裡，再怎麼說也說不動他們的。」

「呃，不，可是……」

看大叔一副有話想說的表情，似乎是仍想繼續交涉。

他這種始終如一，想用理性溝通解決事情的態度真的很可貴，完全就是一個文明人該有的態度。我覺得大叔比起以多欺少、耀武揚威的那幫人更了不起，也更有格調。

可是，再講下去也是白費力氣。你不用再努力了，大叔。

「沒辦法。就把那些東西當成語言不通的野猴子，放棄吧。」

我以前也曾經想跟在荒野遇見的野猴子交朋友，結果是白費力氣。這個世界的猴子，智商沒高到能聽懂人話。你不需要跟我一樣試了又試，然後徒勞無功，跟我一樣難過。

「努力跟低能的野猴子說話，到頭來只會一場空啊。」

最後一句話，我略為加重語氣大聲說了。

前方的魔術師們當中有幾人額頭青筋暴突，肩膀火冒三丈地細微抽動痙攣；這些我都用魔導的空間掌握感覺到了。

唔喔！像那個看起來很驕傲的巨乳女，更是一副想吃了我的表情。那真的有點可怕。

「……喂，大叔。你帶著你女兒與車夫老先生，慢慢移動到我的左後方。要盡量自然點。等移動完後，就三個人一起待在我身邊不要動。」

我壓低聲量，對站在我前面的丘托斯大叔低語。

「為、為什麼？」

被他小聲一問，我語氣尖銳地回答：

「不想死就照我說的做。」

方才基能．巴里說過他們的頭號殺害目標是我。但是，我沒傻到會聽信這句話。真要說起來，那傢伙從沒說過不會殺我以外的三個人，況且像他們那種企圖用火焰雙角獸掩蓋罪行的傢伙，不可能放現場目擊者一條生路。

到頭來，我還是一樣得保護他們三人。

而伏兵依然待在右側的林子裡。我必須請大家移動到我的左邊，否則假如那些傢伙展開行動，憑我的運動能力有可能保護不到所有人。換言之，以我為肉盾讓大家緊貼在我的左後方，恐怕是目前的最佳位置。

之所以請他們移動得自然點，是為了預防敵人發現我已察覺到伏兵的存在。沒必要因為行動太露骨，而白白喪失這份優勢。

「睡伊……」

聽到我不容分說的罕見口吻，丘托斯大叔似乎也聽出了些什麼。他不再說話，靜靜地與我替換了位置。

就像是我挺身替大叔抵禦攻擊，不算特別奇怪的行動。唉，不得已，誰教我似乎是他花錢僱用的聽話保鑣呢。

多虧用魔導強化了感覺器官，我不用回頭就能掌握三人的位置。

好，大家似乎都移動到左邊了。

再來，就只剩說服魔太了。

我對依偎在我右側不動的魔太呢喃道：

「假如妳在擔心右手邊林子裡的伏兵，我也察覺到了，不用擔心。就算那些傢伙來襲，我也能自己設法解決。」

我從長袍的衣襬下，露出「土之戰斧」的刀尖給她看。

「所以魔太，麻煩妳去痛扁前面那些敵人。」

這傢伙很聰明，應該明白我的意思。最糟的情況下，我可以抱持著真面目曝光的心理準備使用魔導攻擊，這樣就算是我這個和平的文明人，也能勉強撐到魔太打倒敵人回來。

哎，話是這麼說……但我不覺得憑自己的能力，能擊敗敵方的重型魔像。畢竟「NTR」對魔像完全無效。就連魔導攻擊，在對付古代地龍時射了那麼一大堆，也沒能對地龍的身體造成半點傷痕。嚴重缺乏值得信賴的實績。

可是，只要全力以赴努力動腦，應該可以絆倒魔像的腳讓他摔倒或是怎樣。我是個能用發到的牌努力奮戰的男人。

至少那具體型龐大的魔像待在林子裡，我不覺得他能跑得多快。在他來到這個位置之前，應該有足夠的時間讓我想出對策。

「懂了嗎，魔太？」

聽到我這麼說，魔太猶疑不決，顯得很迷惘。

她因為太擔心我，所以不想離開我身邊。這傢伙自從跟猴子戰鬥的時候起，就一直是這樣。

「……沒事的，相信我。」

我直勾勾地定睛盯著魔太的眼眸。

魔太深陷內心糾葛。她的眼神激烈地搖擺不定。

似乎是想答應我的請求，但又不願離開我身邊，兩種心情正在她的心中交戰。

沒用嗎，還是不行嗎？

我以為照正常狀況來說，現在應該是決心一戰的感人場面耶……

可是，我也能體會她的心情。我有太多窩囊的前科了。

「放心吧……我可是妳的伙伴耶。」

我極力發出英氣凜然的正經聲調說了。

魔太一臉幸福，陶醉地注視著我。

但眼眸隨即不安地搖曳，緊緊捏住我的長袍衣襬。

絲毫沒有要從我身邊離開的樣子。

…………

咦，奇怪了。都已經講了這麼多了，我想現在我們這對搭檔的友情與信賴關係應該已經得到重新證明，要進入戰鬥場面了吧。

總之，我決定百折不撓地繼續說服她。

「呵，伙伴妳忘了嗎？我可是連龍都打倒過喔？」

好吧，其實現在回想起來，那完全只是新手幸運、歪打正著的勝利罷了。而且那時候的我不知怎地還難得地認真發怒，失去了理智。要是叫我現在像那樣再打倒一次古代地龍，我可以斷定百分之一百辦不到。

但意外的是魔太聽到我這句話，一瞬間表現得像是被說動了。

哦？快成功了嗎？

我抱持著些許期待。然而魔太好像旋即改變心意，又含蓄地抓住長袍黏到我身邊。

啊——還是不行啊。我自己也覺得有點缺乏說服力。

好像不太妙。我平常的耍廢與魔太的保護過度，造成談判陷入了僵局。

「沒事的，魔太。妳可以放心，好嗎？相信我嘛？我要是覺得危險，那個，我會記得要逃走的……」

魔太聽我拚命請求，眼睛因為苦惱與糾葛而變得茫然失焦。

眼瞳好像隨時會變成藍色開始哭泣。

她那握緊長袍的白皙玉手，開始細微地顫抖。感覺就像是絕對不想放開這隻手。

怎麼辦？事情完全沒照我想像的發展。說不定我完全誤判了魔太過度保護我的程度。

豈止不能戲劇化地三言兩語說服伙伴，反倒是好像我越拚命解釋，就越是刺激魔太的保護欲與母性本能，讓事情更進一步陷入泥淖……

這樣下去會很不妙。

我下定決心了。

非到不得已，我實在不想使出這一招。

因為這樣做，以訓練狗狗的做法來說不是很好。

但是，現在人命關天，什麼都得幹了。

我要使出最終手段。

我在魔太的耳邊，悄聲溫柔地呢喃了：

「只要妳做得好，今晚我就獎賞妳，幫妳擦澡擦個夠。」

魔太優美的側臉，緩緩地、靜靜地轉向了敵人。

深紅色的眼眸，開始燃燒起帶有強烈戰意的紅蓮之火。

一回神才發現，她宛如純白天女般的肢體，在全身迸發的強烈氣魄縈繞下，散放著神聖莊嚴的高度存在感。

——其威儀恰如降臨現世的白色戰場女神。

沒錯，我養過狗所以知道。狗這種生物一看到有獎賞，其實還滿容易捨棄自尊的。

魔太堅定有力地，向前踏出了一步。

她的步伐，顯而易見地漲滿了氣力。

「……不要殺了他們喔。我要讓那些傢伙指證佩斯利商會的罪行。」

我不忘叮囑魔太一聲。

她感覺好像什麼都沒聽見，像一陣風似的飄飛到了我的斜前方。

嗯——這傢伙到底懂不懂我的意思啊。

就這樣，我與伙伴困難重重的會議結束了。

與「四丑使者」基能．巴里之間的戰鬥，就此揭開序幕。

第18話

小丑鎖鏈與破壞魔女

魔太開始往敵人走去。

「那傢伙的聖堂魔像行動了！」

前方排排站的那一大群魔術師，神色緊張地一齊擺出架式。

只有基能・巴里動都沒動，依然面露冷笑。

「看來你終於想打了，很好。不這樣就太沒意思了。」

基能的這句話彷彿成了信號，在他兩側待命的四具小丑魔像，一齊往前面散開。

「那就來看看您這位紅眼聖堂魔像使，是否真有傳聞中那麼厲害吧……可別辜負咱的期待喔。」

以目前正面的敵人走位來說，四具小丑魔像以扇形方式站開與魔太對峙，後方是魔術師集團。最後方則是基能・巴里獨自坐鎮。

有太多敵人需要戒備，因此魔太也不至於像一對一時那樣一開戰就衝殺過去。

她慢慢地移步前進，以牽制前方的所有敵人。

……應該說魔太，回頭看我也看太多次了。

我已經好幾次跟神色不安的魔太目光對上了。

妳根本就拋不下我嘛！剛才的堅定決心都到哪裡去了！

目前，魔術師集團與我之間，有著滿長的一段距離。

以前在土瘴氣瀰漫的地區，司培里亞老師曾經用火魔術打過大猴子幫我上課，那時他將猴子引到了相當近的距離內。而這次雙方之間的距離，可以說比當時遠上很多。

當時的那種狀況有可能遭受大猴子反擊，還滿危險的。照常理來想，司培里亞老師應該盡可能從遠處施放魔術以策安全。那次攻擊的目的不是打倒猴子，所以用什麼法術都行，況且他是能使用多達十種屬性的強者，能用的法術應該多得是選擇。

老師卻從那種不遠不近的距離施放了魔術。

從這個角度來想——其實那種火魔術在攻擊魔術當中，會不會是屬於有效射程特別長的一類？

甚至是接近最長的那種。

事實上，假設這世界的魔術其實是中距離攻擊，那就是一般魔術攻擊的最大射程，現在敵人的這種布陣方式就全說得通了。

以這種前提而論，我們目前的這種間距，魔術攻擊是打不到雙方術士的。戰況應該會發展為雙方以魔術掩護魔像，讓魔像之間以拳腳決勝負。而只要其中一方的魔像倒下，存活的魔像就會襲向敵陣。術士的勝敗與生死就在那一瞬間決定。

這表示倘若敵方只有魔術師而沒有魔像使，從這種距離可以用魔像單方面蹂躪對手。《魔術入門》記載魔像使在對付魔術師時能發揮優勢，也與這個情況完全吻合。

然而，我的這種推理……有一個很大的漏洞。

就是一開始偷襲我的火球。

那個來自霧中的一發攻擊，射程格外地長。

恐怕從現在那些魔術師的所在位置，就能輕鬆打中我。

只有那件事，我無論如何就是想不通，覺得與目前的這種狀況嚴重矛盾。

如果要把那一發攻擊列入考量，魔術攻擊的最大射程就會比我的預測大出將近一倍。這樣一來，敵人應該會用其他方式布陣才對。那麼現況就說不通了。

只有那顆來自霧中的火球，是唯一一片不吻合的拼圖片，同時也是從基礎推翻我的推論的異常現象。

「……欸，大叔。以這種距離，雙方的魔術打得到對方嗎？」

我拿出比純真幼兒園學童還不如的魔導王本色，小聲問了一下丘托斯大叔。這就叫做不恥下問。

「照常理來說是絕對打不到的。這個距離比攻擊魔術的最大射程遠了至少一倍。」

「跟我想的一樣。可是啊，一開始往我飛來的火魔術，飛了很遠的距離耶。」

聽到我的疑問，丘托斯大叔將視線移向前方坐鎮的女魔術師。

「你看那個女的。」

「那個感覺過度煽情的人嗎？」

「嗯。在那些魔術師當中，只有那女的拿著長杖對吧？」

「對，的確拿著。」

我也在好奇，那個女魔術師所持有，形狀獨特的紅杖是什麼？

那件裝備非常顯眼，極具魔術師的風格。但從這點來說，襲擊者當中似乎只有她持有手杖。

「那根手杖是魔道具，能夠延長特定魔術的有效射程。話雖如此，但攻擊系的魔術頂多只能延伸到那麼遠，而且這種魔道具會嚴重消耗魔力。既然施放的是高階魔術，射出一開始那一發大概就結束了。」

「也就是說，那純粹只是一招定勝負的奇襲用武器……？」

「就是這樣。」

原來如此，重點是那根紅杖啊。

是否就有點像狙擊步槍？大叔不愧是開魔道具店的，對這方面的事情似乎知道很多。多虧於此，謎底解開了。

總而言之，就算用魔道具勉強延長魔術射程，頂多也就那點程度是吧……

我偷瞄了一眼林子裡的伏兵。

這樣想來，伏兵在這種距離下用魔術攻擊我們的可能性，就完全消失了。假如那幫人從林子裡對我們射箭，萬一真的射到這麼遠，若是那點程度的攻擊的話，我用魔導操縱的「土之戰斧」應該打得掉。

這也就是說……前方的敵人集團可以交給魔太打倒，在後方保護三個人的我真正需要戒備的，是那個女魔術師可能還有餘力再打一發遠程攻擊，以及伏兵可能利用神祕重型魔像自側面展開突擊。

假如火魔術再飛來一發，我必須試著用斧頭迎擊。根據《魔術入門》記載，兩發魔術相撞會發生相互抵消作用。換言之，魔術可以用同等威力的魔術抵消掉。用我的土魔術生成物「土之戰斧」去打敵人的火魔術，就算不確定能否完全撲滅火焰，好歹應該能減除某種程度的威力。其實我用魔術生成戰斧的理由之一就在這裡。雖然說未經測試，也不能保證我辦得到，所以我本來是不太想試的。

至於特大號重型魔像衝殺過來的話，我只能設法拖延他的腳步等魔太回來。那樣我可能得在眾目睽睽之下使用魔導，也可能會被大家發現我是魔導王。但我的逮捕紀錄與老人小孩的性命價值，連放在天秤上秤都不用。

……好。總算清楚看見戰鬥的程序了。

我正在動腦思考敵人的整體行動時，魔太也在一點一點拉近與前方敵人的距離。

她已經漸漸踏入了敵人魔術的射程範圍內。

搶先採取行動的，是敵方的魔術師集團。他們舉起掌心對準魔太，一齊開始詠唱。

「「「『火炎彈』！」」」

「「「『破風彈』！」」」

火與風的粒子，匯聚在舉起的掌心前方。

緊接著好幾發熾熱火彈，與螺旋狀急吹的整團旋風射了過來。它們往魔太飛來，接連著直接擊中她。

好驚人的爆炸火焰。

原來火魔術與風魔術一起射擊，可以在加乘作用下增強破壞力啊。

我擔心伙伴的安危，但隨即明白到這是白操心。

前走。

——魔太神態自若，完全沒做閃避或防禦。她受到劈頭蓋臉的火焰與旋風洗禮，卻毫不介意，完全無視於這一切，用緩慢的步履往前走。

我覺得就算是電影裡遭受自衛隊戰車砲火齊發的特攝怪獸，至少都還會表現出一點有受到傷害的氣氛吧。

仔細一看，魔術似乎在直接擊中魔太的身體前，就全數擴散消失了。在司培里亞老師的戶外教學中，把火魔術打在大猴子身上時也發生過相同的現象。這應該就是之前聽到的，魔像的魔術防禦吧。也就是素體內流動的「循環魔力」附帶的效果。

就我看來，魔太的魔術防禦強大到那些猴子根本沒得比。猴子在挨了火魔術時，火焰的餘熱在周圍形成了熱浪；但魔太的情況連熱浪都沒有。法術完全失效。

一開始遭受女魔術師的火球奇襲時，我也覺得不怎麼燙，感覺很怪。我猜想那時候應該也發生了同樣的現象。

可是，這樣不是很奇怪嗎？

我這個魔像初學者姑且不論，基能．巴里或是其他那些魔術師，當然應該都知道魔術攻擊對魔像無效。

為什麼還要反覆進行這種無效攻擊？

「遭、遭到風屬性高階魔術的連續射擊，竟然連動作都沒慢下來……！」

「不敢相信，這傢伙是什麼來頭？循環魔力量大到誇張。」

「這麼多人一起對付一具輕型魔像，居然連拖延腳步都辦不到……身、身為魔術師，我快要喪失自信了……」

啊，那些魔術師都鐵青著臉在吵吵嚷嚷。

原來他們也沒想到，會沒有效果到這種地步啊……

嗯？先等一下。剛才那種像是鐮鼬妖怪的法術，就是風屬性的高階魔術嗎？？

司培里亞老師為了幫助我而對古代地龍的石彈使出的，記得說是叫做「暴風砲彈」。那種風魔術的規模可不只是這樣。威力與範圍，都比這厲害太多太多了。

老實說，我甚至覺得假如被那樣強大的魔術直接擊中，恐怕就連魔太都會被彈飛。

原來高階不是魔術中最強的啊。司培里亞老師果然厲害，不愧是我的師父……

不顧我擅自與人結下師徒關係，魔術師們繼續詠唱魔術。

雖說對魔太完全無效，但火魔術被風魔術吹襲得接連爆炸出烈焰火團的模樣，實在強大猛烈。

特別是那個女魔術師施放的火彈更是格外威猛。

「看來還是得對她的行動提高警覺……」

我觀察了一下施放火彈的女魔術師的舉動。

她目前似乎無意使用手杖魔道具。她把手杖插在腰際，此時正舉起掌心對著魔太，持續詠唱火魔術。

不過話說回來，這種女性角色在一般故事當中，絕對都是主角的同伴或是後宮的成員吧。她長得又漂亮，又是巨乳，服裝也莫名而不必要地色情。

為什麼遇到我，就變成敵人了？

真傷心……

不是這種犯罪者，就是腐敗黑心商會的職員，怎麼覺得出現在我面前的異世界美女全都是些人渣敗類？究竟為什麼？老天爺太殘酷了。

是說這個女魔術師，胸部真是越看越大。

到底都吃了什麼才能長這麼大？

每當她施放魔術，兩顆碩大果實就跟著彈跳搖晃，我、我覺得這有點太猥褻了……

我竟一時大意，在無意識之中盯著女魔術師搖晃的果實瞧。

身為一個活生生的人，這是無可厚非的。

我的嘴巴，不禁冒出了一句極其坦率且簡潔的感想：

「好、好大……」

說時遲那時快。

原本謹慎地走向敵人的魔太，不知是怎麼了，突如其來地，開始不假思索地往敵陣衝過去。

「！」

發生什麼事了？妳到底是怎麼了啊，伙伴！

妳剛才明明還一邊頻頻偷瞄我這邊，一邊那麼謹慎地行動。但妳現在的動作，完全就是情緒激動失去理智了嘛。

看到魔太的行動方針突然有了一百八十度轉變，讓我驚慌失措。

可是，她這種原因不明的衝刺攻擊，在最後一刻遭到了敵人阻止而以未遂告終。

就好像算準了魔太闖入敵陣的時機一樣——小丑魔像們四具一起行動，展開了同步攻擊。

其實他們早就藏身在魔術彈幕之中，這時已經把魔太團團包圍了起來。

敵方魔術師集團不斷發射毫無效果的魔術，真正的目的恐怕就是這個。那場執拗的魔術攻擊其實只是障眼法，好讓小丑魔像們進入攻擊範圍，包圍魔太。

四具小丑魔像一邊以超高速度在魔太周圍盤旋，一邊使用不知何時拿在雙手之中的石製短劍，開始對魔太施以暴風般的斬擊洗禮。

伴隨著尖銳的刀劍鳴響，藍白色的火花滿天飛舞。

多虧魔導強化了我的感覺器官，我也從一開始就察覺到敵人身上藏了短劍。當然魔太應該也早就知道了。

小丑魔像的短劍巧妙地隱藏在背後，每一具有四把。只是圖鑑上沒有寫到這種資訊，所以大概是基能．巴里個人讓他們裝備的追加武裝一類吧……假如交戰對手不知道有這些短劍的話，我想可能會被突然出現的刀刃砍掉腦袋，轉眼間就淪為手下敗將。

話雖如此，魔太當然沒事。

她幾乎沒擋下小丑魔像們的攻擊，都是用躲的。

沒錯，是用躲的。

這件事早在她跟聖堂魔像們交手時，就讓我很在意了。爆乳的薙刀照理來說，威力應該遠比小丑的短劍來得大。魔太過去曾毫不猶豫地用脖子擋下薙刀一擊，但當時她也不是所有攻擊都毫無防備地承受。

有的攻擊她會閃躲，有的會擋下。

防禦與閃避，她究竟是以何種標準在做選擇？至少我認為不是以受到攻擊的部位來決定。不管是理應屬於要害的胸部還是頭部，她有時候會隨便對方打。當然，她總是毫髮無傷。老實說看得我都捏一把冷汗……

只是無庸置疑地，魔太比起一般的輕型魔像，擁有超乎常理的傲人防禦力。當她輕易擋下短劍的攻擊時，我眼尖看到基能．巴里的表情僵硬了一瞬間。

不過，這些小丑速度相當快，而且亂強一把的。

就連魔太都苦於不知該如何進攻。

儘管我感覺魔太有點太關注我而完全沒能專心戰鬥，卻仍不能改變敵人絕非泛泛之輩的事實。

矮小的小丑軍團以超高速度在四面八方來回跳躍，讓人相當難以應付。

每當魔太想狠揍其中一具小丑，其餘三具總是會時機完美地介入做掩護或牽制。魔太也得躲開敵人的攻擊，所以被他們用這種速度與技巧斷斷續續地圍攻，似乎讓她無法伺機施展必殺拳擊。

真的會讓我陷入一種錯覺，以為敵方小丑都是一根根的手指，她在對付一隻有著統一意志的巨掌。

基能．巴里……這傢伙相當有兩下子。簡直就像是在電子遊樂場把我們這些魔像格鬥遊戲初學者打得落花流水的高階玩家。

正當小丑的猛攻使得魔太陷入苦戰時，我窺探了一下右手邊林子的狀況。戰鬥已經開始，我與魔太也拉開了滿遠的距離。但那裡的重型魔像仍然沒有要現身的樣子。

也許他們只不過是觀測員，或者是備用戰力？

面對加深疑惑的我，基能．巴里愉快地笑了。

「你的魔像真是太不得了了。輸出的力量高到誇張，機動性也超乎常理。沒想到應付咱的這些魔像，居然有人能撐這麼久。」

基能的細眼，像是在刺探我似的瞇得更細了。

「還有這種異常的防禦力……單純以素體強度來說有點無法解釋。是讓循環魔力集中於一處化為物理障壁嗎？咱是有聽說過，但還是頭一次親眼看到有人使用。」

「……？哼。對啦，就是這樣。」

我不懂裝懂地回答。

伙伴正在努力進行魔像對戰，我可不能在飼主之間的辯論大會上畏畏縮縮地落敗。

為了不讓魔像伙伴丟臉，我這個魔像使也得抬頭挺胸才行。

「原來如此啊。你連魔像甲冑都沒讓她穿，原來是展現出了你對魔像性能的自信……的確，如果堅信物理障壁絕不會被突破，作這種選擇算是非常合理。」

「哼哼，這是當然的了。」

我趾高氣揚、表情洋洋得意地回答。

雖然聽不太懂，但他似乎在稱讚我可愛的伙伴。真高興。我這個很好唬弄的人對基能・巴里的好感度上升了一點。

然而，基能・巴里接著說出了嚇人的話來：

「可是老實說啊，咱本來是想在混戰中找機會讓一具魔像突破防線，早早收拾掉你這個魔像使……但你的魔像，動作真是一點破綻都沒有。」

這傢伙竟然在打這麼卑鄙的主意？太可怕了吧！

我對基能的好感度下降了。

總而言之，複數魔像使之所以被視為威脅，恐怕就在於這點。比起只有魔太一個伙伴的我，基能能夠採取的選項種類多得多了。光只是運用的機體數量較多，就能爆發性地擴展戰術範圍。

不過話說回來，魔太這傢伙果然是在幫我阻擋敵方魔像，不讓他們跑來我這邊。

那我身為飼主，也得跟對方講清楚才行。

「哼哼，我家的魔太這麼聰明，當然不可能露出那種破綻了。」

「聰、聰明……？」

基能．巴里一瞬間露出愣怔的表情，但隨即恢復成原本的冷笑。

「好吧，也罷。就看你們能撐到什麼時候吧。等你自豪的魔像障壁被突破時，就是你的死期了。」

我與藍髮花美男互瞪。

但是，緊接著，膠著的戰況有了巨大轉變。

魔太的恐怖鐵爪功——

終於抓住了一隻小丑的頭部。

我想魔太那傢伙，一開始是太擔心我而沒能專心戰鬥，但因為小丑們的攻擊實在太煩人了，讓她漸漸越來越火大。

魔太這傢伙雖然本性非常有耐性又溫柔，但不知為何對我以外的人，有時候還滿心浮氣躁的……

「嘖！」

基能．巴里尖銳地嘖了一聲。

同時，三隻小丑為了把被抓的友機從魔太手裡拉開，一起殺向魔太。

魔太一看，以迴旋踢做牽制。

以排山倒海之力踢破空間的白皙玉腿，引發了龍捲風般的旋風。駭人的風壓將周圍敵機反推回去，魔太瞥了一眼，同時憑恃蠻力把抓住的小丑腦袋，從胴體上硬是扯了下來。

小丑的頭顱，輕而易舉地被她從軀幹上拔掉。

「什……！」

基能．巴里驚愕地睜大了眼睛。

失去頭部而停止運轉的小丑，胴體癱軟地失去力氣。

眼眸如火的唯美精靈女神，好像對壞掉的玩具厭倦了似的，把小丑的腦袋往地上一扔。

那副模樣，正可謂純白的破壞魔女。

接著魔太從無頭小丑身上，開始把鎧甲啪嘰啪嘰地強行剝掉。

被剝除的鎧甲一分為二。看來小丑穿著的石鎧，是以護胸板與護背板兩塊零件構成。

可是，魔太分解敵人的鎧甲，究竟要做什麼？

就在我心生疑問的下個瞬間，魔太把兩塊鎧甲與小丑的胴體，接連著往前方狠狠丟了出去。

無頭小丑的胴體與鎧甲，用快得嚇人的速度猛飛出去。三塊紫色物體接連著撞進魔術師的密集群體，一口氣把他們掃倒在地。

活生生的人，簡直像保齡球球瓶一樣被一一彈飛。我看到那個女魔術師也遭到波及而整個人被震飛，紅杖也折斷了。

砲彈命中的衝擊力道，在戰場掀起灰濛濛的漫天煙塵。

……當灰煙散去時，魔術師集團已經全軍覆沒。

那副景象除了「一掃而空」之外，沒有更貼切的形容詞了。

埋在沙土裡的魔術師，所有人都渾身是血地倒臥在地。

鎧甲在撞進地面的瞬間，造成了大量砂土四處飛散。魔太的蠻力當然是原因之一，但照這樣子看來，鎧甲本身或許也有點重量。

痛苦的呻吟聲從四面八方傳來。

他們每個人都顯而易見地身受重傷，但大多好像都還保有意識。

不過我想這下子，這些負責進行掩護射擊的魔術師應該是無力再戰了。

實際上有用過魔術就知道，生成時的詠唱需要極度專注地架構腦內影像。當然我想多少也要看個人，但假如受傷太嚴重，照理來說應該會痛到不能詠唱。要是骨折了的話就更不用說了。

總之呢，這方面只是程度上有差，其實一般肉搏戰也差不多是這樣。

只有在打電動的時候，才有可能全力戰鬥到生命力耗盡。現實中的人類一般來說，都會因為受傷與痛苦而使得動作越來越遲鈍。

而我也是個軟腳蝦，所以大概一受傷就詠唱不下去了吧……

在全數潰敗的魔術師集團後方，紫袍男子兀自佇立。

似乎只有獨自待在稍遠後方的基能．巴里，平安逃過了魔太的轟炸攻擊。

然而他的表情，因為恐懼而陣陣痙攣。

魔太發現漏了基能一個沒打到，便迅速撿起了方才丟在腳邊的小丑腦袋。

然後，又是一口氣狠狠丟了出去。

小丑的腦袋，打中了躺在地上呻吟的巨乳魔術師。

巨乳狂噴大量鼻血昏死了過去。

喂，怎麼是打她啊！

為什麼？為什麼這時候要攻擊巨乳？究竟是什麼作戰計畫？

的確，那個女的帶著手杖魔道具，在前方的魔術師集團當中也許是最危險的人物。但她本來就奄奄一息了，我也好像看到手杖完全折斷了。

應該說假如挑對對象，拿基能・巴里當目標而不是巨乳，搞不好剛才那記投球就讓比賽結束了。

不，可是……的確仔細想想，就算直接拿基能・巴里當目標，那傢伙好像也不會坐以待斃。

況且抓魔像使下手，感覺似乎是比較初步的戰術。

也許魔太的判斷並沒有錯。

……只是不懂她為什麼要特地對瀕死的巨乳補刀就是了。

基能・巴里呆愣地看著潰滅的魔術師集團與小丑魔像的殘骸。

「真、真沒想到，居然能打到這種地步……咱都不記得上次魔像被打到停止運轉，是多久以前的事了。說不定自從咱不再是新手以來，這還是頭一次。」

看來這個男人已經很久沒嘗過敗北的滋味了。我就知道他是那種整天在電子遊樂場欺負初學者的魔像使。

「哼，那你可得感謝我了。很久沒想起當時的初衷了吧？」

我一臉滿不在乎地放話。

基能．巴里啊。從今以後你就改過向善，多跟高階玩家較勁吧。

不過，你這個罪犯得先接受法律制裁，在監獄裡贖罪才行。你恐怕得等到出獄之後，才能再次流連於電子遊樂場了。

「呵，哼哼……你這人真有意思。」

基能．巴里以手貼額，突然笑了起來。

「有意思，實在有意思！老實說，咱本來是不怎麼想接這份工作的……但如果能跟這種超乎常規的對手交戰，這份工作真是接對了！」

基能．巴里張開嘴巴大笑。

那雙細眼，一瞬間赫然睜大開來。

「反正也不能再耗下去了，那麼咱也不會再有所保留……來吧，咱們分個高下，紅眼聖堂魔像使！」

其餘三具小丑魔像，猛然襲向了魔太。

小丑們的刀光劍影，依然是來勢洶洶。

本以為少了一具會對聯手行動造成漏洞，使得戰力一口氣弱化，但看來似乎並非如此。每一隻小丑的身手明顯地更加俐落。至少單純以戰鬥力而論，並沒有減為四分之三。

話雖如此，魔太已經漸漸習慣了小丑們的動作。

面對一隻過度接近的小丑，魔太揮出近似反擊的拳頭。

拳頭稍稍擦過對手的左肩。

砲彈般白皙拳頭擦過的部位，發出一聲悶響，小丑的肩膀凹了一大塊。素體有一部分碎裂，紫色碎片爆開飛散。

魔太開始步步取勝。

這場戰鬥，恐怕用不了多少時間就會分出勝負。

基能的小丑們，藉由精細的連續攻擊做牽制，維持在勉強妨礙魔太攻擊的走鋼索狀態。但是相較之下，魔太卻不然。她強如鬼神的拳擊，威力大到挨上一發就會當場斃命。

要是又有一具被擊倒，敵方的聯手行動不免會失色許多。

而魔太的攻擊，則是會更容易打中目標。

接下來可能會看到一場一邊倒的對戰。

就在我開始這樣想的時候——

三隻小丑大幅抽身，往後跳開。

其中兩隻，將雙手裡的石製短劍往魔太擲射過來。

四把短劍伴隨著破風聲高速飛來。

一把，兩把，三把……魔太扭轉上半身，輕鬆躲掉所有短劍。最後的第四把，被她用手掌彈開了。

厲害，簡直是武林高手。

這下三架敵機當中，就有兩架變成了赤手空拳。

話雖如此，這項事實對戰況應該不會有太大影響。

小丑們的背上原本就各自暗藏了四把短劍。沒錯，這些傢伙都還各自保留了兩把短劍。

難道是認定我們沒發現，想讓我們大意後來個奇襲嗎？

我小心謹慎地觀察小丑的模樣，發現這些傢伙的手臂有些細微的動作。

儘管非常輕微，但前臂部位的裝甲接合處確實在動。要不是我處於魔導發動狀態的話，根本不會發現這點小異常。

而且，魔像的手臂內部，好像有某種喀嘰喀嘰聲——

對，就像是某種機器在運轉的聲響……

「那些傢伙是怎麼了？手臂有奇怪的動作……」

丘托斯大叔聽見我的喃喃自語，突然做出了反應。

「什麼，手臂？這、這下糟了！」

對耶，我忘了大叔還在我身邊。我不跟大叔說話他就完全不作聲，存在感太薄弱，我完全把他給忘了。

好吧，其實是因為我跟他說過不想死的話就不要動。大叔，抱歉我奪走了你的存在感。

「睡伊，那恐怕是小丑魔像的暗器手臂啟動了！」

「暗器手臂？」

對耶，圖鑑裡好像也有提到。

暗器手臂……是什麼東西來著？喔喔，有了。記得解說當中提到，小丑魔像的手臂是可拆卸的。

我本來還以為那只是一種中看不中用的武器，但是看丘托斯大叔急成這樣，難道說這玩意兒其實很危險？

糟糕，我得警告魔太一聲才行。

「喂，魔太，小心！那些傢伙的手臂——」

仔細想想，在這次的長時間戰鬥中，這是我第一次出聲呼喚魔太。
我只顧著跟基能・巴里說話，都沒出聲關心魔太。
卻忘了魔太一直在孤軍奮戰。
憑著一己之力，打這場漫長又艱困的戰鬥。
她一定是以為我把她忘了，心裡覺得很寂寞。
都怪我怠忽職守。

魔太聽到我呼喚她的名字，欣喜地轉過頭來看我。
她期盼已久的眼眸宛若滴水的寶石般柔潤，那雙長耳朵聽見我的聲音，幸福地微微搖了搖。

……啊，不對啦啊啊啊啊啊啊！
看前面！前面！
一如我的憂懼，魔太陶醉地分心看我的瞬間，兩具小丑魔像的手臂機關霎時啟動。從手肘關節的前段分離的前臂，恰似火箭飛拳一般發射出來。
射到空中的前臂，各自以長鎖鏈般的零件與本體相連。

四條手臂與鎖鏈，在分神旁顧的魔太四周高速旋繞飛行。

事情發生在一瞬間。

魔太的全身上下，就這樣被鎖鏈緊緊捆住了。

怎、怎麼會這樣？

我忽然害得我們陷入危急狀況了……

第19話

小丑鎖鏈與不動伏兵

「呵呵，哼哼哼……咱贏了！」

基能．巴里一副歡天喜地的表情，握拳仰望天際。

「贏了，咱贏了……！」

小丑魔像們射出的鎖鏈完全束縛了魔太的全身上下。無數鎖鏈有如蛇類，纏繞在精靈正值青春年華的纖細肢體上。

纏住她那小巧可愛的胸前雙峰。

曲線平滑的腹部。

白皙美豔的大腿。

每當她柔弱地扭動身子，無數鎖鏈就緩慢地，簡直好像要舔遍處女的每一寸柔肌，妖異且淫靡地爬動。

這是多麼恐怖而悖德的景象啊。

我覺得一整個兒童不宜。

「……喂，大叔，小堤露……」

「已、已經遮好了……」

丘托斯大叔已經用雙手遮住了小堤露的雙眼。

幹得好，大叔！我覺得這是你今天來到這裡，做得最好的一件工作！

「爸爸怎麼了~？不要——堤露也要看——」

抱歉，小堤露。這場壯烈的戰鬥對妳來講太刺激了。

至於這時候的我，一邊為魔太的貞操擔心，一邊又顧慮到兒童的教育問題，但同時仍在持續窺探右手邊林子裡伏兵潛藏的氣息。

即使在這魔太的動作完全停止的絕佳狀況下，林子裡的重型魔像仍然沒有現身。

但是，我好像已經猜出原因了。

……我感覺那傢伙很可能知道我已經察覺到了伏兵的存在。

其實持續微調位置移動到我側面的重型魔像與魔像使，已經在某個時刻停止移動，開始待在原地屏氣凝息。

那是在丘托斯大叔他們移動到我左邊之後不久發生的事。

大叔他們並沒有做什麼不自然的舉動。我倒覺得他們移動過來的動作很自然。

換言之，那傢伙恐怕是光看到我們改變位置，就察覺到了我的意圖。

這個身分不明的敵人，直覺相當敏銳。

只是即使對他來說，現在奇襲的優勢已經消失，他們仍然既不撤退，也沒有豁出去索性現身，可見他並沒有想到我已經掌握到了他的正確位置。

哎，這也是當然的了。一般來說誰也不會想到，有一種空間掌握能力能夠忽視濃霧魔術的阻礙探敵效果。那人大概是以為，我是從林子裡殘留的霧氣推測出伏兵的存在。所以他才會屏氣凝息，以免被我抓出正確的位置。

那傢伙是打算繼續在原位埋伏，還是想找個時機現身……？

不過，假如他想對我展開突擊，我不認為有比魔太行動遭到封鎖的現況更好的機會。

這樣想來，所以那人是打算繼續在林子裡埋伏嗎？我可不想跟重型魔像扭打搏鬥，因此就心情上來說務必想採用埋伏論。

不知道有沒有察覺我與伏兵檯面下的心理戰，基能．巴里洋洋得意地叫道：

「這條『小丑鎖鏈』只要束縛住對手並發動效果，就連軍用盾魔像都無法破壞它！你太大意了，聖堂魔像使。」

「什麼！這條鎖鏈有這麼可怕嗎？」

我忍不住叫出聲來。

小丑們的那種鎖鏈看起來不算太粗硬。而且受縛的魔太本人一直扭扭捏捏地用害羞的眼神看我，我還以為一定是有點走情色路線的那種拘束器呢。

怎、怎麼辦？

比起與伏兵之間的心理戰，我忽然開始擔心起魔太了……

「好了，差不多該收尾了。」

基能．巴里話一說完，鎖鏈隨即勒得更緊了。

魔太被鎖鏈勒緊到嘰嗤磯嗤作響。這種被稱為小丑鎖鏈的魔像用武裝，輸出的力量肯定比看起來更強。

基能．巴里咧嘴一笑。

「費了咱一番工夫……但這下就結束了，紅眼聖堂魔像！」

伴隨著這陣叫喊，一具小丑魔像舉起短劍一躍而出。他對準停止動作而毫無防備的魔太，自空中宛如猛禽飛降而來。

原來如此。不同於另外兩隻，只有這隻既沒投擲短劍也沒加入束縛行動，原來是因為這樣。

這傢伙其實是負責**下手奪命**的。

我叫出聲來。

「——魔太！」

就在這個瞬間，彷彿呼應我的叫聲，全身滿是鎖鏈的魔太，沉重地向前踏出了一步。

駭人的蠻力，把鎖鏈根部的小丑魔像們拖著走。

「……！真是太誇張了——但是，沒用的！」

高高跳起的小丑魔像舉起雙手短劍，不是左右同時出招，而是略為錯開時機向前刺出。

刀刃各自瞄準不同部位，分別是魔太的側腹部，以及額頭上的探敵紋。

我有種不祥的預感。

小丑那有些奇怪的動作，以及基能勝券在握的表情……難道說這種攻擊，有辦法讓刀刃穿透魔太的皮膚？

基能掀起嘴角，相對地我則是倒抽一口氣。

小丑的石製短劍，就在這一刻，即將刺穿魔太的身體。

——然後，就在此時，魔太猛烈地把頭往前一撞。

魔太的魔鬼鐵頭功，在小丑的頭頂上爆發威力。

魔太的超硬額頭陷進小丑的腦袋裡，把他一擊撞個粉碎。

頭部遭到破壞的小丑胴體，被破壞的餘威砸到了地面上。無頭胴體在地上彈跳，一邊撒得滿地碎片一邊滾走。

「什……麼……？」

基能．巴里瞠目而視，啞然無語。

但他的表情，隨即染上了更驚愕的色彩。

只因魔太開始把雙臂往外張，硬是扯鬆纏在自己身上的鎖鏈。

鎖鏈與臂力僵持不下。經過一瞬間的靜止後，她猛力把雙臂往外一揮，扯碎並彈飛了小丑鎖鏈。

慘遭破壞的鎖鏈碎片，往周圍遠遠飛散。

這、這是什麼大猩猩蠻力啊。

雖然往魔太四周飛散的鎖鏈碎片，像是某種特效般閃耀著光輝，光看外表的話，簡直就像神聖燦爛的天使……

鎖鏈突如其來的崩壞斷裂，使得拉住鎖鏈的其餘兩具小丑魔像站立不穩，踉蹌了好大一步。

魔太沒錯失這個瞬間。

她的白皙雙臂，瞬時陰氣森森地伸向他們。

她用左右雙手，同時各緊緊抓住一顆小丑腦袋。她就這樣施展著鐵爪功，把逮到的兩隻小丑舉起來。

這招她以前在聖堂應該對魔像用過。使用這招時，簡直就像在展現自己的游刃有餘，以及與敵人在層次上有多大差異。

被一把抓住腦袋舉到半空中的兩隻小丑，看在我眼裡，宛如等待接受絞刑的囚犯。

——魔太就這樣憑恃蠻力，一口氣把兩個敵人砸到了地面上。

震天價響的破碎聲迴盪四下。紫色的素體碎片破裂四散。

兩隻小丑被她徹底砸碎腦袋，就這樣動也不動了。

魔太慢慢地站起來。

一具純白的唯美精靈女神雕像，悠然佇立於戰場。在她的腳邊，躺著三具死在她手裡的無頭小丑殘骸。

也就是說魔太從全身遭到束縛的絕對劣勢，幾乎只用上一瞬間，就把三個敵人屠戮得一個不剩。

還是一樣，強得不像話。

魔太瞥了一眼躺在地上的小丑們後，轉頭望向站在後方的基能．巴里。

只要伙伴魔像一倒下，魔像使的勝敗與生死就確定了。

魔太一刻不停息，直接往呆站原地的基能．巴里殺去。憑著令人害怕的衝刺速度，白色女神化做一顆子彈，一口氣逼近基能．巴里。

烈火般的深紅眼眸像是殺紅了眼。

她的右臂高舉過頭。

就在這確定得勝的瞬間——

然而這時，我看到基能的神情，心中卻產生了難以言喻的不協調感。

他睜大開來的細眼，不知為何沒看著猛然迫近自己的魔太，卻一直線地定睛盯緊了我。眼裡的那種感情色彩，並不屬於輸家。

為什麼？

這個男人，難道還認為他沒輸給我？

難道說在這種狀況下，他還打著能擊敗魔太的如意算盤？

不，我看沒這種可能性。

我在感覺強化的影響下把每個動作都看得細膩入微，知道魔太的超高速拳頭已經蓄勢待發。在這個時間點，憑基能．巴里的身手，已是絕對不可能來得及閃避、防禦甚或是詠唱魔術。

而且……怎麼說才對？

總覺得基能．巴里的這種表情，與贏家的神情有所不同。

像是棋逢敵手，表情中混雜著懊惱的情感與一種死心，但又像是完成了一件大事，顯得莫名地滿足，好像向我扳回了一城那樣。

這種表情簡直就像是……對──像是**打成平手**。

我懂了。

這傢伙的這種表情，原來竟然是想跟我同歸於盡？

可是，假設是這樣好了。在確定自己會被擊敗的現況下，對基能．巴里而言，同歸於盡指的應該不是魔太被打倒。

──被打倒的恐怕不是魔太，而是我吧？

這時伏兵的存在，如一道閃電打在我的腦裡。

在我以為勝券在握，最是輕敵的這一瞬間。而且現在，魔太離我的距離最遠。

他原來是在等這一刻？

但是，我也沒有疏於留意伏兵。

那傢伙的重型魔像，仍然待在右邊的林子裡沒有移動半步——

就在這個瞬間，我感覺到一根有如巨大木樁的物體，從我的右側面射了過來。

第20話

小丑鎖鏈與致命一擊

一根有如巨大木樁的物體，穿越我右側面的林子高速飛來。

這是什麼東西？

這是——巨大的石箭？

但那大小與其說是箭，都可以稱為破城槌了。

箭桿長兩公尺。直徑恐怕超過五十公分。

我的「土之大槍」根本不能相提並論，甚至比電線桿還要粗多了。它有著恐怖的龐大體積，很可能是一種石造的飛行物體。

難道是潛藏於林子裡，真面目不明的重型魔像發射的嗎？

思維開始以不合常理的速度運轉。

重型魔像——簡直有如攻城武器的箭——

我懂了，那傢伙是「弩魔像」！

弩魔像。《魔像圖鑑》有記載，就是具備射擊能力的軍用重型魔像。

可是，這不可能吧？他能進行射程這麼遠的射擊？

我對魔像的半吊子知識完全帶來反效果了。我本來以為那具重型魔像伏兵，除了突擊之後展開近身戰鬥之外沒有其他攻擊手段。

弩魔像射程短而且射擊精度也低，本來是完全不適合單獨運用的。我記得圖鑑上寫到，這種魔像只能以軍隊的集體運用為前提，用於攻城戰或張開彈幕等等。

我作夢都沒想到，對方能從那種豈止魔術，連弓箭都不見得射得中的距離，把弩魔像當成狙擊兵使用。

從一開始就把這個可能性屏除在外了。

意外出現的石箭，清楚明確地描繪出直接命中我的軌道。

我本來打算假如伏兵拿普通弓箭射我，就用魔導操縱「土之戰斧」把它擊落。

但這實在是太巨大了。

而且從這根巨大石箭上，完全感覺不出平常從敵人石彈上感覺到的、類似招式著手點的感覺，無法用「ＮＴＲ」把它射回去。

我對於魔術師們施放的火或風魔術也有這種感覺。雖然我早就隱約有所感覺了，看來「ＮＴＲ」只會對我有適性的土屬性魔術與魔導生效。

而說到進逼而來的巨大石箭，我從這東西上感覺不到「ＮＴＲ」的著手點，這就表示這根箭既不是土屬性魔術，也不是土屬性魔導，恐怕是徹頭徹尾的**物理攻擊**。

可能是發動了魔導的影響，此時我的思考速度與反應速度，都上升到平常無法想像的地步。

——現在的我，應該躲得掉。

但是，不行。

我的背後有老人與小孩。以這根箭的直徑與軌道來看，丘托斯大叔與車夫老先生會受到攻擊波及。

我能清楚預測出令人不忍卒睹的可怖彈道。只有個頭嬌小的小堤露能夠勉強得救，但丘托斯大叔的左半身會被撞碎，老先生則是胴體以胸膛為中心被打爛，當場死亡。

這種事情，以我的個性，怎麼可能坐視不管？

到底該怎麼辦才好？

緩慢流逝的時間簡直有如慢動作。在加速的思維當中，我只能眼睜睜看著致命時刻確實逼近。

全身皮膚寒毛直豎，我陷入一種錯覺，彷彿心臟被焦躁地逆流的血液一把揪住。

巨大魔像的石箭已經迫近眼前。不行，不管我怎麼動腦，都想不到有什麼辦法能因應這個狀況。

我把長袍一掀，右手將漆黑戰斧高舉過頭。

黑光閃耀刺目的斧刃前端，與疾飛而來的箭矢軌道產生交錯。

我看就算這麼做，八成也沒用。我恐怕會死。

我做鬼也不會原諒你們這些罪犯！

「該死的王八蛋——！」

伴隨著怒吼高舉劈下的戰斧，狠狠地撞上圓木般的巨大石箭。

大氣為之鳴動。

激烈的空氣振動聲震耳欲聾。駭人的轟然巨響，彷彿一道雷電就落在不遠處般響徹雲霄。

緊接著，是一陣破碎聲。

像是某種物體爆裂開來，無數碎片往四周飛散。

做好覺悟迎接的死亡與痛感，遲遲沒有來襲。

這是因為——

魔像的巨大石箭……

好像不堪一擊似的，被劈成了一堆碎塊。

被打碎的箭矢變成大量石塊，一邊發出沉重的咚咚聲，一邊接連墜落在周遭的地上。

就像被某種特大質量的物體硬是打掉似的，慘遭破壞的石箭後半部，深深陷進了我腳邊的地面。

我一臉呆愣，看了看手上的戰斧。

黑色光澤亮晶晶的戰斧，連一點傷痕都沒有。

咦？真的假的啊，沒想到行得通耶……

「「「…………啥？」」」

在場的所有人，不分敵我，全都目瞪口呆地叫了一聲。

只有小堤露一個人，正在發出可愛的歡呼聲。

但我現在沒心情管這些。敵方的弩魔像操縱者恐怕是箇中好手。那傢伙仍然躲藏在林子裡。

會有第二次射擊嗎？

重新填彈需要多少時間？

圖鑑上是怎麼寫的？

我拚命搜尋記憶。

記得弩魔像在重型魔像當中，應該屬於防禦力最低的機體類別。它在生成上不會考慮到近戰性能，就從圖鑑的插畫來看，追加裝甲也只限胸甲與腿部等少數部位。

身形龐大，單純只是為了增加射擊時的安定性。

再加上弩魔像的最大特徵，一如其名，他們的右臂肘關節以下是一具巨大弩砲。從右臂的弩砲，可以發射威力強大到足以貫穿城牆的石箭——

「……啊，有了！把右臂砍掉就行了。」

我再次把漆黑戰斧高舉過頭。

在生成這把手工製作的「土之戰斧」時，我這個外行人不懂得拿捏分量而灌注了一大堆魔力。所以我想這玩意兒的密度應該變得相當高，重得要命才對。但這對我來說無關緊要。

反正我可以用魔導進行無線操縱，運用自如。

沒錯。我的右手，一直都只是提供溫柔的輔助罷了。

「去吧啊啊啊啊啊！」

我把戰斧高舉過頭，往林子裡用力一扔。

粗野的戰斧，像輕巧的投斧般一邊咻咻旋轉一邊飆速飛去。

那可謂一個邪惡濃黑的，令人恐懼的破壞大車輪。

黑色車輪就這樣一邊砍倒幾棵樹木，一邊在林子裡狂飆。與目標之間的遮蔽物，對於這個超大質量的破壞兵器來說，完全不具意義。

旋轉黑刃就好像被吸過去似的，飛往藏身於林子裡的重型魔像剪影——

易如反掌地，把他那粗壯右臂連根砍斷了。

被砍斷的巨大弩砲，遭到斧頭掀起的強烈旋風吞沒，一邊被絞成碎片一邊遠遠飛去。

「——好，命中目標(Strike)！」

我大聲叫好，卻沒有因此而鬆懈。

要是現在一時疏忽中斷了魔力供給，「土之戰斧」將會崩毀並回歸塵土。那樣不但會被人發現戰斧是魔術的生成物，戰斧的崩毀還會導致魔導中斷，連感覺強化都會失效。

我照樣維持魔力供給，繼續操縱「土之戰斧」。

邪惡的黑色戰斧一邊旋轉一邊畫出大大的圓形軌道，像迴旋鏢一樣回到我身邊。

我謹慎地讓它慢慢減速，穩穩接住了飛回來的斧柄。

「這樣就行了。」

這樣我使用魔導的事，應該就瞞混過去了。

呃……有瞞混過去吧？不會有事吧？不不，我的演技無可挑剔，絕對瞞混過去了。我說是這樣就是這樣。

我下了一個定論後，用左手擦了擦額頭的汗。

「呼……」

累死我了。不是說消耗了多少體力或魔力，純粹只是精神疲勞。

看來斧頭還是不太適合當成飛行武器。不同於「土之大槍」在飛行時可以讓它像鑽頭那樣旋轉，「土之戰斧」可能是因為只能像丟飛盤那樣旋轉的關係，軌道非常不穩定。

我感覺長槍比較能夠進行細微控制，單論速度也比較快。

而且斧頭破壞範圍較廣，乍看之下派頭十足，但事實上如果把穿透性能等等列入考量，恐怕還是長槍的威力比較強。

我雖然在第一戰讓可愛的「土之大槍」飲恨落敗，但看樣子只不過是古代地龍這個對戰對手強到沒天理罷了。

應該說這把戰斧，不但飛行時難以控制軌道，而且命中判定不必要地大，砍倒了一堆毫不相關的樹木，就連旁邊那個魔像使，都被倒樹與掀起的旋風波及掃倒了。

所幸他似乎只是頭部受到重擊昏倒，但只要走錯一步，可以想像會發生多悲慘的死亡事故。

我覺得這把斧頭亂丟亂扔好像會很危險。

它所引發的周邊多餘災害規模實在是太大了。想打倒一個人，肯定會殃及十個以上周遭無關的人。野蠻，太野蠻了。跟我時時自勉的文化態度簡直位於兩極，根本就只是個大規模毀滅性武器。

身為一個熱愛和平的人，這把斧頭或許還是當成防衛專用武器就好……

我定睛注視握住繼魔太、長槍大哥之後得到的新戰友——斧頭大哥的右手。

然後，我就這樣站在原地，認真地琢磨斧頭大哥的危險性與今後的運用方式。

附近一帶的草原，籠罩在寂靜之中。

只因在場的所有人，全都目瞪口呆，完全僵住了。

這時，倒在地上的一名魔術師，用死人般的表情呆滯地喃喃自語：

「惡夢啊……」

在鴉雀無聲的一群大人當中，只有小堤露的童稚歡呼聲響徹四下。

第21話

嘆氣與約定

曾經那般安穩祥和的草原，如今面目全非。

巨大的石箭殘骸陷入地面，周圍滿地都是飛散的碎塊。高溫火魔術與魔像之間激烈戰鬥的餘威，導致地面廣範圍遭到踐踏破壞，燒得寸草不生。

我直挺挺地站在這個戰場遺址裡，注視著斧頭陷入沉思。

斧頭大哥的危險性與使用安全是個很重要的課題。但比起這件事，剛才那個弩魔像的狙擊究竟是怎麼回事？

大到誇張的一根箭，從那麼遠的距離外猛飛過來耶。

怎麼跟圖鑑上的說明都不一樣？

可以肯定的是敵人必然是個高手。我卻覺得敵人的本事高低，並不足以解釋飛行距離等等的問題。

聽說魔像的性能，會隨著生成者的本領而產生滿大的變化，也許原因就在這裡？

不過即使如此，我還是覺得怪怪的。

總覺得威力好像有點太大了……

我對這個世界的戰鬥型態懂得並不多。然而，那具弩魔像可是在這個遠程攻擊手段似乎受限的世界，打出了那麼長的射程。那可是超長射程的大質量攻擊呢。照常理來想，這在戰鬥中應該是無與倫比的一大優勢才對。以兵器而論，這已經不是一般層次的性能了。

假如這種魔像並不稀奇的話，圖鑑上多少應該會提到才對。

但從這個層面來說，好比我家的魔太，就是個強到無法解釋的魔像實例。

也許想再多也沒用？

不，可是啊……

差點就沉思到無法自拔了。

一回神忽然發現，丘托斯大叔在我旁邊仔細端詳著我的戰斧。

哇，慘了！這個大叔，不會是發現我使用魔導了吧！

我努力維持住表情，但心裡慌得要命。面對這樣的我，丘托斯大叔表情狐疑地問道：

「睡伊啊，你這把黑色斧頭，難道是古代魔具……而且是魔武器？」

「咦……噢，嗯。當然是了。」

總之我決定先配合著掰下去。

我是個還算會審時度勢的男人。

「你老兄有一堆地方很那個，我以為已經嚇不到我了。卻沒想到你居然是魔武器戰士……」

丘托斯大叔一邊沉吟，一邊注視著斧頭開始念念有詞。

「但我怎麼不知道魔武器這種玩意兒，能像那樣在空中飆速亂飛……？」

這個條碼頭，又若無其事地說我「那個」了。

不過照他這個樣子看來，似乎並沒有想到我使用了魔導。

原來有種魔道具類似我這把斧頭啊……

老實說，真是幫了我一把。我用魔導把「土之戰斧」狠狠射出去時，只想到大家會被殺光，一時情緒激動，沒考慮到後果。

然而現在冷靜想想，我當然還是不想被逮捕。

再說假如那個隆倍．扎連的遺言內容屬實，那麼過去已經有好幾名魔導王遭到殺害了。這件事照常理來想，應該就是遭人撲滅，或是落網被判死刑吧？

換言之假如我也被逮捕，那可不只是身為文明人的經歷留下瑕疵，搞不好小命不保。而且魔導王也有可能得不到基本人權保障，而無法接受公正的裁判。

不是女巫審判而是魔導王審判發生的可能性，把我嚇得六神無主。這時車夫老先生來到我身邊，笑容可掬地跟我說：

「哎呀，真是把我嚇了一跳哪。您這位魔像使，真是一如傳聞中的厲害。」

他望著那些屍橫遍野的魔術師，面露開朗的笑容。

啊啊，還是這副太陽般的笑容最適合您。

不過話說回來，這位老先生完全是被我們的私人問題波及了。真的很對不起……

「睡伊哥哥！」

這時，小堤露突然撲到了我身上來。

「哇，很危險的。」

我把右手的斧頭放到背後，用左手溫柔地接住天真無邪的小女孩。

「欸！原來睡伊哥哥你這麼厲害啊——！」

臂彎裡小堤露的笑容，散發出耀眼的光輝。

對耶，我成功保護住這個五歲小孩的童稚笑容了。

身為一個該成為兒童楷模的大人，能夠勉強保護住孩子的未來與安全，讓我由衷鬆了口氣。

我蹲下來讓視線跟小孩子齊高，摸了摸小堤露的頭。像這樣降低視線高度是大人的義務，以免讓兒童覺得有壓迫感。

「總之呢，壞人是永遠不能囂張太久的。只要大哥哥或像是爸爸這種普通的大人稍微認真一下下，那些壞蛋一下子就解決了。」

我開朗地笑了。

我說的這些，當然是假話。

其實我與大叔，剛才幾乎都有了必死的覺悟。

沒錯。這個說穿了，就是大人必須做的虛張聲勢。

我讓視線與小堤露齊高，所以她的臉當然離我很近。在極近距離內一看，她的童稚眼眸就像寶石一樣晶瑩閃亮。

忽然間，小堤露親了我的臉頰一下。

小小花蕾般的嘴唇，既溫暖，又柔軟。

「……唉。妳真是個小大人。」

我溫柔地伸手，輕輕地梳理小堤露飄逸的淡栗色髮絲。她稚幼的臉頰染成了玫瑰般的紅色。

好吧，這個年紀的小女生，本來就會親吻小熊布偶什麼的。丘托斯大叔一定常常忙著找機會洗小熊布偶吧。

而且呢，小堤露。我想妳大概還不太明白這代表的意義，但這種事情，其實是不能隨便說做就做的喔。

這是因為幼兒園的小男生朋友，可能會因為妳的這種行動而產生令人傷心的誤會，導致他走上人生歧途。年紀相仿的女生彷彿暗中示意的態度，就是有這麼罪孽深重啊……

但是仔細想想，現在的這種狀況，正是故事主角打倒強敵後得到女主角的吻，那種酸酸甜甜的王道場面。

可是，可是為什麼，只有一個五歲小孩願意親我呢？

啊，糟糕。我快哭出來了。

是說，小堤露啊。妳這樣抱著我不放，站在一旁的丘托斯大叔差不多真的要發火了，還有想一個人獨占妳的魔太——

「……奇怪？魔太呢？」

我這時才猛然發現，對耶，魔太不在我身邊。

換作是平常的話，她早就粗手粗腳地把小堤露搶走了。

那傢伙跑到哪去了？

我到處找她。不在基能．巴里那邊。那傢伙好像挨了魔太的揍，癱在另一邊的地上。

……找到了。魔太在樹林裡。

視線轉去一看，一道白色身影站在許多樹木被掃倒的林子裡。

她叉腿站在右臂被砍斷，一屁股跌坐在地的高大魔像面前。

覆蓋林子的濃霧已經散去，魔像暴露出了真面目。

是個圓滾滾的褐色魔像。

那就是弩魔像嗎？重型魔像還真的很粗壯呢。除了軀幹龐大，手臂與腿也都非常粗。不只是身高，橫寬也相當不得了，因此從體格上來說，給人與輕型魔像截然不同的印象。

只是，這傢伙的甲冑般外掛裝甲部分的比例，還是跟輕型魔像相差不大。據說這種魔像原本並不是用來打近身戰的，也許並不怎麼重視防禦力吧。

在這具弩魔像旁邊的幾公尺外，被我的斧頭攻擊掀起周邊災害波及的男性魔像使，昏倒在被砍倒的許多樹木之間。

那是個戴眼罩的年輕男子。

男子頭部流血，細微地痙攣不止。看到那張鼻血流得滿臉的翻白眼面孔，嗯？我心裡覺得奇怪。

那張臉，好像在哪裡見過——

這時我想起來了。

「啊啊！那傢伙不就是在佩斯利商會的門廳，盯著我看的眼罩型男嗎？」

沒想到那時候的眼罩男，竟然就是這個弩魔像使。

那張虛脫翻白眼的臉孔，已經沒有半點在商會看到時的美男子面貌。害我一時之間沒看出是同一個人。

原來如此，是這樣啊。這傢伙那時是在商會門廳的等候座位，打量我這個準備殺害的目標啊……

這個眼罩男倒下之後沒多久，濃霧就消失了，可見覆蓋林子的妨礙探敵濃霧，應該是他自己生成的。

這傢伙能夠對自己施加妨礙探敵術匿跡潛形，同時以弩魔像進行威力超強、超乎常理的遠距離射擊，確實是個能手。坦白講要不是有魔導的空間掌握能力，我根本對付不了這麼可怕的傢伙……

但我和平的感想時間，就在這時宣告結束了。

因為我發現站在弩魔像面前的魔太，全身正在氣勢凶猛地噴發出刺人的黑色殺氣。

糟糕，魔太她氣炸了。

從她身上冒出的濃密殺氣，矛頭對準了眼前的弩魔像。

仔細回想這次戰鬥的情況，也難怪魔太會暴怒。

我平常就對暴力行為比較缺乏動力。但這次出於保護老人小孩的使命感，難得地很有幹勁。所以我讓「土之戰斧」這種新招隨時維持在發動狀態，也因此得以封殺敵人的計策，化險為夷。

……不過，我如果像平常那樣當個魔太的小白臉，傻呼呼地做比賽裁判，百分之百早就死於最後那記狙擊了。

而那具弩魔像，正是狙擊的實行犯。

「不妙……」

我不禁臉色發青地低呼一聲，但還來不及接著開口制止，魔太已經粗魯地一腳踢倒了弩魔像。然後她直接跨坐在踢倒的魔像身上，開始把他的臉孔揍得個亂七八糟。

不，這樣形容並不正確。

正確來說，其實第一拳就把弩魔像的頭部完全打碎了。但魔太繼續發怒，把頭部原本所在位置的地面亂打一頓。險些失去我的恐懼似乎使她陷入了半恐慌狀態，幾乎接近精神錯亂。

每當魔太拳頭往下捶，周遭的樹林就好像發生地震般搖晃。

即使如此，魔太還是沒有消氣，開始用蠻力拉扯可憐弩魔像殘存的左臂。褐色魔像的粗手臂被白色精靈的纖細胳臂一拉，發出危險的斷裂擠壓聲。

隨著響亮的啪嘰一聲，弩魔像的手臂從肩膀脫落了。

「喂，魔太！勝負已經分曉了。再繼續打下去就太可憐了……」

這時我才終於趕到那附近，怯怯地走到魔太的身邊。這飼主真是太窩囊了。

我旁觀她狂怒的模樣，想找個恰當的時機阻止她。

雖說只要我想這麼做，或許立刻就能阻止得了她……不，可是，麻煩等一下。我才剛從另一頭的草地，用最快速度衝到這片林子裡來耶。現在喘得要命。

我在魔太身邊拚命調整呼吸，但緊接著，我倒抽了一口氣。

魔太充滿怒火與殺氣的紅眼閃爍著凶光，把右手高高地舉過頭頂。

瞄準的是魔像的胸膛。

是心臟的位置。

那裡收納著魔導核。

丘托斯大叔說過，魔像的素體無論在戰鬥中如何遭到破壞，都不難修好。但是，唯有附加了擬似人格的魔導核一旦遭到破壞，就再也修不好了。

魔像胸中魔導核所蘊藏的，正是隨著記憶與經驗累積而逐漸形成的，魔像的一顆心。

大叔說過魔導核的毀壞，就等於魔像的「死亡」。

——魔太想殺了這具弩魔像。

「等……別這樣，魔太！」

我不顧一切地撲到了魔太身上。

就跟每次一樣，魔太對我的動作完全不做抵抗。所以，她被我衝過來抱住之後姿勢軟綿綿地一歪，就這樣高舉著右手跌了個四腳朝天。

我壓在仰天倒下的魔太身上，變成把她推倒在地上的姿勢。身體底下可以感覺到她柔軟的觸感。其中帶有一絲微熱。

我維持著推倒魔太的姿勢，表情嚴肅地注視著她。

因為剛剛才全速奔跑過的關係，這時呼吸還很急促。

喘氣喘得好像是亢奮的野獸一樣，但我也是不得已的。

每當我粗重滾燙的氣息在伸手可及的距離下輕輕拂過，魔太就好像難受地扭動身子，長耳朵一跳一跳地抖動。

一雙深紅眼眸，用水潤火燙的視線回望著我。

可是，該怎麼說呢？總覺得她宛如置身美夢中的閃亮眼眸深處，彷彿隱藏著某種重大的覺悟。

那種沉重的分量，就像下定決心獻出這輩子獨一無二的珍貴寶物那樣。

……原來如此。看來這傢伙也早已做好了被我說教的心理準備。

可是啊，伙伴。這用不著妳下這麼悲壯的決心吧。妳會不會有點太嚴肅看待我的斥責了？

好吧，算了。

不管怎麼樣，這件事很重要。

我慢慢地開口，對著跟我身體交疊的她說：

「我跟妳說，魔太——我們還是不要殺魔像吧。」

「我知道妳是為了我才這麼做。這個世界似乎有著不合理的暴力四處橫行，就算我再怎麼天真，也並不絕對反對殺生。日後說不定也會碰到為了正當防衛，而必須殺人的場面……

就是這件事。我反對殺害魔像。

可是，我們還是不要殺魔像吧。」

魔太定睛注視我的眼睛，像是在問我的意思。

我溫柔地繼續開導她：

「……我說啊，魔太。假如我拜託妳殺了敵人，妳一定會毫不猶豫地把對方揍死對吧？

那邊那具大型魔像也是，那些小丑魔像也是，他們一定都跟妳一樣。這些傢伙沒有做錯事，魔是他們的飼主不好。」

我有著這份堅定的信念。

錯在教唆犯罪或是沒盡到訓練之責的飼主。狗……說錯，魔像絕對沒有任何過失。

況且對於魔像，有明確的方法可以剝奪戰力而不用痛下殺手。只要破壞掉毫無防備地暴露在外的頭部就行了，不需要特地挖穿覆蓋著厚厚裝甲的胸部，要對方的命。

「聽懂了嗎？可以吧？」

我維持著推倒魔太的姿勢，溫柔地摸摸她的頭。

魔太就像發高燒一樣，神情恍惚地回望著我。

這傢伙很聰明，一定明白我的意思。

更何況魔太本來就是個善良的傢伙，會信守與我的約定。

這下戰場上的所有敵人就全都無法再戰了。

我從好像顯得依依不捨的魔太身上離開，走向大家等候著的運貨馬車。

由於我在林子裡走了一會兒，離大家有點距離了，於是方才就中斷了對「土之戰斧」的魔力供給。斧頭在長袍下化為黑色粒子逐漸崩解，留下生成時使用的少量土塊消失了。

「土之戰斧」的崩毀使得魔導中斷，我的感覺超強化狀態也結束了。

——所以我這時候，沒有察覺到。

沒察覺到魔太找到了新的發怒對象，在我背後慢慢地站了起來。

更沒發現她接著散發出熱浪浮動般的殺氣，靜靜地走到昏迷不醒的、操縱弩魔像的眼罩男身邊……

◈　◈　◈

我一邊伸個大懶腰，一邊悠閒地眺望剛才化為戰場的道路旁空地。

在草地上，可以看到運貨馬車與老人小孩等三人。在稍遠的地方，則是燒焦荒蕪的地面，以及衣服破爛、渾身是血的眾多魔術師倒臥在地。

這就是視野裡的所有景象。

一道白雲，飄過美麗的藍天。當然，我完全感覺不出遙遠高空中小鳥的狀態。

還是這樣才叫剛剛好。

發動魔導時，會害我把事物看得太清楚，使我反常地陷入嚴肅的思維。這樣不好，會弄得我精神疲憊不堪。

我維持著伸懶腰的姿勢隨便看向一處，只見基能．巴里噴著鼻血躺在那裡。

這時，我心裡忽然湧起一個疑問。

「……？對耶，所以魔太只給基能．巴里一記弱拳就饒過他了？」

雖然昏死過去了，但即使遠遠看去，都能看出只有基能受的是輕傷。

就我看來，像是臉孔被輕輕打了一拳而昏倒。

比起其他魔術師，這算是相當輕微的傷勢了。明明其他傢伙都是標準的身受重傷，遭到了一頓毒打。

「到底是怎麼回事……？」

我想了想，發現了一件事。

我懂了。仔細想想會發現，無論實際情形是怎樣，基能．巴里並沒有對我做任何攻擊動作。到頭來那個男人所做的事，就只有唆使小丑們去對付魔太而已。

而且在戰鬥的時候，敵人當中只有這傢伙，有跟我心平氣和地交談。

由於基能常常稱讚我家可愛的魔太，讓我也不禁高興起來，竟然減輕了一點我表現的敵意。不，甚至是有點驕傲、一副跩臉地跟他說話，坦白講，我平常跟丘托斯大叔說話的時候也差不多就是那樣。

魔太從來不會認真聽我以外的人都在說些什麼。從她的角度來看，也許後來就有點分不清楚基能．巴里會不會只是我在電子遊樂場的魔像格鬥遊戲同好……

「哎，不過這樣或許也剛好。」

我開始慢慢走向昏倒的基能‧巴里。鞋底踩在經過焚燒的地面，發出沙沙的聲響。

基能似乎很快就會清醒過來了，這幫了我一個大忙。因為我必須讓這傢伙供出佩斯利商會的犯罪事實才行。

既然對方這樣對付我們，那我也不會再退讓了。

我打算抱持著毅然決然的態度，去找佩斯利的那些白痴提出抗議。

第22話

急救與下段踢

「咱跟你沒什麼好講的……要殺就殺吧。」

身穿紫袍的藍髮男，講完這句話就閉起了嘴巴。

我現在正在盤問甦醒過來的基能．巴里。果然只有這個男的是輕傷，後來很快就醒來了。

話是這麼說，其實這次其他倒下的敵人也都還有意識。

我隨意確認了一下周遭狀況，似乎沒有人喪命。

我每次都覺得，魔太手下留情的高超技術真讓人驚嘆。到目前為止，只要我請她不要殺人，她總是不會要任何人的命。

這幫人像這樣大多數都還有意識，我也認為不是巧合。我猜應該是魔太在那場激戰的過程中，始終沒有忘記我說過要讓他們出庭證明佩斯利商會的犯罪行為。

不，等一下。搞不好魔太這傢伙，也意外開始了解生命的可貴或美麗了……？

嗯嗯，如果是這樣就太棒了！這是往好方面發展，多虧我平常有在教。

總不可能是因為魔太怕被我討厭，所以忍耐著不殺他們吧。

我這個伙伴原本就是個心地十分善良的傢伙，只要學會了解生命的寶貴，就能變成慈悲為懷的完美女神了。到時候一定不會再有人用「殺戮與嫉妒的女神」或是「蠻妃」這些沒禮貌的別名稱呼她。

而且不是我要說，我覺得「蠻妃」這個別名，擺明了不適合魔太。

就算讓個一萬步，最起碼也該叫做蠻**姬**吧。

真要說起來，從前提就大有問題吧，什麼妃不妃的——

「那請問到底是哪個國王的王妃啊？妳說是不是，魔太？」

我對背後的魔太說道。

她從剛才到現在，一直依偎緊貼在我的背上。她從背後抱住我，拚命用臉頰在上面磨蹭。

我看她完全沒在聽我說話吧……

不過關於這點，我覺得無可厚非。在這次的戰鬥中最後狙擊的那一瞬間，魔太應該以為我要死了。事實上在狙擊發生後沒多久，她去把弩魔像海扁一頓時，的確因為過度激憤而變得精神不安定。

不難想像她一定是擔心我的安危，才會變得激動失常。

我真是傷她太深了。直到這傢伙的心情平靜下來之前，她愛在我背上磨蹭多久就多久吧。因為安撫伙伴的心情，也是飼主的重要責任之一嘛……

話說回來。先把在我背後專心磨蹭的魔太放一邊。

我現在就像這樣，維持著背後讓魔太黏著的蹲姿，揪住了席地而坐的基能．巴里的長袍衣領。

基能的身體好像還不能正常行動。

我之所以抓住基能的長袍，純粹只是怕他逃走或做出奇怪舉動，當然不是要恫嚇他。我現在手邊沒有手銬或繩子，這是不得已的。

當然，我純粹只會用言詞盤問他。我不懂這個世界的法律，但這應該算是合法的審問方式。

一個有榮譽心的文明人，絕對不會做出拷問這種野蠻又不人道的行為。

不需要依賴拷問或暴力，人與人是可以對話溝通的。

假如每次被人射箭就丟斧頭回應，一再重蹈覆轍的話，人類將沒有光明的未來可言。

對，我身為一個文明人，這次絕對要用理性溝通來解決一切！

「咱做為魔像使已經使出了全力，但還是輸了。事到如今多說無益，死不足惜。咱再說一遍，要殺就快殺。」

基能．巴里用看不出感情的細眼這麼說，打斷我心中以文明人身分發表的信念演講。

「呃，叫我趕快把你殺掉，我又能怎麼辦啊……我並沒有打算要殺你，能不能請你好好跟我講事情？」

「…………」

沒反應就對了？

這下難辦了。他不肯自動開口，我就沒轍了。

基能．巴里的緘默，不知是否來自於一般所謂殺手的職業道德？但我覺得非法的犯罪行為，沒什麼職業不職業的。

「你什麼都不肯說的話，我就得去問你倒在那裡的任何一個同夥了喔。」

我稍微環顧了一下四周。

不成人形地倒臥在地的魔術師們，一看就知道全是重傷患者。

而且不像基能．巴里，他們不知為何，都異常地怕我。

甚至有人一跟我目光對上，就牙關格格打顫，臉色鐵青地開始發抖。

好、好難跟他們說話……

「怎麼辦？我沒辦法了……」

我低下頭去，不禁傷心地脫口說了句喪氣話。

就在這個瞬間，基能．巴里突然發出了尖叫。

「啊，啊，嘎啊嘎嘎嘎啊啊啊啊啊啊啊啊啊啊！」

「！」

我嚇了一跳，差點沒鬆開抓住他長袍的手。

但是，我從過去的經驗學過一個教訓。在緹巴拉鎮那次流氓頭目開始大聲哭泣的時候，我不小心嚇得鬆手，結果讓那個大塊頭逃走了。就是因為後來沒能好好談話解決，才會把事情複雜化，演變成如今這個狀況。

這隻手鬆不得。我更加用力地握住了長袍。

然後，我把臉湊向哭叫的基能．巴里。

「不要窩囊地大呼小叫。我絕對不會讓你跑掉，絕對不會……我們好好談談吧。」

「啊，咕，嗚，咱才不會對這種拷問噫呼啊！啊！嘰咿咿咿咿！」

「……？」

不知為何，基能．巴里再次發出淒厲的叫聲。

周圍的氣氛像是結凍了一樣。倒臥在地的魔術師們，簡直好像看到惡魔還是什麼似的，用充滿恐懼與絕望的眼睛看著我。

到、到底是怎麼了啊……？

話雖如此，儘管我多少有點被嚇到，但這是第二次聽基能尖叫了。衝擊性沒有第一次那麼大。

大吼大叫已經嚇不到我了。

我是個能從經驗中學習的男人，不會再犯蠢錯失理性溝通的機會。

伴隨著堅定的決心，我再次更加用力地握住基能的長袍。

「一直這樣瞎攪和下去，就要天黑了，你懂吧……我們好好談談吧。」

「噫，噫！噫咿咿！咱、咱知、咱知道了！咱說，咱說就是了！所以，拜託住手啊！」

❖　❖　❖

「……好吧，算了。反正咱對那些傢伙本來就不需要講什麼義氣。」

憔悴不堪的基能・巴里喃喃說道，像是死了這條心。

從他這種口氣聽來，這個男的似乎的確不是佩斯利商會的內部人員？

基能開始向我娓娓道來：

「委託人是佩斯利商會的塞佩羅分店長。計畫的內容是除掉紅眼聖堂魔像使與同行者，總共三名對象。如果可以，小女孩要活捉——」

「奇怪？不殺未成年嗎？意外地還滿有紳士風度的嘛。」

「…………那些傢伙好像會把小鬼頭擄去本店所在的基那斯藩，居中介紹賣給變態貴族當成政治籌碼。不過咱也不是很清楚，這只是業界的傳聞罷了。之所以只放過小鬼頭，說不定是為了這個目的。」

「什、什麼鬼啊……」

那豈不是爛透了嗎？

虧我還相信了一下佩斯利的紳士精神咧，把我純粹的心情還來。

「……可是，其他咱就什麼都不知道了。真的。」

「真的嗎？」

「就說是真的了。」

看我顯得狐疑，基能．巴里露出不大高興的表情。

但是緊接著，不知怎地，他忽然開始怕我。

「噫咿！真、真的，咱是說真的！不要再用剛才那招對付咱了！咱跟其他人只是緊急被叫來的幫手，不是商會的人！真要說的話，咱跟其他人收到的指示，就只有打倒你這個實力高超的魔像使，其他工作都是同行者負責包辦！那個藩的人付錢都很大方，所以咱只是想參一腳而已啦——！」

你、你不用這麼大聲嚷嚷沒關係，我聽得見……

話雖如此，我覺得這傢伙說他知道得不多並非在撒謊。丘托斯大叔之前看到基能·巴里出現在這裡，也顯得相當震驚。他很有可能只是個派遣的打工族，作為用來對付我，或者應該說對付魔太的祕密武器而投入戰局。不過不管怎樣，都是犯法的就是了。

這傢伙所說的「同行者」換言之，就是被我的「土之戰斧」破壞樹林時波及的，那個操縱弩魔像的眼罩男吧。

經他這麼一說，我冷靜想想，這次的襲擊者當中，連我以外的非武裝民眾都想一併攻擊的惡棍，就只有那個演員級帥哥了。

「也就是說那個眼罩男知道的比較多嗎？」

「是、是啊，應該吧……那個男的跟咱還有其他人不一樣，是商會的內部人員。好像聽說是從那幫人在基那斯藩的本店前來的幹部。」

「原來是這樣啊……但是，這下就有點傷腦筋了。」

給那個眼罩男好看的，不是擅長手下留情的魔太，而是我這個不懂得控制力道的大外行。不只如此，那還是一場出乎預期的擦撞意外。不像其他人，我打到那人完全喪失了意識，連他什麼時候會清醒都不知道。

我腦中想起在那些被砍倒的樹木中，那個曾經俊美的男子頭部流血翻著白眼，陣陣痙攣的模樣。

照那樣看來，我覺得找他問話有點困難。

……不過，回到方才基能說過的話。

商會的目的，純粹只是想要我們三個男人的命。小女孩如果可以的話要活捉，是吧。

「從狀況來說，的確是有些地方可以理解……」

老實講，那個弩魔像使的行動，之前只有一點讓我無法理解。

那人在戰鬥開始時，起初躲在我右後方的林子裡。

當然，這個位置一般來說是我的死角。

然而，那人之後卻持續微調位置，最後換到了幾乎在我右邊正側面的位置。

對。他捨棄了後方的完全死角這個優勢，移動到了我的側面。

假如他想對我發動突擊，為了兼具聯手行動之便，這種占位或許也有可行之處。所以在戰鬥過程中，我刻意忽視了這個疑問。

但那傢伙其實是想從遠距離外狙擊我。既然這樣，他為什麼要特地移動到我的側面？這點始終成謎。就算從一開始的位置進行狙擊，從角度來看也是絕不可能波及到自己人的。

然而統整方才基能．巴里說的話，會發現——

我看那個混帳，根本是從一開始就打算一**擊同時**做掉我、丘托斯大叔與車夫老先生吧？

仔細想想會發現，那傢伙是在我指示三人移動位置，等到所有人的站立位置都固定下來後，才不再反覆進行細微移動。

也就是說呢——

並不是丘托斯大叔與老先生，正好待在他瞄準我的射擊軌道上。也不是因為小堤露正好個頭小，才躲過了射擊軌道。那個男的，恐怕是打算用第一箭把所有目標撞成肉醬，而且只讓年幼小女孩活下來送給商會當禮物吧？

一道冰涼的冷汗流過了背脊。

這男的也太狠了吧。比起基能．巴里，我看那個未聞其名的眼罩男，才是真正可怕的人物。

我看向那個在林子裡撞到頭、大概還沒醒來的男人，心裡一陣戰慄。

❖ ❖ ❖

「睡伊啊，你老兄有沒有哪裡受傷？」

「嗯？噢，我沒事。」

從剛才到現在，丘托斯大叔一直在忙著檢查我們三人的傷勢。

他隨身攜帶像是手電筒的水藍色魔道具，說是只要用這個對準傷口灌注魔力，就會發動初級的治療魔術。

或許就像是這個世界的急救箱吧？

現在回想起來，丘托斯大叔被流氓打個半死之後，傷勢的確好得異常地快。也就是說那整件事情，都是多虧這玩意的幫助。我還以為是這大叔的生命力特別強呢。

不過話說回來，這種魔道具真方便。

假如大叔的店裡有庫存的話，晚點乾脆買一個好了。

想要的魔道具越來越多了。店裡有好多好玩的玩具，讓我目不暇給。聽說魔道具其實價格非常昂貴，要是當成玩具看一個買一個的話，搞不好轉眼間就會因為揮霍過度而破產。

但是……哎，應該是絕對死不了的啦。

——我的理財能力還是一樣在裝死。

丘托斯大叔確認過我們所有人都沒受傷後，就用這件治療用魔道具，開始替那個攜帶手杖的女魔術師做急救。

我跟魔太一起坐在馬車車廂的邊緣，看著躺在地上的女魔術師接受治療。

在水藍色的手電筒照亮下，傷口逐漸慢慢地癒合。

用這件魔道具進行治療，似乎還滿花時間的。

從開始治療到現在，好像已經過了將近十分鐘。

大叔只有對這名女性魔術師進行傷口的急救。

我先聲明，我這次並不是精湛發揮了世間一些後宮故事主角常有的精神特質，樂於殺死男性罪犯或者年長女性罪犯，卻不知為何只對美少女罪犯手下留情，救她一命或是用昂貴的藥物幫她治療，在得到美少女感謝的同時經過一番迂迴曲折，最後感情逐漸升溫……諸如此類。更何況在治療她的是丘托斯大叔。

不如說正好相反。是因為倒在附近的魔術師集團當中，只有她傷得特別重，坦白講有生命危險。主要是因為我家的魔太做了莫名其妙的追擊。

要是那樣放著不管，到最後極有可能只有她一個人喪命。

對。所以只有這個人，是真的需要做急救措施。

「原來妳有時候，也會控制不住力道啊……」

我看了看坐我旁邊的伙伴。

魔太從剛才到現在一直緊緊依偎著我，死瞪著丘托斯大叔替女魔術師做治療的背影，像是很不服氣。

不是，魔太啊。如果大叔不幫她做治療，那個女人可是會死的喔……

就算是一群罪犯，只要是能救的性命，沒必要白白見死不救吧。

「欸，睡伊。我是不知道怎麼回事，但可以請你安撫一下魔夏塔露散發的那種奇怪怒氣嗎？這樣我很難弄耶。」

大叔終於提出抗議了。

抱歉，大叔。可是，我也不知道她怎麼會這樣。

對了。說到受傷，基能·巴里的傷勢發生了奇怪的狀況。

起初我以為他只被魔太往臉上揍了一拳，但方才重新檢查，發現不知為何，他的右手手指有幾根扭曲彎向了奇怪的方向。

會不會是挨揍摔倒的時候，扭到然後折斷了……？

雖然很引人同情，但不會危及性命所以沒做急救措施。

現在分秒必爭。我得火速掉頭趕回齊維爾鎮，然後盡快對佩斯利商會的什麼分店長提出抗議。

要是繼續糊裡糊塗的，誰知道店長會不會再派下一批刺客過來。與那幫人之間結下的梁子，最好還是早點做個了斷。

總之，身受重傷摔倒在地的魔術師們就放著不管，我決定只帶上有可能作證的基能・巴里，搭馬車直接掉頭回齊維爾鎮。

另外，還有一個原因讓我必須盡早出發。

其實我從剛才開始只要一不注意，魔太就趁我疏忽，想對躺在地上的女魔術師使出下段踢。

我得早點把這個巨乳與魔太分開，否則會很慘。

才在這樣想的時候，魔太又想走去巨乳那邊了。

喂，不可以這樣，魔太！不准踢巨乳！會害大叔治療白做的！

第23話

談判代表與背後的助手

在齊維爾鎮的灰色外牆前，有許多人馬絡繹不絕。

時間已經接近中午，屬於人潮洶湧的時段。

我與魔太下了馬車，丘托斯大叔從車上憂心忡忡地看著我們。

「那麼，我這就去跟呸羅羅分店長把話說清楚。你們在這裡等我們。」

「……是塞佩羅分店長才對。你真的可以嗎，睡伊？你老兄現在這句話，害得我一整個不安啊。」

「對喔，是塞佩羅。我太努力忘掉他的事情，結果一直想不起來他叫什麼名字。嗯，這樣就沒問題了，交給我吧。」

「真令人不安……」

這次我決定只由與我魔太兩個人，去跟佩斯利商會直接談判。

伴著證人基能．巴里去談判的期間，我請其他三人在城門外坐在馬車上等候。

我與丘托斯大叔討論過，最後認為這樣做最安全。

佩斯利商會乍看之下為所欲為，但他們表面上仍然假裝成正經的生意人。至今在城鎮裡，也從來沒做出過明目張膽的行為。

在這正門附近有很多行人出入。只要把馬車停在這裡，就算被商會那幫人發現，他們也不太可能貿然動手傷人。

只不過，我還是打算在三人有個萬一被捲入麻煩之前，短時間盡快把事情談好。

「那，我去去就回。」

「喂，睡伊。」

我正想往街上走去時，丘托斯大叔叫住了我。

「怎麼了嗎？」

「那個，我看還是我去談判，你老兄就別……」

「我說啊，這件事我們不是討論過好幾遍了嗎？大叔你去商會，那幫人只要派出一個流氓就能逼你退場了。況且如果只有我與魔太的話，就算談判決裂也能平安脫身。要去就只能我們去。」

「可是……」

「我是不太想講這種讓自己生氣的話……但是在這種大街上的公共場所，比起我這個外國人，大叔更能夠不引人注意地行事。在這城門前避免惹麻煩，確保馬車與另外兩人平安無事，是你的職責而不是我。」

「……唔。這我明白。」

丘托斯大叔不情不願地讓步了。

「但是睡伊，你可得當心點啊，千萬不可以亂來。你只要跟那幫人要求從今以後互不干涉就好。要求更多事情可能會把問題複雜化，就算了吧。」

「啊——好啦好啦。我知道，我知道。」

就在我把大叔像保護過度的爸媽似的一堆叮嚀當耳邊風時，小堤露從車廂篷布的縫隙，輕快地露出了臉來。

「睡伊哥哥慢走——」

「好——那我去去就回來喔。」

我面帶笑容輕輕揮手回應小堤露的送行，然後迅速轉身就走。

「啊！喂，睡伊！我話還沒說完呢！」

大叔好像在背後說了些什麼，但我才懶得理他。

我伴著魔太以及俘虜基能．巴里，開始往外牆的大門走去。

關於基能．巴里的拘捕，我只用馬車裡用來綑綁貨物的繩索把他的雙手稍微綁起來。反正有魔太隨時盯著，我沒把他五花大綁。

他大概是已經不抱希望了，一直很安靜。坐馬車時一次也沒鬧，也沒做任何反抗。這時也垂頭喪氣，無精打采地跟在我後面。自從那些小丑魔像伙伴被打敗之後，簡直像隻借來的貓。

不過，其實我能體會他的心情。

倘若立場顛倒過來，我在失去魔太的狀況下被小丑軍團包圍，一定沒有那個心情做反抗……

我對基能．巴里深感同情。

穿過城門前排隊的馬車之間，我們抵達了齊維爾鎮的正門前方。來到這裡，原本乖乖聽話的基能．巴里忽然哭喪著臉開始反抗了。

「還、還是不行啦……咱可是把委託搞砸了耶，怎麼可能去那些傢伙的商館露臉啊。咱什麼都願意做，拜託放過咱吧！」

的確，我懂他的心情。

假如換成是我，我絕對不會想去佩斯利商會，會想盡辦法開溜。

可是，他是犯罪行為的重要人證，非得讓他一起過來不可。

「都這種時候了，拜託你就別說這種不懂事的話了吧，基能……為了用理性溝通解決這件事，你的證詞是不可或缺的。」

基能・巴里卻像是在地上生了根似的不肯動。你又不是在玩具賣場耍賴的小孩子。

我沒轍了。總不能粗暴地把他硬是拖過去吧。

更何況我根本就沒那力氣。基能・巴里是個成年男性，我不能像抱個小嬰兒那樣對付他。

……等一下。抱小嬰兒，是吧？

魔太的話力氣很大，又真的很會抱人。

我這個伙伴總是會用滿滿的愛給人擁抱，十足溫柔地抱我。我已經害羞地親身體驗過無數次她的抱抱了，我這樣說準沒錯。

「欸，魔太。真的很不好意思，可以請妳把他抱去商會嗎？」

我試著拜託魔太看看。

因為我認為她一定會溫柔地把基能・巴里穩穩抱好，幫我帶他去商會。

滿懷聖女般慈悲心腸的愛之女神魔太，慢慢走向在路上像小寶寶那樣耍賴的基能。

看到這樣我放心了，於是轉向了正門。

好，接下來就真的要一決勝負了。

◆ ◆ ◆

我們沒遇到什麼問題，就通過了齊維爾鎮的正門。

不如說，我覺得對方放行放得莫名地爽快。

我一靠近，守門衛兵們就迅速往左右閃開，讓出了一條路。

但我記得第一次跟丘托斯大叔他們一起進城時，不但辦了手續還付了錢。

難道說駕車與徒步在手續上有所不同？

好吧，是有這個可能。很有可能是只有在駕車的時候，必須支付特殊的入市稅。或者是車上貨物要收稅之類的。

只是，在通過城門之際，管理人員還有守門衛兵們全都臉色鐵青地看著我，讓我有點介意……

不管怎樣，只要像這樣進了城鎮，就可以一路順暢地前往佩斯利商會了。再來只要正常沿著路走，不用多久就可抵達商會設施。

一開始我還聽到基能．巴里在背後吵鬧些什麼，但現在已經完全安靜下來了。

魔太應該正溫柔地抱著他，所以一定是像置身於慈母懷抱的小寶寶那樣，心靈平靜下來了吧。

我對伙伴的抱抱技術寄予全副信賴，完全沒想到要回頭看一眼背後的情況。沒錯，這就是搭檔之間的信賴關係。

我走在齊維爾鎮的鋪石地上，淡然地步行前往佩斯利商會。

隨著漸漸接近商會設施，周圍的人群也越來越多。

「怎麼這麼多人跑到街上來啊……」

路上真的有很多人。起初我以為是時段的關係，但好像不是。道路的左右兩側，排滿了大排長龍的擁擠人潮。

總覺得怪怪的。街上的房屋也打開了窗戶，有很多人在探頭觀望。

從沿路的人叢情況來看，該不會是晚點會有祭典遊行經過這裡吧？還是說要舉辦馬拉松大賽？看起來像是那種氣氛。

假如可以早點跟商會談出結果的話，大家可以留下來參觀一下。

小堤露一定會很高興。

「那、那是在做什麼……公開處刑嗎？聖堂魔像抓著一個人的頭……」

「那個血淋淋吊在那裡的男人，怎麼好像是『四丑使者』基能．巴里……？」

「難道那個男的竟然在魔像對戰中輸了？」

「太慘了。不但被打得鼻青臉腫，連手指都彎曲變形了。錯不了，那絕對是拷問酷刑留下的痕跡……」

圍繞街道的人叢吵吵嚷嚷的。

坦白講，我當然會好奇他們在說些什麼。但是老實講，這時候的我沒有那多餘精神去顧慮周圍發生的小事。

面對接下來即將開始的談話這份重責大任，其實我緊張到快爆炸了。

❖　❖　❖

沒花多少時間，我們就抵達了佩斯利商會的齊維爾分店門口。

就是那棟木造的大型雙層建築。

還是一樣氣派。他們無庸置疑地屬於經濟強者，對我這個全部財產只有五枚金幣多一點的經濟弱者來說，是個過度強大的對手。

但是，我不會退讓的。我要堅決提出抗議。

這份決心再也不會動搖。

年幼的小堤露、親切的老先生，順便再來個窩囊的大叔。為了保護他們今後的人生，我必須以毅然決然的態度挑戰這場協議。

佩斯利商會是在背地裡進行違法行為的黑心企業。對方恐怕會處處與我糾纏不休，也有可能卑鄙地使出軟硬兼施的手段。

但是，身為有尊嚴的文明人，我一步都不打算退讓。

從現在開始，我就是談判代表(Negotiator)。

就讓我集中精神，鼓起幹勁吧。

「喂，他就這樣讓魔像把『四丑使者』吊起來，走進了佩斯利商館耶。」

「也就是說商會跟那個男人起了爭執？」

「一旦被那種惡夢般殘忍又瘋狂的魔像使盯上……我看那個分店是完蛋了。」

「怎樣都無所謂。拜託，拜託，求求您幫我兒子報仇……」

「我……我知道那個聖堂魔像使是誰。記得傳聞說，他只因為路過看到不順眼，就殘暴地動用私刑把『壞劍』那一夥人打了個七零八落，好像是個惡夢般的戰鬥狂。記得綽號是，呃，緹巴拉的……對，那個男人的綽號，我記得叫做『緹巴拉的惡夢』……」

群眾似乎鼓譟了起來。

但是，對於已然進入極度專注狀態的我來說，他們的嘰嘰喳喳已經完全進不了我的大腦。

我堅定有力地推開商會的門，穿越入口大廳，走到了門廳。

「……我想見塞佩羅分店長。」

我一開口，就極力使用清晰的口吻，盡量用比較嘹亮的嗓門告訴職員們。雖然禮貌必須顧到，但在進行談判時絕不能表現出懦弱的態度。

但不知為何，職員們都注視著我當場僵住。

其他還有眾多像是客人或外部商人的群眾，但他們不知為何，也全都僵直不動。

沒有任何一個人說話或是動一下。在場所有人好像全都結凍了似的，只是盯著我瞧。

就好像整個門廳的時間都暫停了。

「啊，嗚……哈啊……哈啊……」

一名看起來比較強勢的運動員型俊男職員，對著我好像有話想講。但到頭來，他只是喉嚨大幅顫動了兩次三次漏了幾口氣，沒吐出半個字來。

「……？」

現在是什麼狀況？

喂喂，別這樣好嗎？害我都開始擔心害怕起來了。

難道說，他們沒聽清楚我剛才說的話？仔細想想，畢竟我緊張得要命，也許聲音有點沙啞……

我再次注意讓咬字務必清晰，發出比剛才更堅定的大聲音拜託各位職員。

「我再說一遍。請把分店長帶來見我。」

為了保險起見，我又補充了一句：

「有人在等我，我時間有限。請不要讓我費太多工夫。」

交涉時間一拖長，就得在這座城鎮多住一晚了。老實講就連現在這個時間，我都有點沒把握。等回到緹巴拉鎮時說不定都入夜了。都怪商會的這些笨蛋為所欲為，害得丘托斯大叔變成貧窮戶，家計很沉重的。不在預定內的旅店花費，一定會造成負擔。

想起準備出發前往齊維爾鎮的前一天，大叔拚命計算還債計畫與旅行費用到深夜的模樣，我的表情在無意識中變得有些嚴峻。

就在這個瞬間，幾名職員看到我表情的變化頓時臉色發青，簡直像被電到似的，往店內後方衝去。

啊，有一個摔倒了。要不要緊啊……

是說這家店，雖說我是糾紛對象，但應對方式未免也太糟了吧？

話說回來，我從剛才到現在看著這裡的職員，發現了一件事。那就是所謂的俊男美女分成兩種，一種是即使表情扭曲仍然是一張好看的臉，另一種則是一扭曲起來，整張臉就變得不忍卒睹了。

此刻，我又學到了一項新的事實。

過沒多久，就開始聽到通往店內後方的走廊傳來爭吵聲。接著幾名職員把一名似曾相識的男子推到了走廊上。

是塞佩羅分店長。戴著單片眼鏡、頭髮斑白的美形大叔正在拚命地嚷嚷些什麼。

中年男人吼著「你們這些傢伙想出賣我嗎」還有「警衛怎麼全都逃走了」之類不堪入耳的話，聲音大到我這邊都聽得見。

不過話說回來，所謂的美形青年或美形中年，原來即使像這樣難看地爭吵還是挺不錯看的。真是天生優勢。

就這樣，我又學到了一項新的事實。

在走廊的那一頭，一群商會人員開始一邊你推我擠，一邊吵著互相推卸責任。我愣愣地望著他們爭辯不休的模樣，一邊想著「對耶，運貨馬車的風飄箱從時機上來說，絕對是這些傢伙派人弄壞的……就替車夫老先生索賠一下好了」之類的事情。

塞佩羅與男性職員們的爭吵與互相推擠達到了最高潮。周圍的女性職員們，也莫名其妙地像猴子一樣吱吱亂叫起來。

每個女的都只有臉長得漂亮，所以視覺效果是不差，只是可惜了……

結果走廊上你推我擠到了最後，塞佩羅似乎寡不敵眾被部下們一路推著走，來到了我這邊的門廳。他在抵抗的時候手撞到東西，把櫃檯上的文件撒了滿地。

真是太難看了。

我就知道這些傢伙平常只是靠他們的姣好臉蛋招搖撞騙，乍看之下像是個優秀的集團，其實一像這樣露出本性就會發現普遍缺乏道德觀念，能力的平均值就連我來看都低得可以。

我不是在開玩笑，難道說這個叫做佩斯利商會的企業，真的都只看臉選員工嗎？

不管怎樣，員工水準低成這樣卻能大發利市，真是值得驚嘆。

搞不好他們都是用對付我們的那一套非法手段，經常性地除掉商會的競爭對手，才能造就出這種金玉其外，敗絮其中的表面假象吧……

就在我針對商會的組織樣貌進行省思時，塞佩羅分店長終於跌跌撞撞地來到了我面前。還是一樣是個美形大叔，但髮型被弄亂，單片眼睛也快歪掉了，全身嚴重盜汗。

「喂。」

「噫咿！不、不准靠近我！你這邪惡的魔像使！」

我才一出聲呼喚，塞佩羅立刻陷入恐慌狀態轉身就想跑。但他踩到自己剛才散落一地的文件滑倒，摔了一跤，胸口狠狠地撞到了櫃檯。

從塞佩羅的喉嚨，冒出了好像青蛙被壓扁的聲音。

「喀啊！喀呼！」

塞佩羅發出奇怪的呼吸聲，支撐不住地摔到地板上。

這可不妙，搞不好撞斷了肋骨。我急忙趕到塞佩羅身邊，把他整個人拉起來。

「喂，你還好嗎？」

當然，我這個心懷崇高騎士道精神的文明人典範，完全是出於善意在照顧塞佩羅。然而這個男的並不領情，面紅耳赤又青筋暴突地瞪著我。

「唔，唔嗚……我是！我是佩斯利商會的，齊維爾分店長。我、我絕對不會答應你不合理的要求！」

「啊。」

想起來了。對喔，我是來談判的……

都怪這些傢伙忽然像猴子一樣大鬧內鬨，害我差點把原本的來意給忘了。

話雖如此，塞佩羅現在好歹可以跟我談話了。難得有這機會，就維持著這個姿勢開始談談怎麼和解吧。雖說抓著他的衣襟讓我有點過意不去，但要是不小心放手，這傢伙搞不好又會想逃跑然後摔倒受傷。

「不，我要你聽我說。」

我定睛瞪著塞佩羅的眼睛，用力握緊了他的上衣衣領。

「我方的要求很簡單，就兩個。第一，我要你們今後不許再招惹大……丘托斯魔道具店以及其相關人士。第二，你們必須為了弄壞風飄箱的事，向馬車的主人老先生支付修理費與滋擾賠償。當然，也不許你們今後對他出手。」

丘托斯大叔耳提面命地叮嚀過我，只要要求今後互不干涉就好。但我完全不想搭理大叔膽小怕事的建議，順便就幫運貨馬車的老先生索取了精神賠償。

不然我實在是氣不過。這些傢伙對馬車動了惡劣的手腳，害我最喜歡的老先生一瞬間失去了笑容，他們一定要為這個滔天大罪付出代價。

當然說句真心話，我也很想趁現在，替丘托斯大叔以及我自己索取精神賠償。

是很想這麼做。但是其實嘛，這個……

假如我開始為了這次刺客對我們做出的暴力行為追究賠償責任的話，日前失控的魔太不容分說地把討債業者們打得半死的那場暴力事件，會不會也被重新追究醫藥費與精神賠償等問題？

目前事情是不了了之，但是假如對方把那件事拿出來吵，就算丘托斯大叔能順利拿到精神賠償費好了，我身為魔太的飼主，將會被迫負擔幾十人的龐大醫藥費與精神賠償。

…………

抱歉了，大叔。你這次就放棄索取精神賠償吧。

我會好好把魔太說一頓，不讓她再犯的。

「我、我不會答應的。我才不答應你們的這種要求……！」

「你說什麼？」

啊，慘了。也許還是不該忽視丘托斯大叔的建議，基於私情偷偷增加一點索賠？

抱歉，大叔，請原諒我。雖然是你這大叔給的建議，但看來長輩的意見還是應該尊重。

我在心裡對大叔致上誠摯的歉意。

至於眼前的塞佩羅，則是滿懷憎惡地歪扭著臉孔，用布滿血絲的眼睛瞪著我。順便一提，看來他是屬於臉孔一扭曲就簡直不能看的那種美形大叔。

「我是血統純潔的基那斯人！跟這個地區的鄉巴佬傻子，或是你這種東方邊境的蠻族，無論是血統還是格調，都差得遠了！我絕不會向你這種貨色低頭！」

「啊？」

中年男人漲紅著臉噴口水喊出的無腦發言，讓我大為困惑。

這次的談話追根究柢，跟人種問題根本毫不相關。扭曲的人種偏見與民族優越感當然很可怕，但最糟的是我完全無法理解他的思維。

而且這個男的，看起來似乎因為恐懼而完全喪失了冷靜的判斷力。我不懂他幹嘛這麼害怕光明正大地來談話的我，總之這樣下去沒完沒了。

這下糟了。這傢伙只有長相好像很有智慧，結果內在根本是隻荒野大潑猴。怎麼辦？這樣說不定根本不能理性溝通。

我變得有些悲觀，不禁露出了一點想哭的表情，悲傷地喃喃自語：

「我還能怎麼辦呢……」

就在這個瞬間……

突然間，塞佩羅發出了像是世界末日到來的尖叫。

「咕……啊！啊啊啊啊啊啊啊啊！啊咕嗚嗚！咿嘰咿咿！喔嘎！喔……嘰咿咿咿咿咿咿咿咿咿！」

「！」

我嚇了一大跳，險些鬆開抓住塞佩羅衣服的手。

但是，我想起來了。

對，我不能鬆手，絕不能錯失談判的機會。我到底在退縮什麼啊？幾個老人小孩今後的人生，就看我現在努力的成果了啊。

正好就在這時候，我的背後感覺到一陣柔軟的暖意。

是魔太。

她緊貼在我的背後，從我的右肩後方探出頭來，擔心地注視著我的臉。

看來都怪我忽然示弱，害她操心了。

奇怪？話說魔太，我讓妳看著的基能．巴里呢？

……好吧，算了。對啊，我怎麼能害魔太擔心呢？我得拿出伙伴的魄力，讓她看到我成功完成困難談判的模樣才行。

我再次使勁抓緊塞佩羅的衣服。

伙伴來自背後的力挺，讓我心中漲滿了鬥志。我一定辦得到。不，是非得辦到不可。

「喂，分店長先生。」

我想把臉逼近塞佩羅，但無意間想到一件事。

這個男人明顯陷入了異常的恐慌狀態。再加上我從剛才就一直感覺到周圍職員與顧客們原因不明的驚恐視線……

——該不會是因為我長得很可怕吧？

我的眼神挺凶惡的，這我早就有自知之明。

現在回想起來，在古代地龍一命嗚呼的那個瞬間，倒映在那傢伙瞳眸裡的我，那張臉豈止像個小混混，簡直就是個恐怖大魔王。那張臉讓心靈脆弱的人看到，的確會哭著開始求饒。

怎麼會這樣？

難道說我就這樣毫無自覺地，像我自己最為厭棄的暴力主義者們那樣，威逼恫嚇了周遭旁人？

有了，笑容……

我現在需要的，就是笑容。

我笑咪咪地把臉湊向了塞佩羅。

我的臉對著塞佩羅，所以在露出微笑的瞬間，我完全沒發現周圍的人群臉色變得更加鐵青，並開始渾身發抖。

「我不在乎你的什麼血統。我希望你能把我方要求的內容聽進去，最起碼找到一個雙方能接受的折衷點……我們好好談談吧。」

「你、你這毛頭小子，別瞧不起我了。我是絕對不會向你屈服的。我可是那位大人挑中的美麗又優秀的人種！我咘嘿嘰咿咿咿咿咿咿咿咿！」

「！」

塞佩羅又開始尖叫了。

但是，這點程度的叫聲，已經完全嚇不到我了。

抱歉，我說謊了。其實我被嚇得有點畏縮。

但是，我勉強維持住了笑臉。

「我已經說過，你的事情我管不著。我只問你願不願意聽我的要求，就這麼簡單……好嗎？我們好好談談吧。」

「什麼好好談談，你、你用這種，拷問……咦哦嘎啊啊喔喔嘰啊啊啊啊！」

「？」

我困惑不已，但努力保持住了笑臉。

「請你說我能聽得懂的語言好嗎？如果困難的詞彙回答不出來的話，至少回一句『好的，我明白了』也可以……好了，差不多可以好好談談了吧。」

「哩這！野蠻楞嘰咦咦咿咿咿咿咿咿咿咿咿咿！」

「……！」

「呼啊！嘎啊啊嗯！嗯！嗯唔？吼啊喔啊喔喔！喔喔喔喔喔！」

「咦？」

……這次怎麼好像分成兩段？

我正在困惑時，內斂地按在背上的兩團棉花糖般柔軟觸感，若有似無地往左邊移動了一下。

然後，魔太換成從我左肩這邊迅速露出了臉來。

幹嘛啊，魔太。這是什麼新遊戲嗎？可是啊，我現在正在跟這個店長談重要的事情，有點沒空……

談判過程困難重重。

雙方的主張始終沒有交集，塞佩羅後來又反覆尖叫了五遍。除了起初連續嚷嚷的謎樣大聲尖叫之外，算起來普通尖叫總共重複了十遍。

就在這時，魔太的觸感忽然從我背上離開了。

是因為我沒陪她玩，所以鬧彆扭了嗎？

對不起了，伙伴。等這件事情辦好後，我會陪妳玩個過癮的……

我雖在心裡向魔太道歉，但狀況遲遲沒有進展。塞佩羅後來又繼續尖叫了好幾遍。

不只是這個男人，之前那個流氓大漢頭目還有基能．巴里也是，總覺得這個世界的人，好像常常覺得只要大聲吼叫威嚇對手，就可以一時應付過去趁機逃跑。好吧，我想這方面的精神性或行動模式恐怕是兩個世界的文化差異，我就不要妄自批判了。

每當塞佩羅發出尖叫，周圍的人群就腰肢一軟癱坐在地，或是開始發生頭昏目眩的症狀，讓一些人當場昏倒。

可是，沒有人離開現場。就好像錯失了逃跑時機似的，所有人都呆站原地。

我想大概是塞佩羅的大吼大叫把旁人都嚇到了，開始給大家造成了困擾。

我由衷對這個男的感到傻眼。

不過話說回來，我從剛剛就一直聞到濃濃的血腥味。

該不會是跟基能．巴里交手後長袍沾到了回濺的血吧？晚點得檢查一下才行。

話說自從魔太從我背後離開，塞佩羅已經反反覆覆尖叫了大概十遍。

這下他今天的尖叫次數算起來，就是一開始的大聲連續尖叫一次，然後普通尖叫細分起來總共二十次吧。

真是個愛叫到讓人傻眼透頂的男人。

就在我對他這種社會人士不該有的難看行為皺起眉頭時，魔太再次貼到我的背上，從右肩把臉露出來。

哦，伙伴妳回來啦。妳剛才都跑去哪裡玩了？

魔太的精靈長耳朵搔得我的右頰好癢。我們倆你看我我看你，進行了一段無聲的對話。

這正是伙伴之間的暖心相處場面。

……然而相較之下，塞佩羅看到魔太回到我的右側時，那表情真夠嚇人的。他那張臉上的恐懼顫慄更勝之前，簡直像是落入無間地獄的罪人，眼中充滿慘愴的絕望。

不管怎麼樣，這個分店長從剛才到現在只會尖叫，該不會已經把我一開始的要求內容給忘了吧？

也許我現在應該再解釋一遍比較好。

「聽我說，分店長。」

我面帶柔和的笑容，盡可能溫柔地對塞佩羅說話。

「假如你聽不太懂我說的話，我可以從頭開始幫你複習一遍。雖然很麻煩，但沒辦法。直到你能理解我的意思，要我仔細跟你解釋幾遍都行喔……好嗎？我們好好談談吧？」

塞佩羅滿臉濕淋淋的黏汗，面色如土地重複著急促的呼吸。兩眼已經一片混濁，失去了焦點。瞳孔張開到了最大。

哎，我想一定是因為大聲叫太久了。

「噫，噫，饒、饒了偶吧……咕！嘰耶啊嗄嗄啊啊啊啊啊！」

總覺得從剛才到現在，不時會聽到好像某種粗棍子折斷的啪卡一聲，或是某種硬物噗嘰噗嘰扭曲變形般的巨響。

可是，幾乎都被塞佩羅的嚇人尖叫蓋過了。而且因為他一直緊靠著我的臉大叫，我的耳朵已經開始嗡嗡耳鳴了。

所以坦白講，我已經不太能夠確定是真有那些聲響，還是只是心理作用。

「欸，我覺得這樣一直攪和下去，只會把營業時間耗光而已。你們的商會，不是都很早下班嗎？」

我用笑容向塞佩羅提議。

「……欸，差不多可以好好談談了吧。」

「啊，啊，你叫偶做什麼，偶都做就是了……請不要，不要再那樣對偶了……」

就這樣，塞佩羅終於放棄用尖叫進行妨礙，願意聽我說了。

只要保持耐心秉持著誠實的談話態度，不管是跟多麼冥頑不靈的對象進行困難的交涉，一定都能達成目標。我感覺自己身為愛好和平的文明人，又達到了更高的境界。

心中充滿成就感的我，不再強顏歡笑，而是發自內心露出了笑容。

黏在我背上的魔太，也幸福洋溢地看著我的側臉。

第24話　溫柔的妻子

在齊維爾鎮的城牆外，較少有人經過的一隅。

我在帶篷馬車的暗處，沮喪地垂頭喪氣。

方才跟商會談判的結果可以說大獲成功。分店長塞佩羅跟我約定，不會對丘托斯魔道具店的相關人事物出手。我也不忘警告他若是毀約，我會不厭其煩地前去抗議。

運貨馬車的老主人不知怎地，也拿到了巨額的精神賠償。

幾名表情害怕的職員一起把一大袋的錢塞給我，裡面裝了滿滿的金幣，重到我都拿不動，得請魔太幫我拿。我是不太清楚，但老先生說不定靠這筆錢就夠他安享餘年了……？

不過老先生完全是個局外人卻無故受驚，收到精神賠償是當然的。

他說這筆錢應該大家平分，但我認為這筆錢由老先生收下合情合理。假如無論如何都堅持平分，就跟丘托斯大叔兩人五五分吧。

畢竟主要是因為我家魔太的關係，讓大叔沒能拿到精神賠償嘛……

總而言之呢，談判的結果無庸置疑地是大獲成功。換言之我意氣消沉的理由並不在這件事上。

「對不起，基能……」

我看了看躺在馬車車廂裡，渾身是傷的基能．巴里。

他現在正在讓丘托斯大叔用那種手電筒型的治療魔道具，進行緊急救治。

方才談判達成共識之後，我放開塞佩羅一站起來，赫然發現塞佩羅整個人變成了悽慘的血腥圖片，把我嚇了個半死。

不但全身關節脫臼，左右小腿與前臂骨頭折斷，連雙手雙腳的二十根指頭全都被彎成了螺旋狀。再加上這些指頭連指甲都被仔細剝掉……算了，更詳細的說明就免了吧。

嗚嗯。光是回想起來，就讓我又開始反胃……

塞佩羅到底是遇到了什麼事？難道又是那種異世界的謎樣現象？

我被駭人的意外事件嚇到，當場後退了幾步。

就在這時，我的腳輕輕撞到了背後的某個東西。

回頭往腳邊一看，一幕更具衝擊性的光景闖入了我的視野。一看到這個畫面的瞬間，過度的驚愕與動搖，讓店長的血腥圖片化現象從我腦中飛到了九霄雲外。

——在我腳邊的地板上，萬萬想不到，竟然躺著變得像塊破抹布的證人基能．巴里！

我急忙把他抱起來死命呼喚他，但他只是夢囈般小聲虛弱地反覆說著：「救命啊……對不起……」

看來一定是發生了非常恐怖的遭遇。我心頭一緊。

基能．巴里為何會變成這般悽慘的狀態，我心裡有底。

不，豈止是心裡有底，根本是無可置疑。從理論上來想，會發生這種狀況的原因只有一個。

沒錯，身為刑案證人的基能．巴里，就在我們疏於注意的短暫時間內，被佩斯利商會的那幫人，為了湮滅證據而毒打了一頓！

我沒能保護好證人……

明明是我自願負起責任，硬是把他帶來談判現場的。

悔悟與自責的念頭，彷彿焚燒著我的身體。

「啊啊，我怎麼會犯下這種錯誤……」

就在我蹲在馬車暗處，哭喪著臉頹然垂首時，魔太擔心地湊過來看我的臉。

「魔太……」

在她的溫柔眼眸注視下，心靈早已變得極度脆弱的我，開始一點一滴吐露出心情。再這樣下去後悔就要壓垮我的心了，我無法不找人傾訴。

「魔太，我好懊惱……都怪我力不從心，我沒能阻止佩斯利商會的那些人對證人做出卑鄙下流的暴力行為。」

自己害得某個無力反抗的人遭受蠻橫暴行而身受重傷，這項事實令我難以承受。

說著說著，我的眼眶不禁濕了。

這讓我想起以前的確也發生過這種事。我每次一傷心，就會去找狗狗哭訴。

「唉。那種沒人性的犯罪商會，要是能乾脆消失掉該有多好……」

就在我小聲宣洩出胸口深處悶燒已久的真心話時，一陣強風沿著齊維爾鎮的灰色外牆吹過。

魔太的長耳朵似乎微微動了一下，像是在聆聽風吹草動的聲音。

我灰心地垂頭喪氣，繼續對伙伴說道：

「可是呢，魔太。這次最大的過錯，一定是錯在我只會依賴溫柔的妳，沒有自己看好證人基能。我真想消失算了。」

魔太輕輕地伸出手指，幫悲傷地訴苦的我擦掉眼淚。這傢伙總是溫柔地陪伴在我身邊，認真地聽我說話。

我這個伙伴雖然不會說話，卻是這世上最好的聽眾。

「謝謝妳聽我訴苦。」

我吐完苦水後，溫柔地摸了摸魔太的頭。

奇怪？我每次像這樣摸她的頭，這傢伙總是會像狗搖尾巴那樣高興地擺動耳朵，今天反應卻好像有點平淡。

魔太動也不動，定睛注視著我的淚痕。

「……好！」

我用雙手啪地輕拍一下自己的臉頰，重新打起精神。

謝謝妳的幫助，伙伴。

跟妳講了很多，讓我的心情頓時輕鬆多了。

趕快把心情調適過來吧。現在也許還能幫上忙，為身受重傷的基能・巴里做點什麼。

能夠快速調適心情，正是我引以為傲的美德。

我抬起頭來，像平常那樣精神飽滿地，走向丘托斯大叔他們待著的馬車車廂。

這時候的我，並沒有發現魔太的氣息從背後靜靜地消失。

❖ ❖ ❖

——在佩斯利商會的齊維爾分店。

周圍的圍觀群眾早已散去，商館大門緊閉。

在文件散亂一地的館內門廳，分店長塞佩羅口沫橫飛地怒罵周圍的職員們。

「你們究竟都在幹些什麼事？沒有一個派得上用場，一群無能的廢物！」

塞佩羅氣得想一拳捶在桌上，但他的右臂僵硬不動，沒能抬高到肩膀以上的高度。

拳頭也握不緊。指尖只能張開著簌簌抖動。

他剛剛才讓僱用的魔術師們替他療傷。手腳與外表的大部分範圍都已經恢復原狀。

但他雙手的一些部位與左腿，到現在還是完全不能動。

水屬性治療魔術雖然是一種優秀的急救醫術，但並非無所不能。如果是醫治斷肢或相當於高度醫療的治療行為，必須用到極少有人能使用的另一種屬性的魔術。

那種治療，不是誰都有機會接受的。

他遭到嚴重痛打的手腳，後遺症恐怕是無可避免的了。

「該死！真要追究起來，這次的失敗都該歸咎於傑克特．巴羅的無能。那個耍帥眼罩男，根本是虛有其表。」

塞佩羅氣喘吁吁，忿忿地喃喃自語。

傑克特．巴羅這個年輕男子是為了另一件事而碰巧從基那斯的商會本店造訪此地。他對這次聖堂魔像使引發的一連串騷動，抱持了濃厚的興趣。

傑克特．巴羅這號人物，聽說至今接下的工作從未失手，是舉世無雙的弩魔像使。而且這名青年獲准在那位大人的身邊聽候差遣，是那位大人特別寵愛的部下之一。

所以塞佩羅才會好意替他圖個方便。誰知道……

「虧我還特地照他說的，付給魔術師協會一大筆錢替他請來了『四丑使者』那一夥人……結果竟然被一個來路不明的魔像使打得無法還手，直接認輸？太不像話了！」

塞佩羅一邊怒吼，一邊瞪著自己無法動彈的右臂。

對。那個來自東方的聖堂魔像使，把我的手腳毀成這樣的那個毛頭小子。只有那小子，我絕對不會放過。

商館裡擦得光亮如鏡的高級白色桌子，映照出塞佩羅的臉。

原本一表人才的容貌，如今因為憤怒而醜陋地扭曲。

他正在思考。

至今他按照那位大人——那位美麗公主決定的指示行動，從來不曾失敗過任何一次。這次本來應該也跟平常一樣簡單，只要按照步驟，暗中處理掉與商會為敵的人就結束了。

他自命不凡，認為自己是萬中選一的優秀人種，並且以自己耀眼的經歷為傲。他絕不會饒過傷害這份驕傲的任何人。

「人數要夠多。你們把所有能用的人手全部召集起來，付錢不要小氣。有需要的話，向基那斯本店申請派遣人才也行。」

一名部下聽到塞佩羅這麼說，表情略顯不滿地開口了：

「您說聯絡本店嗎？可是分店長，這次的一連串失敗要是曝光，會影響到高層對我們的評價……」

「誰說有必要老老實實把真相報告上去！隨便掰個理由不就成了？你們的腦袋究竟是長來幹什麼用的！」

部下一心只想自保而猶豫不決的態度讓塞佩羅氣急敗壞，粗魯地把僵直的手臂往旁一滑。手肘撞到放在桌上的提神用高級蒸餾酒，酒瓶掉在地板上發出清脆的聲音摔破了。

「哈啊，呼……」

塞佩羅瞪著在撒滿碎片的地板上逐漸擴散的酒漬，大大地鼓起鼻子，同時喘了幾口粗重的氣。

「……那個男人的確有如殘忍無情的鬼神，對兩個家人卻表現出莫名溫柔順從的態度。既然那傢伙本人力量太強，硬碰硬殺不了他——從他的寶貝家人下手就行了。」

灰髮中年男子睜大的雙眼，在殺意與亢奮之下閃著凶光。

「我要暗中做掉那個魔道具店的蠢老頭，把屍體擺在路旁殺雞儆猴。女兒可以玩沒關係，但絕不能弄死，要當成人質。我要把最悲慘的場面烙印在那毛頭小子的眼底，讓他到死都忘不掉。」

一口氣講到這裡，塞佩羅忽然像是有了個點子。然後用只像是多點一杯便宜酒那樣的輕鬆口吻繼續說：

「噢，對了。還有他們坐的運貨馬車的車夫老頭子，把他的身分也查出來殺了。那個毛頭小子莫名地關心那個髒兮兮的老頭子，這下我倒想看看他會有什麼表情。」

「好的。那麼，我這就去辦。」

職員們收到塞佩羅的指示，全都手腳勤快地一齊開始做事。對他們而言，這類作業同樣是習以為常的日常業務之一。

一群面貌俊秀的男女在金碧輝煌的商館裡瀟灑走動的模樣，簡直就像是華麗燦爛的畫中世界。

塞佩羅滿意地看著這副景象。

他歪扭變形的臉孔，已經逐漸恢復成原有的端正容貌。

「哼……真是，那毛頭小子也真夠蠢的。什麼互不干涉的協定，誰說我們一定會遵守了？」

塞佩羅平整的嘴角，即將浮現出一絲嘲笑。

但正好就在這個時候——

突如其來地，靠近天花板的牆壁被撞破，一個晶亮白皙的物體降落在室內。

事情發生得太突然，所有職員都說不出話來，變得呆若木雞。

天花板的部分碎塊與壁材啪啦啪啦地應聲掉在地板上。但只有隨著瓦礫一同降臨的雪白人影，於落地之際沒有發出半點聲響。

自崩塌的牆壁射進室內的光線，照出白色的身影。

那身影呈現年輕的女子外形。

她有著一雙紅眸與長耳朵。是個讓絲絹般秀髮隨風飄揚，如夢似幻的少女。

獨自佇立於逆光之中的身姿，神聖莊嚴到令人屏息，又美得讓人隨之嘆息。

連小孩子都知道。那是神話中登場的古代人民，以及遠古女神的再世。

他們在眼前女神身上看到的，卻是一對漾滿幽冥黑暗的紅眸。

從那陰暗冰冷的眼眸深處，看不出半點感情。

那種眼神，簡直就像看著一隻準備踩扁的無趣蟲豸。

這時候，在場的所有人，都懷著戰慄想起了一件事。

想起身穿焦茶色長袍，有著一雙銳眼的年輕黑髮男子。

那個毫髮無傷地擊敗大批刺客，把屠戮的敵人讓魔像當旗幟般高舉，本人卻好像毫無敵意一般，從容不迫地出現在商館的異邦魔像使。

那個男人面帶笑容地精密操作魔像，反覆進行了令人臉色發白的可怖拷問。

而他在離去之際，留下了一句話：

——你們如果不守約定，我會一次又一次地來找你們「談判」。

毫無前兆地，白色女神的身影大幅搖動了一下。

緊接著，他們的視野嚴重歪斜，眼前突然染上一片血紅。

這就是他們看到的最後一幕景象。

◈ ◈ ◈

我們搭乘的運貨馬車，已經從齊維爾鎮出發了。

在微微搖晃的車上，基能・巴里一副嚇壞了的模樣，抱著雙膝坐在車廂的一個角落。

真可憐……大概是在佩斯利商會受到的卑鄙暴行，在他的心裡留下了深深的創傷吧。

雖然傷勢已經做過治療，但基能的臉仍然滿是腫包。手指的繃帶也讓人看了心痛。特別是這些手指受的傷，可能要花滿長的時間才能痊癒。

真是抱歉，基能。都怪我沒把你盯好……

我再次因為自責而心情沮喪。

車夫老先生在出發前打開一部分的車上貨物，從裡面拿了幾顆像是桃子的水果送我們吃。

我請魔太把桃子切成了幾塊。

她使用愛用的綠色金屬小刀，把桃子切成了秀氣可愛的一口大小。

我用牙籤把它插起來，依序分給丘托斯大叔與小堤露等車廂裡的每個人。

最後，我也給了基能．巴里一塊。

基能一邊發抖，一邊收下了桃子。

我覺得這傢伙其實本性應該不壞……

這傢伙的小丑魔像都被仔仔細細地擦得亮晶晶的。我想他一定是每天都很珍惜地幫他們擦澡，從來沒偷懶。

而且啊，這傢伙的小丑可是有四具耶，四具。

我只要想到每天晚上有四個魔太在床上要我擦澡，就覺得快昏倒了。

不過說歸說，我還是會擦啦……

對了，回程的路上得幫這傢伙把小丑們撿回來才行。

等你身體恢復了，我們再一起玩魔像格鬥遊戲吧。

我一邊大啖甜美的桃子，一邊望向車廂後方的風景。

齊維爾鎮的灰色城牆，已經變小了很多。再過不久大概就會從視野中消失了。

「嗯？那是……」

我看到城鎮裡，冒出了一縷黑煙。

那是什麼啊？

本來還以為是發生了火災，但這時我想起了一件事。

對耶，在準備出發的時候，總覺得鎮上好像有點吵。

在我前往商會的途中，街上沿路也聚集了一大堆像是在等遊行隊伍經過的人潮，說不定今天鎮上正在辦祭典。

這麼說來，那可能是祭典在燒火堆了？

不管在哪個國家，舉行節慶祭典時都常常會燃燒大型火堆。這個世界大概也不例外吧。對很多文化來說，火常常具有神聖的意義。

我眺望著遠方繚繞的黑煙，莫名其妙地，想起了用火堆烘烤的地瓜。

「欸，大叔。」

「嗯？怎麼了，睡伊？」

「我問你喔，這個世界……不對，這個國家，有沒有在賣烤過之後會變得鬆鬆軟軟，味道香甜的薯類？我的故鄉就有。」

丘托斯大叔被我一問，做出了稍作思考的動作。然後他一邊撫摸短短的小鬍子，一邊口氣悠閒地回答：

「你說的那種香甜的薯類，在我們國內南方的溫暖地區吃得到。大城市的市場也有在賣。我年輕時在各地行商，也吃過幾次。」

「喔喔，真的有啊。」

也許可以在異世界來個烤地瓜了。真教人興奮期待。

「但很遺憾的是，那種商品恐怕很少會賣到緹巴拉或齊維爾這種小城市來喔。」

「什麼嘛，是這樣啊……」

我一聽大感失望。

「這附近的薯類也不錯吃喔。不然這樣吧，改天我做個薯芋料理好了。」

呃，我不是這個意思啦，大叔。

不過嘛，試吃本地薯芋料理的這個主意，我倒是很贊成就是了。

◆　◆　◆

要等到太陽都下山了，我們才抵達緹巴拉鎮。

看來這個世界的交通狀況還算不錯。而且也有馬車照明用的魔道具，所以假如有需要的話好像也能來趟夜間行駛。

不過聽說基於安全考量，一般都不會這樣做就是了。

今天有我充當魔像使護衛同乘，再加上馬車堆積的貨物是食物，於是就稍微破例，在日落後開了一下夜車。

路上也沒發生什麼問題，運貨馬車一路平安地走完了夜路。

我們回到了丘托斯大叔的家，在寢室哄年紀還小的小堤露睡覺後，三個男人就在起居室配著薯芋料理喝起酒來。

算是小慶祝一下還清債務吧。

參加宴會的有丘托斯大叔與我，以及基能．巴里。魔太在我後面摺洗好的衣服。

……嗯，對啊。基能．巴里也跟我們同桌喝酒。

是我硬是把他帶到大叔家裡來的。

基能．巴里本來不願意，但他會受傷是我害的。照我的個性，總不能半路就把他丟下自己回來吧……

我為什麼會跟今天早上還想暗殺我的傢伙一起喝酒？冷靜想想，這狀況連我自己都弄不懂。

大叔被我弄得一頭霧水，基能．巴里也搞不懂這是什麼狀況。

可是，我也沒辦法啊。

我跟丘托斯大叔都在喝酒了，如果就基能一個人沒得喝，他豈不是太可憐了？

順便一提，下酒菜的薯芋料理，用的是類似馬鈴薯的薯類。

只是跟我原本那個世界的馬鈴薯還是不太一樣就是了。它比馬鈴薯大上一點，形狀比較偏細長形。不過外觀看起來可以說沒差多少。

這種異世界薯類，是車夫老先生在馬車上聽到我們聊薯類聊得起勁，於是體貼地在半路上去路邊一個村落買來的。

老先生直到旅途的最後一程，都是個懂得關懷別人的真正紳士。

回到家後，丘托斯大叔就在廚房開始俐落地煮薯芋。

他把煮熟的薯芋壓成泥，加入某種奶類、蛋、奶油與鹽巴等各種材料，把它拌勻。

大叔，你做菜做得好熟練啊。真是單身爸爸的好榜樣。

他把攪拌好的薯泥倒入模子裡，最後用刷子塗上少許蛋汁，以及散發酸甜香氣的紅色醬汁。

最後把它放進設置在廚房裡的大烤箱型魔道具，烤到出現焦痕。

於是，整間廚房都充滿了香噴噴的味道。

就這樣，異世界神祕薯芋料理完成了。

不過這道薯芋料理，該怎麼形容它的外觀呢？或許可說是……用薯類做成的派吧？

丘托斯大叔把盛在大盤子裡的薯芋料理切成放射狀，跟葡萄酒以及烤魚一起端上桌。附帶一提，這種像是虹鱒的魚，是運貨馬車老先生在回程經過村落幫我們買薯類時，到魚塭一起買來的。

總之，我試吃了一口薯芋料理。

啊，這個吃起來，就是馬鈴薯版的約克郡布丁嘛。

剛出爐的吃起來鬆鬆軟軟，滿好吃的。最棒的是還有這種充滿異世界情調的神奇香味。

我邊吃邊聽大叔說，這是他們國內的一種家常菜，他那已經過世的太太以前常常做給他吃。

說他太太做的，比他做的這個要好吃上百倍。

我與丘托斯大叔正在聊薯類話題時，坐在一旁安靜吃薯芋料理，渾身包滿繃帶的基能・巴里輕聲說了：

「這種使用甜辣椒增添香氣的方式，是西方遙遠地區的獨特做法吧。」

基能・巴里這傢伙，來到大叔家之後好像是第一次開口說話。

「這是西方風味嗎，大叔？」

「嗯？是啊。因為我那過世的老婆是西方地區出身的。」

「哦……你怎麼知道的啊，基能？難道你也跟大叔一樣是薯芋料理愛好者？」

「喂，睡伊，誰說我是薯芋料理愛好者了？我是為了堤露才會學著做，拚了命想做出跟我那老婆一樣的味道……」

「啊——好好好，知道了知道了，這話你剛才已經講過兩遍了。喂，大叔，我看你已經喝醉了吧？」

我舉手阻止紅臉中年男人繼續打岔時，身旁的基能．巴里略低著頭，注視著吃到一半的薯芋料理說了：

「……咱也是西方出身。」

「是喔。」

「這跟咱小時候母親做給咱吃的一樣，有種令人懷念的滋味。」

後來我們三個大男人，繼續邊吃薯芋與烤魚邊喝酒。

順便一提，丘托斯大叔是個一喝醉就邊哭邊開始講起跟老婆之間甜蜜回憶的沒用男人。

這個大叔，真是對老婆專情到讓人傷心。

醉醺醺的大叔，眼裡堆滿了淚水開始講起。

講起他年輕時到各地行商的時候，在旅途中行經的西方邊境小鎮，邂逅了一位理髮師姑娘，就這麼落入情網。

說她有著漂亮的栗色頭髮，天真無邪的笑容特別可愛，簡直就像天使。

大叔向她表白了兩次都被拒絕，但他仍然不死心，每次只要當時還很茂密的頭髮長長了，就一次又一次地造訪理髮店。

最後，她終於還是拗不過他。

兩人一邊到各地經商一邊努力省吃儉用，總算在鎮上擁有了夢寐以求的店鋪。

他們在五年前有了一度以為無緣的孩子，那是真心的喜悅。

在一個下雪的寒冷夜晚，可愛的女嬰出生了。

他跟溫柔的妻子與女兒，度過幸福的每一天。

可是，後來妻子與女兒罹患了重病。

病床上日漸虛弱的妻子，把女兒的將來託付給他。

妻子在臨走之際，告訴他她過得很幸福。

這句話成為了支撐，讓他無論日子多辛苦都能努力熬過來——

真是，這麼純情的戀愛經驗談，聽在單身的我或基能·巴里耳裡可真要命。

我默默地舉杯，把剩下的鹹味葡萄酒一口飲盡。

「所以啦……不管頭髮掉了多少……這髮型是我跟她的回憶，絕對不能換……呼嚕……」

「真是，自己講過癮了就給我醉倒睡著。真是個無藥可救的醉鬼。」

這時，我無意間發現了一件事。

不知道從哪裡，傳來了某人吸鼻子抽泣的聲音。

往旁一看，想不到基能·巴里居然在哭。

喂喂，拜託饒了我吧。

「基能，你該不會是聽大叔的愛情故事聽到哭了吧？真是個窩囊的傢伙。」

「……嗚嗚。睡伊你嘴上這樣說，自己還不是在哭……吸吸。」

「嗄啊？你說我在哭？請你不要散布這種無憑無據的……嘶嘶，謠言好嗎？」

我跟基能·巴里一起把他抬到寢室的床上，以免這個愛妻如命的邋遢醉鬼得感冒。

緹巴拉鎮的夜晚漸漸深了。

從小窗一窺的星空，無聲而晶亮地閃爍。

第25話

啟程與雨後清晨

早晨下過的小雨已經停了，此時天氣一片清朗。

吹來的西風也和煦宜人，正是個適合啟程的好日子。

準備好上路的我伴著魔太，站在丘托斯魔道具店的店門前。

丘托斯大叔注視著我們，有些猶豫地開口了：

「睡伊啊，你真的要走了嗎？我是覺得你可以在這城鎮再放鬆待一陣子……」

「大叔你就別說了。就是因為你老是這樣縱容我，害得我原本打算立刻動身，卻在這鎮上逗留了將近半個月耶！」

……就是這樣。

自從與商會上演了那場談判戲碼後，到現在已經過了兩星期以上。

緹巴拉鎮雖然是個適合居住的好地方，但我不能隨便就定居下來。

我眼下的行動方針，首要目標是「針對毀滅魔導王與召喚之事進行多方調查」。

無論是要找方法回到原本的世界，還是要在這世界確保最低限度的生命安全，我認為這類調查對我來說意義重大。

然而問題是，這附近地區沒有任何設施可以讓我做功課。

總的來說，緹巴拉鎮所在的這個地方，正式名稱叫做「薩迪藩」，其實算是偏鄉地區。假如我要去圖書館，而且必須具備基本學術設施規模，聽說必須沿著幹道繼續往西走，前往他藩的大城市才找得到。

據說這個國家最大的圖書館，在位於遙遠西方的帝都……只是我覺得要特地走到那裡好像很累，所以先不做考慮。

總之不管怎樣，丘托斯大叔對魔導王所知不多，加上最重要的魔導王傳說觸犯了教會的什麼教義禁忌，導致我無法隨意進行意見調查。繼續待在這個鎮上，可能只能原地踏步。

明明是這樣，但大叔一再拖延我的出發日期，小堤露又哭哭啼啼的……

害我完全走不了。

這對父女到底是怎麼搞的？

而且說到這半個月來的異世界生活，有沒有讓我學習到更多這個世界的常識並獲得成長，其實完全沒有。我每天就是一邊替大叔顧店，一邊跟五歲小孩玩。

其他還做了哪些事情？我想想……

啊，有了。基能．巴里過了幾天傷勢就幾乎痊癒了，小丑魔像們也都修好了。所以我陪他玩了幾次魔太對小丑軍團的魔像格鬥遊戲，算是過招兼復健訓練。附帶一提，輸的人要請客。目前魔太百戰百勝，所以每天的午飯都是基能請我。

是說我好像不知不覺間跟基能當起了普通朋友來，究竟怎麼會變成這樣？

……不管怎麼樣。

我完全墮落了。這樣簡直像是小學生在過暑假。

這半個月來，我毫無半點長進。

說到最近學會的技術，頂多只有懂得抓準時機，在魔太的眼睛快要變成混濁粉紅色的前一刻停止擦澡而已。

沒錯。其實我後來發現，魔太除了卸除子機（衣服）或是聞我內褲味道的時候以外，還有其他原因也會導致瞳眸變成混濁粉紅色的故障現象。

我幫她擦大腿內側、胸部或耳朵，還有腋下或肚臍周圍等一些部位時如果擦過頭，她的瞳眸轉眼間就會染上粉紅色。起初我不懂得拿捏分寸，常常不小心擦過頭把瞳眸變成粉紅色，真的很糟糕。

而且不知道為什麼，最近魔太瞳眸變成混濁粉紅色的**穴位**，感覺好像慢慢增加了。特別是肚臍周圍，都怪我第一天晚上亂玩亂弄又把手指塞進去，導致這裡好像完全變成了魔太的弱點。真的很對不起她。

每次我在最後一刻停止擦澡，魔太總是顯得很難受地用迷濛的雙眼抓住我，好像想多要一點。但理所當然地，這是為了不讓魔太故障而非做不可的措施。抱歉，伙伴，請妳諒解……

我們為了這些原因而必須啟程前往西方，現在正在丘托斯魔道具店門前的街道上，讓這對父女為我們送行。

小堤露從剛才到現在，一直哭得很凶。

這個看起來只有三歲的五歲小孩，本來精神層面應該是堅強到讓人吃驚才對。但她每次只要一講到我要出發的事就開始掉眼淚。而當我現在即將啟程時，她已經哭到了驚天動地的地步。

她在哭泣的同時，還不忘卯足全力想跟我表達某些事情。

「迪物也要！迪物也拗像魔夏塔物姊接一盎！當瑞伊哥哥的因娘子！」

不行，我聽不懂。

這已經完全超出了我的異世界謎樣翻譯能力的處理極限。

「迪物也拗，跟為伊葛格一幾，咳噁，咳噁！」

小堤露終於因為哭得太厲害，開始反胃了。

我摸了摸她小巧的背部。站在旁邊的魔太也跟我一起摸摸小堤露。

看到魔太撫摸小朋友的那隻手，我不禁睜大了眼睛。

因為她手掌的那種百般疼愛又輕柔的動作，就跟平常摸我時的手部動作，幾乎是一樣的溫柔。

完全不是平常把小堤露亂摸一通的時候，那種粗魯的動作。

看到魔太在辭行之際做出的這種動作，我的內心產生了確信。魔太這傢伙，果然對小堤露動了真感情。

我早就隱約感覺到了。

這個小女生不管魔太是在散播殺氣還是如何粗魯對待她，全都完全沒在怕，總是高高興興地與魔太親近。最近魔太與這孩子相處的態度也漸漸不再尷尬僵硬，會幫她梳頭髮，或是哄她睡覺，有時候表現得就像她的親姊姊。

我認為魔太的這種溫柔模樣，才是她本來的個性。

「睡伊……」

一回神才發現，連丘托斯大叔都跟小堤露一樣，淚水在眼眶裡打轉。

喂，不要這樣啦！

就跟你說過，沒人想看你這種難看的反應啦！

「真是，這個大叔到底行不行啊。」

我為了這個中年男人的沒用直嘆氣，然後仰望他背後的魔道具店建物。

這間木造平房的店鋪顯得有些老舊。店鋪規模比街上其他店家稍大一點，該怎麼說呢？就是間還算氣派，但又不算太大的店。我在鎮上逗留的期間，白天幾乎都在這裡度過，假如說我完全沒有油生半點留戀的心情，那就是漫天扯謊了。

不過，關於這家店的生意，我想一定已經不用我來擔心了。

原本少得可憐的商品正在漸次增加進貨，與此成正比，回來上門的客人雖然還不多，但確實有在增加。

再加上雖說買主未定，但店主丘托斯大叔的手上還有一顆猴子魔導核。就是我以魔太弄壞牆壁的修理費為藉口，多給他的那一顆。利息不斷膨脹的惡質債務已經不存在了，我認為不用急，慢慢替這顆魔導核找買主就好。

另外，還有一件值得驚訝的事，就是丘托斯大叔竟然替我們擬了一份猴子魔導核的契約書。沒想到大叔竟然這麼有心。只是我沒看內容，不知道他擬的是投資協議還是貸款協議就是了。

我把契約書塞還給大叔，說我不要這種髒兮兮又占位子的廢紙，但他絲毫不肯退讓。雖說我早就知道他這人很會死纏爛打了。他可是憑著這種死纏爛打的個性追到了人美心善的太太，堪稱死纏爛打到了骨子裡。到了他這種程度，已經可說是一種才能了。恐怕不管我說什麼都只會變成原地打轉。

所以，我形式上還是收下了契約書。

但不知怎地我有種預感，覺得今天煮晚餐時不怕沒柴燒。這份契約書想必會符合它的價值，成為相當有用的燃料吧。

至於大叔的店，我也做了一點防治流氓的對策。

「……那就這樣了，以後的事就拜託你嘍，基能。」

我轉頭看向站在丘托斯父女身邊，身穿紫袍的藍髮花美男。

「嗯，咱知道啦。老爹的店有咱照顧著。」

就是這樣。其實很意外的是，基能・巴里接下了大叔店舖的保全工作。

這次輸給我似乎讓這傢伙心裡得到了一些啟發，說是會好好反省，從頭開始認真進行魔像的修行。

嗯嗯，今後你就改過向善，不要再挑初學玩家下手了吧，基能。

「是說基能，你可別為了錢又背叛大叔喔。」

「咱欠睡伊你一大份人情，這條命是你救回來的，咱不會背信忘義。」

基能．巴里表情正氣凜然地回答。

但那表情隨即變得虛脫又軟弱。

「再說，咱怎麼敢背叛魔夏塔露大姊啊。再敢犯咱就死定了……」

「什麼——？原來你只是怕魔太啊？虧你剛才講話感覺還挺帥氣的說，一下子全糟蹋掉了嘛……」

就像這樣，基能這傢伙最近開始叫我家的魔太「魔夏塔露大姊」。

我們彼此明明都是毫不客氣地直呼名字，他對魔太講話卻畢恭畢敬的……

我也真搞不懂這個男的。起初他怕我怕得要命，不過最近開始慢慢對我卸下心防，變得能輕鬆跟我說話。但與此正好成反比，他開始猛烈地畏懼起魔太來。

他那副模樣，簡直就像是不慎發現到了某種恐怖的真相。

總而言之，基能這不像話的傢伙，好像光是靠日前接下佩斯利商會委託拿到的訂金，就讓他短期之內不用工作賺錢了。他似乎打算抱著輕鬆的心情當保鑣兼做消遣，在這附近落腳一陣子。

可說是照顧大叔店舖的最佳人選。

「哎，你不用這麼擔心，這附近一帶根本沒人能贏過咱啦。只要公開宣稱咱是這裡的保鑣，一些地痞流氓就不敢靠近這家店了。」

「真的是這樣嗎——？講得這麼厲害，還不是沒贏過我們半次？」

後來我跟基能打過幾場魔太對小丑軍團的模擬戰，但魔太的視力已經完全適應了對手的動作，比小丑們強上太多了。幾乎每次都用不到一分鐘，魔太就能用手刀把四具小丑全部斬首，讓對戰三兩下宣告結束。

「那不是因為咱弱！是因為睡伊你們的實力強到一堆地方不對勁！」

「是嗎……？應該只是你太遜了吧？」

「～～～！等到下次對戰，咱絕對不會輸給你的！」

看到我跟基能吵嘴吵得不可開交，丘托斯大叔在一旁苦笑。

事實上，我會這樣拜託基能守著大叔的店，純粹只是做個保險。我認為佩斯利商會今後應該不會再來騷擾大叔了。

……其實那家分店，後來沒過多久，好像就關門大吉了。

我是在五天前，才聽說商會發生了火災。

要等到丘托斯大叔從客戶那邊聽到了傳聞，我們才知道商會出事了。

根據大叔聽到的傳聞，佩斯利商會似乎在發生火災之前，與來自某地的狂暴大魔術師發生糾紛，結果惹怒了對方。儘管沒有任何明確的證據，但齊維爾的街頭巷尾都在猜測，分店起火燃燒可能是那個大魔術師的所作所為。

實在是太可怕了。

真是，這個世界的治安也太差了吧！

我死都不想碰到那種腦袋有病的縱火狂魔術師。

話雖如此，這件事大概是在告訴我們，像佩斯利商會那樣成天作惡與人結怨，總有一天會落得這種下場。我也對這次的事件感到心有戚戚焉，決定今後要注意自己的行為，善待別人並認真過生活。

另外，以下是我作為名偵探的個人推測……

那個砸了佩斯利商會分店的大魔術師，八成是火屬性術士。

要不然呢？那家店鋪被偽裝成毀於一場火災意外，所以犯案的凶器，必然是用上了混帳到極點又浮誇的火魔術！

火魔術真是太不走正道了，除了暗殺或縱火之外簡直沒別的用處。應該跟除了使用魔像玩格鬥遊戲賭誰請午餐之外沒多大用途，愛好和平的土屬性多學著點才對。

順便提一下，丘托斯大叔聽來了佩斯利商會毀於一場大火的消息時，他跟基能兩個人居然懷疑到我頭上來，認為是我暗中去放把火燒了商會。

真是太難以接受了。正所謂欲加之罪何患無辭。

我不是已經施展精彩絕倫的談判技巧，跟那個分店長談好了互不干涉的協定了嗎？我這個活得像個尊貴文明人的清廉紳士，豈會做出毀約的野蠻行為？

真要說的話，我一不會使用火魔術，二沒有生火的才能可以把商會的那麼大一棟建築物燒光光。而且我每天都在小堤露的央求下陪她在店裡扮家家酒，這位五歲小孩的證詞可為我提供完美的不在場證明！

照邏輯來想，我的清白是有目共睹的。

我看丘托斯大叔還有基能，是一輩子都當不了我這種名偵探了。

不管怎麼樣，佩斯利商會既然已經發生了那種慘事，那幫人想必是再也沒辦法騷擾大叔的店鋪或這座城鎮了。

「那麼各位，多保重嘍。」

我語氣開朗地向三人道別，摸了一下因為哭太凶，現在猛吸鼻子的小堤露的頭，然後準備邁步走上街道。

「喂，睡伊。」

丘托斯大叔叫住了我。

「哎喲，大叔你幹嘛啦。剛剛都已經說再見了，這樣很遜耶。」

我一臉不耐煩地回頭，但意外的是，站在我後方的丘托斯大叔並沒有丟人現眼地讓淚水在眼眶裡打轉。

他一臉嚴肅地，對我這麼說了：

「記清楚了，睡伊。等你老兄所說的重要事情查清楚了，隨時想回到這座城鎮都行喔。」

「…………我會考慮看看。」

好吧，為了見到小堤露這個可愛的乾妹妹，我也可以看心情斟酌要不要回鄉探親。不過一點都不可愛的大叔就不用理他了。

聽到我這樣回話，丘托斯大叔用鼻子噴了好大一口氣。

「真是，你老兄怎麼到最後都是這種態度。」

這話聽起來像在生氣，但他的臉上浮現著笑容。

「假如旅途走到盡頭無家可歸，不用猶豫，回來我這裡就是了。你老兄跟魔夏塔露住過的二樓房間，我會一直給你們空著。」

「…………」

我默默地點頭後，把焦茶色的長袍一翻，轉過身去。

「受你照顧了。那麼，再會了。」

我伴著魔太，走上緹巴拉鎮的大街。

半路上，我稍微回頭看了一下。

看見了頭髮稀疏的不起眼中年男性，以及白皮膚的天真小女孩。

這對長得一點也不像的父女，用一模一樣的動作，不停地對我揮手。

❖ ❖ ❖

一身長袍風姿瀟灑的青年凜然的背影，逐漸消失在街道的另一頭。

跟隨他的那具美如白玉女神的聖堂魔像，也帶著後腦杓絲絹般的飄逸長髮消失了蹤影。

一陣西風吹過，發出寂寥的風聲。

「……終究還是走了啊。」

丘托斯站在店門口的路上，喃喃自語了一聲。

站在他身旁的女兒堤露，對著青年與魔像早已消失的背影，一直不斷地揮著她小小的手。

丘托斯伸出手去，抱起了堤露不合年齡地瘦小的身體。

他用衣袖輕輕地替眼裡含淚的寶貝女兒擦掉臉頰上的淚痕。然後，就這樣注視著大街那個方向，用感慨良深的語氣說了：

「睡伊那小子的個性，該怎麼說，就是……不能單純說是彆扭，或是脾氣拗。總之是個難以形容，具有一種神奇魅力的男人。」

睡伊．勞士著實是個不可思議的男人。

那個目光凜然的黑髮青年，說自己來自遙遠的異國。

他的言行舉止與精緻不凡的各種飾品，足以讓人推測出他高貴的出身。可以理解他不時展現出的遠離世俗的行為，大部分必然來自他的那種出身背景。但接下來才是問題所在。

令人驚嘆的，是青年非比尋常的戰鬥能力。

就連負責維持治安的藩內士兵都難以懲治的「壞劍」一夥人，面對他簡直像是一群小孩，三兩下就被打得落花流水。豈止如此，他還在屈居絕對劣勢的狀況下，而且是在魔像戰鬥中封殺了被視為薩迪藩最強級魔像使的「四丑使者」，展現出超凡入聖的實力。

他身為魔像使的實力，在這廣大的海雷米爾帝國上下，恐怕接近最強水準。再加上即使不看魔像，單就魔術師而論，他依然展現了驚人戰鬥力的片鱗半爪。

從沒聽說有人能憑本身的力量，從超遠距離破壞軍用魔像。

而最可怕的是，他在戰場上那種異常的精準**直覺**，彷彿以俯瞰的視角看穿了敵方複雜布局的所有計策──

從敵對的一方來看，這種存在只能以惡夢來形容。

沒有多少人能阻止得了這種實力非凡之人。打個比方來說，他如果出現在圖畫書當中的話必定會被寫成主角，與英雄豪傑同列。

睡伊本人卻好像完全沒把心思放在這些事情上。

他從未輕視弱小無力的平民百姓，也從來不曾耀武揚威地表現出妄自尊大的態度，就是最好的證據。

此外，他每次跟丘托斯說話，總是動不動就一句「沒用的中年人」或是「不成體統的大叔」之類的酸話。

嘴上說歸說，卻時常挺身而出保護丘托斯。

從睡伊以實際行動表現的態度而非講話內容來看，他總是溫柔善良得驚人。而且比丘托斯他們小時候讀過的任何一本圖畫書的主角，都更為誠實待人。

睡伊在跟基能‧巴里相處時，也完全是同一種態度。

儘管嘴巴不饒人地把基能叫成「小混混」、「窩囊廢」之類的，但睡伊在他傷勢痊癒之前總是到處找理由，每天都去露個臉探望他。在康復之後還鍛鍊他的魔像實力，甚至一起去吃飯。

現在回想起來，他那樣做一定是出於善意，不想讓立場尷尬的基能覺得被孤立。

睡伊這個年輕人，言詞與態度常常正好相反——卻能夠深深吸引住接觸過他這種性情的人。

「個性彆扭，是吧……老爹你說得沒錯，咱也覺得用這句話的確不足以形容睡伊的個性。畢竟他那人在坦率表達感情的時候，又會變得毫無保留。」

基能．巴里輕聲說了。

身穿舞台演員般浮誇紫袍的青年，從剛才就一直靠著店門口的牆壁，注視著睡伊離去的大街。他那眼神當中，也同樣有著隱藏不住的寂寞色彩。

這時基能好像想到了什麼事，忽然說了：

「對了，睡伊有說過。在他的故鄉，好像有個專有名詞可以形容這種個性。」

丘托斯露出興味盎然的表情，轉頭看向基能。

「哦，是不是就類似他之前說過的『調馬頭』那種的？」

「對對。還有像是『哥斗有戲』之類的。呃，他那時候是怎麼說的……」

基能讓視線在半空中徘徊了一會兒，然後霍地揚起了眉毛。

「啊，咱想起來了。是『拗敲』。」

「……拗敲？」

「對，就是心裡其實都在想著對方，但嘴上忍不住就說出了違心之言；在他的故鄉，好像就是這樣稱呼這種可愛的傢伙。」

「哦，還真是種奇怪的外國話啊。」

「睡伊說過想在這個國家遇見拗敲的可愛女生……但要是讓咱來講啊，咱看他才是最拗敲的傢伙吧。」

「哈哈，說得沒錯。睡伊那小子，無庸置疑地是個頭號大拗敲。」

丘托斯與基能互相對看，然後一起哈哈大笑。

讓父親抱在懷裡的年幼堤露，也面帶笑容注視著他們。她那小小眼角的淚痕，總算開始慢慢消失了。

雨過天晴的朝陽，把丘托斯魔道具店的店門口照得光明透亮。

終章

「——哈啾！」

我在路旁打了一個大噴嚏。

「糟糕，該不會是感冒了吧……？」

搞不好是因為昨晚洗完澡，沒把衣服穿好就做體操的關係。我那樣做是為了身體健康，沒想到完全適得其反。

我吸著鼻子往旁邊看，只見魔太憂心忡忡地晃動著身子，顯得不知所措。

都怪我一時興起亂做什麼收音機體操，害得連伙伴都為我擔心，真是抱歉。

下次為了不讓魔太擔心，一定要穿好衣服再做體操。

我在心裡堅定地如此發誓。

我與魔太剛剛跟大家道別，在大街上走了一段路之後穿過西門，現在才剛走出城鎮。

由於停下來打噴嚏的關係，我不假思索地回頭看了看背後。

可以看到木造建築林立，由褐色土牆包圍的樸素、和平的街景。

緹巴拉鎮。

回想起來，當初我只打算在這裡隨便補給一點物資就要走人，沒想到竟然待了這麼久。

在視線的前方，一名手持長槍的門衛大叔悠哉地站在城門旁邊。

見我停下腳步回頭看向城門，他稍微舉起長槍跟我打了招呼。

這個世界的打招呼方式，跟我原本那個世界在姿勢與鞠躬的角度上有著些微差異。我也配合這個世界的禮儀，彬彬有禮地向他致意。

看來這半個月的期間，已經讓這位大叔完全記住了我的長相。

不過不是我要說，門衛大叔。我很感謝你這麼有禮貌地跟我打招呼，但可以請你不要每次都趁著打招呼的時候，頻頻偷看魔太的屁股嗎？伙伴都變得像隻刺蝟了。

好吧，其實也不是只有他啦。

大家都偷看魔太的胸部或屁股看得太起勁了啦，完全穿幫了。魔太對這件事的火氣可大了。每當魔太快要爆發的時候，我都得悄悄握住她的手讓她消消氣，你們都不知道我有多操心……

不得已了。趁魔太還沒咬人之前，趕緊出發吧。

假如她在這時候惹事生非，好不容易決定的啟程日期又得延後了。

「好了，魔太，我們快走吧。」

我叫了一下開始對門衛大叔隱隱散發殺氣的魔太，再次邁步前行。

魔太像在回應我的呼喚般輕輕擺動了一下耳朵，然後匆匆跟上我。

沿路而行，很快就來到了十字路口。

還記得前一陣子搭馬車旅行時，我們就是在這裡右轉前往北方的。今天的我們不轉彎，準備沿著通往這個國家中心地帶的西方道路直線前進。

在交叉的幹道上，我稍微放慢腳步，邊走邊悠閒欣賞左手邊的風景。

視線的前方有著通往北方的單一道路，以及起伏綿延、綠意盎然的美麗大地。

就在這時——

忽然間，周圍的風聲消失了。

「嗯？」

我覺得奇怪而停下腳步，但隨即想到了原因。

噢，我懂了。

是因為從剛才到現在迎面而來持續輕拂臉龐的風，突然停了的關係。

這個地區總是吹著來自西方的風，但就像這樣，有些時候會停止吹風。

彷彿鑽過這西風的縫隙，某人出聲對我說：

「……小哥，你要離去了嗎？」

我往聲音傳來的前方一看，只見一名戴著帽兜、拄著短杖的人，就站在我身邊。

「咦？記得您是……」

這不是以前曾經請我吃過糖球的老太太嗎？

這位老太太在鎮上請我吃過幾次糖球。

而且她是我在那個鎮上，唯一搭訕成功的女生。

現在想想，這位老太太是我在鎮上攀談的第一個人，假如當時她沒有告訴我有那麼一家魔道具店，我根本沒機會認識丘托斯父女。

也是這位女士告訴我，丘托斯大叔為了替小孩湊錢買藥而債台高築。假如我不知道這些內情的話，或許不會想到與大叔扯上更多關係。

這樣想想，真不知道該說是命運捉弄人還是什麼。

誰也不知道別人不經意的一句話，會帶來什麼樣的事情發展。

「之前受您照顧了。是的，我們打算就這樣離開城鎮。雖然依依不捨，但也不能一直留在這裡。我還有要事在身。」

我彬彬有禮地向這位長輩道別。

我這個男人，基本上對於值得尊敬的年長者都會保持禮貌。順便一提，丘托斯大叔不在此限。

老太太定睛看著我致意時的表情。

不過話說回來，這位女士每次出現得都好突然喔。好像每次當我發現時，都已經站得離我很近了。

即使是保護我過了頭的魔太，似乎也不至於把安全無害的老太太列入檢查對象。

我一面想著這些，一面不假思索地想轉頭看看伙伴——

突然間，老太太摘下戴著的帽兜，用她細瘦的手抓住了我的雙肩。

「咦？」

她就這樣把我拉到了自己的身邊。

臉跟臉都快貼到一起了。

這可不成啊。貼這麼近的話嘴唇都快要相碰了，這位年長的老婦人。

我們認識還不久，這樣做恐怕略嫌急躁了……

我正不知所措時，她露在帽兜外的頭髮傳出一股不可思議的輕柔藥草味，拂過我的鼻尖。

聞起來並不刺鼻，是一種溫柔好聞的味道。

不過話說回來，這位婦人仔細一看，會發現長相十分端正。在正值黛綠年華的時候，想必蠱惑過眾多男士的心吧。

這位糖球老太太，定睛盯著我的眼睛瞧。

在極近距離內一看，她的金黃色眼眸漾著超乎想像的堅強力道。

然而不知為何，這對望著我的溫暖而堅強的眼神……同時似乎並不是對著眼前的我，而是看著遙遠他方的某人。

而且總覺得這眼神顯得悲哀傷痛，無法撫平。

「小哥。我想你今後可能會有很艱困的遭遇，但是……聽好了，你絕對不可以中途放棄。」

唔，這位長輩似乎在給我上人生的一課。

身為年輕小夥子，我會銘記在心的，老太太。

我優哉游哉地這樣想，她對我說出的下一番話，卻極其神祕難解。

「——你是最溫柔的王……溫柔的你，竟然會第一個死。這種事情，本來是絕對不該發生的。因為沒有任何一種命運，是從一開始就確定不移的。」

什、什麼意思……？

講到這裡，竟然開始進行哲學思辨了？

請等一下，這位人生的前輩。抱歉，我在哲學方面實在不能算是一個優秀的晚輩。

老太太對我困惑的模樣似乎毫不介懷。

她輕輕摸了摸我的頭，然後就好像什麼事也沒發生過似的當場離去。

離去之際，她給了我整袋的糖球。真好心。

❖ ❖ ❖

西風再次吹過我的耳畔。

我抱著裝滿糖球的袋子，呆站在路上。

「剛才那是怎麼一回事……」

簡直好像作了場白日夢。

方才的那位糖球老太太，也在不知不覺間失去了蹤影。剛才明明還看她走在那裡的。

不過話說回來，還真無奈。

結果到頭來，我這次在緹巴拉鎮上攻略成功的女生，好像就只有剛才那位老太太與小堤露而已。

啊，還有書店的黛西婆婆，好像也是差一步就能追到了。

但是，我必須說，就不能再……那個，就是……

至少來個她們幾位平均年齡層的女生，也沒什麼不可以吧。

我到底要怎麼做，才能跟年紀比較相近的女性開始一段美妙的邂逅與愛情故事？在這個除了小妹妹與老太太之外男女緣分嚴重枯竭的世界，難道存在著某種重大原因，阻撓了我認識異性的機會？

我一邊思考這個哲學難題，一邊想從方才收下的袋子裡拿出糖球。

結果手不小心一滑，差點把一顆糖球弄掉。

但這顆糖球並沒有掉到地上。因為從旁迅速伸出來的白皙、美麗的手掌，用自然的動作接住了糖球。

這隻晶瑩剔透的手掌的主人，就這樣用纖纖玉指極其溫柔地，把糖球塞進了我的嘴裡。

「……謝謝妳，魔太。」

魔太把糖球塞進我的嘴裡之後，用手指柔和地撫過我的嘴巴，就好像在確認我的嘴唇形狀。

我面帶笑容向她道謝，於是她的長耳朵微微搖了一下，好像覺得很高興。

我說啊，伙伴，妳覺得呢？會不會是我在毫無自覺的狀況下，自己折斷了與年紀相仿的女生邂逅與相戀的命運（旗標）……？

我在心中向魔太問道，而她還在用指尖摸我的嘴唇。這傢伙從剛才到現在一直玩我的臉，都不會膩嗎？

看著她心滿意足的表情與那對長耳朵，我無意間注意到了一件事。

「對了，妳跟我兩人放鬆獨處的時候，耳朵的角度好像會些微下降耶。」

魔太在跟我兩個人相親相愛地黏在一起時，我感覺雖然只有微小的程度，但她那優美的精靈長耳朵好像會放鬆力道降低角度。

不過說歸說，其實也只差了幾公釐而已，這點小變化或許只有我注意得到吧。

魔太被我戳破祕密，顯得有些羞赧地低下頭去。

抬眼注視著我的紅寶石般美麗眼眸，反射著早晨的陽光，散發淡雅而溫柔的光輝。

看她這反應，一定是被我說中了。

我在不知不覺間，穿著睡衣來到了這個異世界。

儘管與迷人女性的邂逅與愛情故事，至今沒有半點要開始的跡象……

但相對地，只有跟我在這世界邂逅的沉默伙伴之間的溝通能力，每天都在確實地進步。

「那麼，我們走吧。」

我一邊用舌尖輕輕滾動糖球，一邊走向通往西方的單一道路。

我與伙伴，兩人結伴同行。

遠方的天空呈現澄澈透亮的爽朗蔚藍，視野前方綿延不斷的綠色草原，在和煦的清風中如波浪般起伏。

嘴裡有股不可思議的溫和甜味……

以及一絲淡淡的，令人懷念的樹果般滋味。

國家圖書館出版品預行編目資料

毀滅魔導王與魔像蠻妃/北下路來名作 ; 可倫譯. --
初版. -- 臺北市 : 臺灣角川股份有限公司, 2021.02-
冊 ; 公分. -- (Kadokawa fantastic novels)

譯自 : 破滅の魔導王とゴーレムの蛮妃
ISBN 978-986-524-246-6(第2冊 : 平裝)

861.57 109020415

Kadokawa
Fantastic
Novels

毀滅魔導王與魔像蠻妃 2

（原著名：破滅の魔導王とゴーレムの蛮妃 2）

2021年3月1日　初版第1刷發行

作　者：北下路来名
插　畫：芝
譯　者：可倫

發 行 人：岩崎剛人
總 編 輯：蔡佩芬
編　　輯：邱瓈萱
美術設計：吳佳昫
印　　務：李明修（主任）、張加恩（主任）、張凱棋

發 行 所：台灣角川股份有限公司
地　　址：105台北市光復北路11巷44號5樓
電　　話：（02）2747-2433
傳　　真：（02）2747-2558
網　　址：http://www.kadokawa.com.tw
劃撥帳戶：台灣角川股份有限公司
劃撥帳號：19487412
法律顧問：有澤法律事務所
製　　版：尚騰印刷事業有限公司
ＩＳＢＮ：978-986-524-246-6